묵향 29
부활의 장

희망이라는 이름

묵향 29
부활의 장

초판 1쇄 발행일 · 2011년 12월 26일
초판 5쇄 발행일 · 2021년 12월 30일

지은이 · 전동조
펴낸이 · 유용열
기　획 · 김병준
편　집 · 김은희, 유지원
펴낸곳 · 도서출판 스카이미디어

주소 · 서울시 동대문구 용두동 234-35번지 대명빌딩 201호
전화 · (02)922-7466
팩스 · (02)924-4633
E-mail · skymedia62@hanmail.net
출판등록 · 제6-711호

Copyright ⓒ 전동조 2021

값 9,000원

ISBN · 978-89-6122-200-6　04810
ISBN · 978-89-92133-00-5　(세트)

※ 온라인상의 불법 복제물의 유포나 공유는 저작자의 재산권을 침해하는
　중대한 범죄 행위로 관련법에 의거해 처벌 대상이 됩니다.
※ 작가와의 협의에 의하여 인지는 생략합니다.
※ 잘못된 책은 본사나 구입하신 서점에서 교환해 드립니다.

DARK STORY SERIES Ⅳ

묵향

부활의 장

전동조 장편 판타지 소설

29
희망이라는 이름

차례
희망이라는 이름

오지 마을의 소년 ……………………………… 7

여행의 시작 ……………………………………31

트롤과의 숨바꼭질 ……………………………53

버려진다는 것 …………………………………69

오크의 노예 ………………………………… 95

브리스코 용병단………………………………119

차례
희망이라는 이름

팔려가는 라이················· 139

몬스터 쇼··················· 169

검투사 양성소················ 193

기억봉인 마법················ 209

호색한 주인················· 239

절망의 사막················· 267

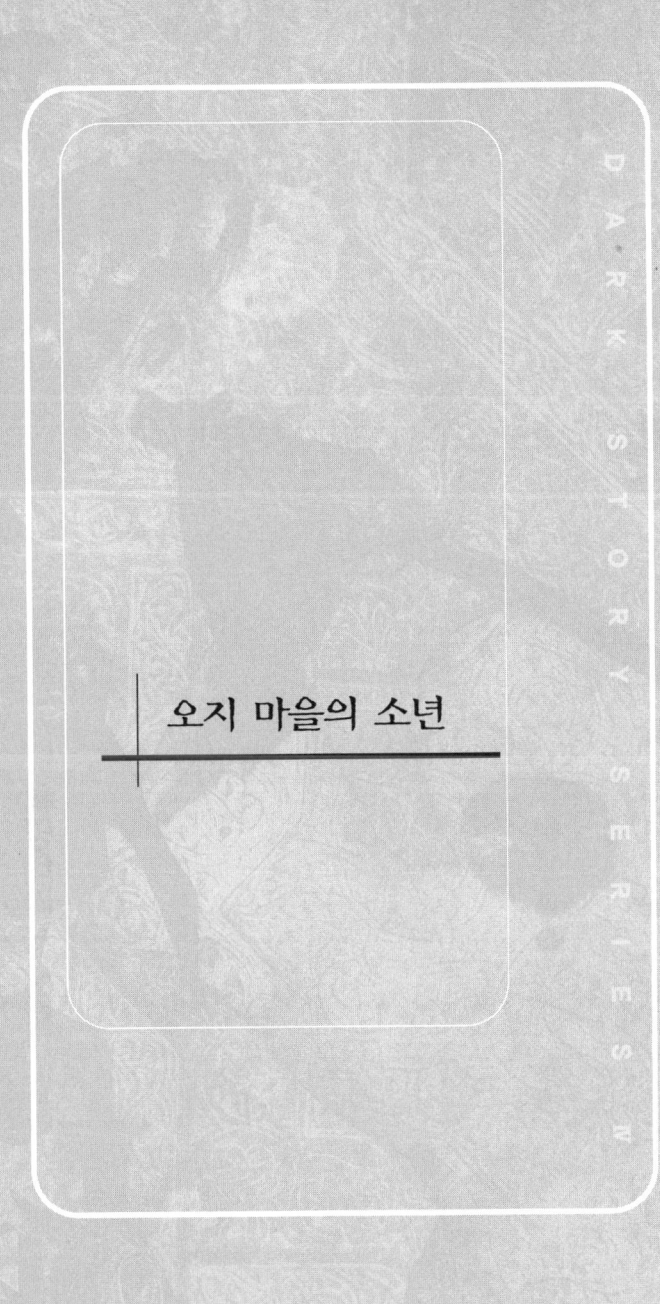

오지 마을의 소년

29

희망이라는 이름

퍽!

도끼가 내리쳐진 순간, 받침대 위에 놓여져 있던 나무토막이 두 조각으로 쫙 쪼개진다. 소년은 또다시 나무토막 하나를 받침대 위에 올려놓은 다음, 도끼를 위로 들어올렸다.

움직임에 따라 강인해 보이는 근육이 물결친다. 군살 하나 붙어 있지 않은 조각품과도 같은 매끄러운 몸매는, 소년이 지금껏 얼마나 열심히 육체적인 수련을 해왔는지를 대변해 주고 있었다. 꽤나 오랜 시간 도끼질을 하고 있었던 듯, 잘 쪼개진 장작들이 한쪽에 수북이 쌓여 있다.

소년의 도끼질은 아주 매끄럽고도 군더더기가 전혀 없는 동작으로 이루어져 있었다. 그런데도 불구하고 윗통을 벗어젖힌 소년의 몸은 땀으로 흠뻑 젖어 있었다. 위로 올라가는 듯하던 도끼가 어느 순간 엄청난 속도로 가속하며 밑으로 내리꽂혔다.

퍽!

이번 도끼질을 마지막으로 소년은 자신이 쪼개놓은 나무토막들을 둘러봤다. 한동안 쓰기에 충분한 양이다. 소년은 씨익 미소 지으며 중얼거렸다.

"이제 끝이다. 내가 두 번 다시 도끼질을 하면 사람이 아니야. 큭큭······."

소년에게는 꿈이 있었다.

크라레스 제국의 전설적인 영웅, 다크 폰 치레아 대공 같은 전설적인 기사가 되는 것이었다. 그는 명문귀족 출신도 아니었고, 실력이 뛰어난 스승을 둔 것도 아니었다. 어쩌면 비천한 태생이었는지도 모른다. 하지만 그는 오로지 실력 하나만으로 대공이 되었고, 또 마도전쟁을 승리로 이끈 중심축이 되었다.

잠시 동경하던 다크 폰 치레아 대공을 떠올리던 소년은 이내 한숨을 길게 내쉬며 인상을 찡그렸다.

'휴우, 아무리 검술을 연마하면 뭐해. 이런 시골구석에 처박혀 있어서야······.'

그의 아버지는 기사였고(지금은 경비대 하급장교보다 못한 신세로 전락하기는 했지만), 그 또한 어려서부터 아버지로부터 기사 수업을 받으며 성장했다. 15세에 이른 지금, 검술에 있어서만큼은 아버지에게서 더 이상 배울 게 없었다.

그리고 마을에 있는 또래 애들 중에서도 그가 단연 최고의 검술 실력을 지니고 있었다. 물론 실전경험이라는 면에서는 아버지와 비교했을 때 새 발의 피도 안 되는 게 사실이었지만, 기술적인 측면에서만 봤을 때는 그렇다는 얘기다.

자신에게 필요한 게 경험이라는 것을 소년은 잘 알고 있었다. 하지만 그 경험을 이런 시골구석에서 쌓고 싶은 생각은 눈꼽만큼도 없었다. 이런 촌구석에서 벗어나 큰물에서 경험을 쌓고 싶었던 것이다. 마음에 맞는 동료들과 파티를 맺어 여행을 하는 것도 좋고, 유명한 무가(武家)의 수련생으로 들어가 좀 더 심도 깊은 검술을 배우는 것도 좋을 것이다.

그렇게 실력과 경험을 쌓아 자신의 몸값을 어떻게 해서든 올려놓는 게 중요했다. 아버지처럼 능력 없는 주군을 만나, 이런 시골구석에 처박히는 신세가 되는 것을 피하려면…….

"어이, 라이!"

그때 집 앞을 지나가던 소년 하나가 아는 척을 했다. 땀을 닦으며 쉬고 있던 라이는 손짓으로 대응을 했다.

"가출 할 준비는 다 해놨어?"

순간, 라이의 안색이 핼쑥하게 질렸다. 그는 황급히 고개를 좌우로 돌려 주위에 누가 있는지 살펴봤다. 다행히도 주변에는 아무도 없었다. 창백하게 질렸던 라이의 안색이 그제서야 겨우 돌아왔다. 라이는 경솔하기 짝이 없는 친구놈을 향해 으르렁거렸다.

"이 새끼가 미쳤나! 그걸 대놓고 말하면 어떻게 해?"

소년은 라이의 반응이 재미있는지 키득거리며 대꾸했다.

"주위에 사람 없는 거 확인하고 한 말이다. 어쨌건 너희 아버지한테 들키지 않도록 조심해."

"너나 조심해, 이 짜식아!"

"그럼 난 간다."

소년은 무슨 급한 일이 있는지, 더 이상 말을 하지 않고 총총히 사라졌다. 그렇다. 라이는 지금 일상으로부터의 탈출을 모의

하고 있었다. 지긋지긋한 이 촌구석을 벗어나기 위해서. 그리고 고리타분한 아버지의 품에서 벗어나기 위해서.

　결행은 4일 뒤.

　이곳은 워낙 오지에 위치한 마을인지라 생필품을 들여오는 것도 쉬운 일이 아니었다. 외부에서 생필품이 들어오지 못하면 마을은 무너질 수밖에 없기에, 마을 촌장(村長)은 자경대(自警隊)를 투입하여 한 달에 한 번 생필품을 구하러 이웃마을로 가는 짐마차를 호위해줬다. 몬스터들이 우글거리는 길을 무장도 하지 않은 사람들만 보내는 것은 굉장히 위험했기 때문이다.

　그런 만큼, 마을 밖으로 나가야 하는 사람들은 모두가 그때를 기다려 짐마차의 행렬을 따라갔다. 라이를 비롯한 소년들은 그때 짐마차를 따라 몰래 마을을 벗어날 계획이었다.

　'도시로만 갈 수 있다면 난 출세할 거야. 아니, 꼭 출세하고 말 거야. 넌 할 수 있어, 라이.'

　4일 후면 이 지긋지긋한 집과도 끝이다. 그리고 이놈의 장작 패기도…….

　'거의 3주일은 쓰고도 남을 정도로 넉넉하게 장작을 패놨으니, 그 다음은 아버지가 알아서 하시겠지.'

　라이는 손때가 잔뜩 묻은 도끼자루를 살며시 어루만졌다.

　'이제 너하고도 끝이구나.'

　화창하고 좋은 날, 친구들하고 노는 게 더 좋지, 도끼질이나 하고 있는 게 뭐가 좋겠는가. 하지만 아버지는 라이가 도끼질을 할 수 있을 만한 나이가 되자, 집에서 쓸 장작을 조달하는 것은 모두 다 어린 아들에게 맡겨버렸다. 그동안 지금까지 이놈의 도끼를 얼마나 많이 휘둘러댔는지 헤아릴 수조차 없다.

미운 정 고운 정 다 든 놈이라고 해야 할까? 더 이상 이놈의 도끼를 휘두를 일이 없다고 생각하니 한편으로는 시원하면서도, 다른 한편으로는 섭섭한 마음을 금할 길이 없었다. 4일 후에 여기를 떠난다는 게 믿어지지 않았다. 라이는 지금껏 이 마을을 단 한 번도 벗어난 적이 없었던 것이다.

그때, 갑자기 등 뒤에서 자신을 부르는 걸쭉한 목소리가 들려왔다.

"라이, 얘기 좀 하자꾸나."

갑작스런 아버지의 목소리에 라이는 경기를 일으킬 뻔했다. 안 그래도 저질러 놓은 죄가 있어 조마조마한 판에, 이렇게 사람을 놀라게 하시다니. 가슴은 벌렁벌렁 뛰고 있었지만, 라이는 최대한 평상심을 유지하려 노력하며 천천히 뒤로 돌아섰다. 완고한 성격의 아버지이기는 했지만, 눈치 하나만큼은 그의 칼솜씨만큼이나 빨랐으니까.

"무슨…, 얘기요?"

"이번에 막내 공자(公子)께서 아카데미에 들어가게 되었다는 얘기, 들었냐?"

'공자는 무슨……. 촌장 아들이지.'

대외적으로는 비밀이었지만, 이 마을의 촌장인 제럴드 말러의 진짜 이름은 제럴드 폰 로티넨 백작이었다. 신성 아르곤 제국의 국경과 접해 있는 로티넨 영지는 크라레스 제국의 중요한 전략적 요충지들 중 하나였다.

거대한 쟈코니아 산맥이 양국을 갈라놓고 있는 상태에서, 양국이 서로의 물자를 교류할 수 있는 몇 군데 되지 않는 통로들 중 하나였기 때문이다.

때문에 엄청난 양의 교역물자가 오고가는 통로인 만큼, 그곳의 영주가 한해 거둬들이는 수입 또한 막대했다. 웬만한 뒷줄이 없이는 감히 원하는 것조차 황송한 그런 자리였던 것이다.

한때나마 그런 영지를 다스렸었다는 것만 봐도 그가 보통 인물이 아니라는 것은 쉽게 짐작할 수 있을 것이다. 하지만 그의 영화(榮華)는 오랫동안 지속되지 못했다.

겨우 3년. 정확히 말하면 3년이 되기 12일 전부터 시작해서 암살자들에게 쫓겨 도망다니는 신세로 전락한 것이다. 그의 뒤를 봐주고 있던 란프리아 후작이 황실에서의 권력 쟁탈전에 패해 반역이라는 죄목으로 참수당한 것이 그 원인이었다.

어쨌거나 그가 그런 상황에서 목숨을 건지고, 또 이런 오지까지 도망쳐와 아쉬운 대로 작은 마을 하나를 꿰찰 수 있었던 것은 다 충성스런 그의 가신(家臣)들 덕분이었다.

하지만 그런 충성심이 대를 이어 전해지지는 않았다. 기사가 충성을 맹세할 대상은 그 자신이 직접 선택하는 것이 관례였으니까. 그렇기에 라이에게 있어서 제럴드 폰 로티넨 백작은 촌장 그 이상도 이하도 아니었던 것이다.

하지만 그런 이야기를 대놓고 했다가는 경을 칠 게 뻔했기에 라이는 다소곳이 대답했다.

"예, 들었어요."
"그럼 얘기가 빠르겠구나. 내 집사 어른께 말씀드려 너도 시종으로……."
라이는 더 이상 들을 생각이 없다는 듯, 인상을 잔뜩 찌푸리며 단호하게 거부했다.
"싫어욧!"
라이의 격렬한 반응에 아버지는 일순 말을 채 잇지 못하고 멍한 표정을 지었다.
'이곳을 떠나고 싶어 하는 줄 알았는데, 그게 아니었나?'
아버지의 지레짐작은 틀렸다. 라이는 시종이 되고 싶지 않은 게 아니라, 공자의 또 다른 시종인 죠셉이라는 녀석과 얽히는 게 싫었던 것이다. 안 그래도 죠셉이 막내 공자를 따라서 이 마을을 떠난다는 소식에 라이와 그의 친구들은 환호했었다.
정말이지 밥맛 떨어지는 놈이었으니까. 그런데 그런 놈과 한 솥밥을 먹으라니. 그게 말이나 되는 소리인가. 절대로 그것만큼은 사양이었다.
하지만 그런 속사정을 아버지는 몰랐다. 그렇기에 아버지는 아들의 거부를 이해하기 힘들었던 것이다.
"싫다고?"
"예, 절대로 싫어요."
"왜 싫다는 것이냐?"
"그게……."
죠셉 녀석이 꼴 보기도 싫다는 따위의 변명은 아버지에게 씨

알도 안 먹힐 가능성이 컸다. 그렇기에 라이는 다른 이유를 꺼내들었다. 아버지도 충분히 납득할 수 있는 것으로.

"제가 왜 다 망해가는 백작가의 시종이 되어야 합니까?"

라이의 예상대로 아버지의 얼굴이 딱딱하게 굳었다. 하지만 라이는 아직 어려서 모르고 있었다. 백작을 모욕하는 것이 아버지에게 얼마나 참담한 기분이 들게 하는지를.

평소 같으면 성질을 버럭 내며 돌아섰을 텐데, 오늘의 아버지는 조금 달랐다. 대화를 계속하려고 노력하고 있었던 것이다.

"시종 노릇을 평생 하라는 말이 아니지 않느냐."

"거절하겠습니다. 아버지께서는 백작을 주군으로 선택했는지 모르겠지만, 저에게까지 그 선택을 강요하실 생각은 마세요."

삐딱한 아들의 응대에 아버지는 더 이상 참지 못하고 노성을 터트렸다.

"그런 식으로 말하지 말거라! 한때, 대제국의 핵심 영지를 맡으셨던 분이시다."

"죄송해요, 아버지."

"휴우, 죄송할 게 뭐가 있겠느냐. 이것도 다 네 녀석을 잘못 키운 내 잘못이지."

기분이 상한 아버지는 더 이상의 대화를 포기하고 뒤로 돌아섰다. 성(城; 현재 촌장이 거주하고 있는 작은 요새를 말함이다)에서 근무하다가 방금 전에 이 소식을 듣고 아들놈이 원한다면 시종으로 넣어줄 요량으로 급히 달려온 것이었는데…….

다시 성으로 돌아가려던 아버지는 차마 발걸음을 뗄 수가 없었다. 아들놈이 얼마나 세상구경을 하고 싶어 하는지 잘 알기 때문이었다.

'이럴 때 아내가 있었다면 좋았을 것을…….'

아내라면 저 고집불통인 놈을 살살 달래가며 말을 듣게 만들었을 텐데. 하지만 아내는 이미 죽고 없었고, 이번 기회는 그가 생각했을 때 정말 놓치기 아까운 것이었다. 그렇기에 아버지는 뒤돌아서서 다시 한 번 아들놈과의 대화를 시도했다.

"기사는 주군에 매인 존재. 주군을 잘 선택해야 한다는 건 내 경우를 봐도 잘 알 게다."

"……."

아버지가 평소와는 다르게 왜 갑자기 이런 식으로 이야기를 하는 것인지 그 의도를 짐작할 수 없었던 라이는 아무런 대꾸도 하지 않았다. 아버지는 아들의 표정을 힐끔 살핀 다음 말을 이었다.

"이 시골구석에서 세월만 보내고 있어 봐야 훌륭한 주군을 만날 수 있을 것 같으냐? 자고로 남자는 큰물에서 놀아야 하는 법이다. 넓은 세상에 나가야 많은 사람을 만날 수 있기 때문이지."

곧이어 라이의 불만 가득한 음성이 터져나왔다.

"그게 이거와 무슨 상관이 있습니까?"

아버지는 딱 잘라 말했다.

"상관이 있지."

잠시 아들의 표정을 살피던 아버지가 말을 이었다.

"시종으로 따라 나선다면, 최소한 다르칸까지는 안전하게 이동할 수 있지 않겠느냐."

 순간 불만 가득했던 라이의 얼굴이 환하게 밝아졌다. 그 말이 뜻하는 바를 깨달았기 때문이다. 이 지긋지긋한 야만의 대지에서 벗어날 수 있다! 그것만으로도 아버지의 제안을 받아들일 이유가 충분했다. 그 밥맛없는 죠셉 녀석과 함께 지내야 한다 하더라도 말이다.

 물론 4일 후에 친구들과 함께 가출하는 것도 괜찮기는 하지만, 문제는 이웃 마을로 도망친 이후는 아무런 대책도 없다는 것이다. 고작해야 생각해 둔 것이, 그 마을에 있는 용병길드에 가입하여 괜찮은 용병대를 소개받는 것 정도였다.

 하지만 막내 공자 일행을 따라가면 얘기가 달라진다. 수도인 다르칸까지 가는 안전한 통행로가 확보되는 것이다. 더군다나 그동안의 의식주는 물론이고, 얼마 되지는 않겠지만 월급까지도 받을 수 있을 것이다.

 잠시 머리를 굴려 고민하던 라이는 누가 혹시 엿듣지나 않는지 조심스럽게 주위를 둘러봤다. 그런 다음 아주 작은 목소리로 아버지에게 물었다.

 "다르칸에 가자마자 제가 시종을 그만두면 아버지의 입장이 곤란해지시지 않겠습니까?"

 하지만 의외로 아버지의 표정은 평온했다.

 "별 상관없다. 그건 네가 괜찮은 주군을 선택했다는 뜻일 테니, 오히려 애비로서는 기쁘기 짝이 없는 일이 되겠지."

 "예? 선택…, 이라니요?"

순간 의심스런 눈빛으로 라이를 노려보며 아버지가 물었다.
"너, 설마 수도에 도착하자마자 무턱대고 그냥 떠나겠다는 생각을 했던 것은 아니겠지?"
우물쭈물 대답을 하지 못하고 어색한 표정으로 서 있는 라이를 한심하다는 듯이 잠시 쳐다본 아버지는 한숨을 내쉬며 입을 열었다. 아들이 뭘 잘못 생각하고 있는지 말이다.
"지금 막내 공자님이 가시는 곳이 다르칸 아카데미라는 것은 알고 있겠지?"
"예."
"다르칸 아카데미는 이 나라 최고의 명문가 자제들이 모여드는 곳이다. 네가 주군을 택하고자 한다면, 밖에서 찾는 것보다 그곳에서 찾는 게 훨씬 빠르고 확실할 게다."
"그, 그건 그렇겠네요."
물론 말을 하는 도중 은근슬쩍 빼먹은 게 있다. 이 나라는 덩치는 클지 몰라도 인구는 아주 적은 약소국이라는 것을. 그런 만큼 아들이 원하는 훌륭한 주군을 얻고 싶다면 이 나라를 떠나야 했다. 좀 더 크고, 풍족한 강대한 나라로 말이다.
하지만 이미 마을을 벗어날 수 있다는 생각만으로 꽉 찬 라이의 머릿속에는 그런 건 안중에도 없었다. 아버지는 착잡한 얼굴로 라이에게 다가가 그 어깨에 손을 올려 토닥거리며 말했다.
"막내 공자께서 열흘 후에 출발하신다고 하니, 잘 생각해보고 내일 아침에는 대답을 해다오."
"알겠어요. 생각해 볼게요. 그런데 제가 가고 싶다고 하면, 보내 주실 수는 있는 거예요?"

"염려 말거라. 집사 어른도 내 부탁을 거절하지는 못하실 게다."

"알겠어요, 아버지."

아버지가 성으로 돌아간 뒤, 시간이 한참 흘렀음에도 라이는 자리에서 일어서지 못했다. 그의 머리는 빠개질 것만 같았다. 4일 후에 몇몇 친한 친구놈들과 가출을 하느냐, 아니면 10일 후에 공자와 함께 출발하느냐. 둘 다 일장일단이 있다 보니, 쉽게 결정을 내리기가 힘들었던 것이다.

한참 동안 고민하던 라이는 갑자기 벌떡 일어서며 신경질적으로 외쳤다.

"에잇, 골치 아파!"

말은 그렇게 했지만, 라이는 내심 이미 결정을 내린 상태였다.

모반죄를 뒤집어 쓰고 도망치던 와중에 아들을 얻은 아버지는 『희망』이라는 뜻을 지닌 북쪽지방의 토속어인 라이라는 이름을 자신에게 지어줬다고 했다. 하지만 이름에 담긴 뜻과 달리 자신의 탄생은 아버지에게 있어 전혀 다른 아픔으로 다가왔다.

고된 도망 생활을 하던 중 자신을 출산하는 통에 어머니의 몸은 급격히 약해졌고, 결국은 몇 년 견디지 못하고 세상을 떠나 버린 것이다.

그 후, 하나뿐인 아들이 아버지에게 희망을 줬느냐? 물론 처음에는 희망을 줬었다. 아주 영특한 데다가, 검술실력까지 뛰어나다 보니 아버지는 어린 아들에게 검술을 가르치는 것을 삶의 낙으로 삼았을 정도였다.

하지만 머리가 영특했던 만큼, 갑갑하기 짝이 없는 현실을 깨닫는 것도 빨랐다. 이곳에서는 도저히 자신의 꿈을 펼칠 수 없다는 현실에 대한 암울한 절망감. 라이는 자신의 절망감을 반항이라는 형태로 표출했다.

 안 그래도 삐딱한 아들놈 때문에 그동안 마음고생을 심하게 하셨는데, 이번에 가출까지 하게 되면 아버지가 받을 충격은 보통이 아니리라. 라이는 이번만은 효도하는 셈 치고 아버지의 말을 따르기로 했다. 그편이 다르칸까지 가기가 훨씬 더 편할 듯 느껴지기도 했고 말이다.

 '그래. 내가 가출까지 하면 뒤로 넘어가실 거야. 안 그래도 요즘 몸도 썩 좋지 않으신 것 같던데……'

 * * *

 아침 일찍 일어난 라이는 평소와 달리 세수를 끝낸 다음, 곧바로 가죽갑옷부터 착용했다. 갑옷은 질긴 트롤 가죽으로 만든 것으로, 투박하게 생기기는 했지만 아주 실용직이고 튼튼했다. 더군다나 몬스터들이 휘두르는 몽둥이의 타격점을 생각해서, 폭이 좁은 철판을 갑옷 위에 이리저리 덧대어 충격이 분산되도록 만들어져 있었다.

 그렇기에 갑옷의 무게에 비했을 때, 둔기 공격에 대한 방어력은 꽤나 뛰어난 편이었다. 하지만 가장 큰 문제점은 칼과 같이 날카로운 무기에는 의외로 쉽게 치명상을 입을 수도 있다는 것이었다. 그런 부분에 대한 방어까지 고려한다면 갑옷이 너무 무거워지므로, 그 부분은 아예 포기했던 것이다. 즉, 이 갑옷은 몬스터 전용의 갑옷이었지, 사람과의 전투는 아예 포기한 갑옷이라는 말이다. 비교적 저렴한 가격에 구입할 수 있었기에, 마을 소년들 대부분이 이런 갑옷을 입고 있었다.

라이는 습관적으로 허리에 장검을 찬 다음, 단검 1자루를 품속에 집어넣었다. 평상시 같았으면 이 정도 무장이면 충분했겠지만 여기서 멈추지 않고, 단검 2자루를 더 꺼내 양쪽 장화 속에 집어넣었다. 그런 다음 방 한쪽 구석에 놓여 있는 화살들을 몽땅 다 집어들어 예비 화살통 안에 꽉꽉 쑤셔넣었다.

이 정도 무장이면 평소 사냥을 갈 때 준비하는 것에 비해 거의 3배쯤 되는 양이다. 하지만 라이는 이 정도로도 모자라지 않을까 걱정이 되었다. 지금까지 마을을 벗어나 먼 길을 떠나본 적이 단 한 번도 없었기에…….

오늘이 바로 막내 공자가 아카데미를 향해 출발하는 바로 그 날이었다. 그리고 라이가 생애 처음으로 영지를 벗어나게 되는 역사적인 날이기도 했고.

일주일쯤 전, 3명의 악동들이 가출해 버린 사건으로 인해 마을은 뒤숭숭한 상태였다. 물론 라이에게도 추궁이 들어왔었다. 그놈들이 너한테 뭐라고 한 거 없었느냐면서. 하지만 라이는 딱 잡아뗐다. 함께 가출하지 않겠느냐는 제안을 받았지만, 단호히 거절했다고 말이다. 홀로 계신 아버지를 놔두고 몰래 도망칠 수는 없었다고.

악동들의 아버지들은 즉시 백작에게 휴가를 받아 아들놈들을 잡아오겠다며 마을을 떠났다. 그런데 아직까지 돌아오지 않고 있는 걸 보면, 녀석들은 탈출에 성공을 한 것인지도…….

"아냐. 결국에는 잡혀 올 거야. 튀어봤자 벼룩이지. 거기에서 어디로 튀겠어? 내가 생각 잘 했지. 암."

방을 나서기 전, 라이는 자신이 지금까지 살았던 방을 감회 어린 시선으로 천천히 둘러봤다. 낡은 침상 하나에 손때 묻은 테이블 하나가 가구의 전부였다. 초라하다고 할 만큼 단촐한 모습이었지만, 어찌되었든 자신이 15년을 살았던 정이 듬뿍 든 방이다. 객사(客死)를 당하든지, 아니면 훌륭한 새 주군을 찾아 그의 밑으로 들어가든지.

자신의 미래가 어떤 형식으로 흘러갈지 알 수 없었지만, 어쨌거나 다시 이곳으로 돌아올 생각은 눈곱만큼도 없었다.

라이는 콧노래를 흥얼거리며 방을 나섰다. 오랜 꿈이 오늘에야 이뤄지는 것이다.

"일어났느냐?"
"예. 안녕히 주무셨습니까? 아버지."
"앉거라. 먼 길을 떠나려면 속이 든든해야 하는 법이다."

식탁 위에는 아침식사가 거나하게 차려져 있었다. 물론 호화로운 식사라는 말은 아니다. 아침에는 전날 저녁에 먹다 남은 것들로 대충 떼우고 일터로 나가는 게 보통이었지만, 오늘은 따끈한 식사가 차려져 있었던 것이다.

아마 아버지는 이걸 만들기 위해 평소보다 훨씬 더 일찍 일어나서 음식을 만들었음에 틀림없었다.

그걸 느낀 라이는 눈물이 핑 도는 것만 같았다. 가슴이 꽉 막힌 것처럼 답답했다. 탁자에 앉기는 했지만, 아버지에게 뭐라 말을 꺼내지 못했다. 평소에도 그리 깊은 대화를 나눠본 적이 없는 사이다. 더군다나 요즘 들어서는 더욱더 반항적으로 아버지를 대해왔었다. 그런 상황이다 보니 떠나는 마당이라고 갑작스럽게 아버지에게 살가운 대화를 꺼낼 수 있을 리가 없지 않은가. 부자간의 식사는 말없이 진행되었다.

식사를 끝낸 라이는 서둘러 자리에서 일어섰다.

라이는 문가에 걸려 있던 두터운 로브를 집어들었다. 아버지가 쓰던 걸 물려받은 거였기에 꽤나 낡은 물건이기는 했지만, 추위를 막는 데는 전혀 무리가 없었다.

"이만…, 가볼게요, 아버지."

아버지는 문밖으로 나가려는 라이의 어깨를 다급히 붙잡으며 말했다.

"이건 가져가야지."

아버지가 건넨 것은 제법 묵직해 보이는 자루 한 개였다.

"이게…, 뭡니까?"

"가면서 먹을 음식들을 좀 챙겼다. 물론 식량이 배급되기는 하겠지만, 따로 가져가는 게 좋을 게다. 네 나이 때는 아무리 먹어도 배가 고픈 법이니까."

"고맙습니다, 아버지."

"그래, 몸 건강하거라."

라이는 활과 화살, 그리고 식량 자루를 등에 지고는 서둘러 집을 나섰다. 이때 등 뒤로 아버지의 묵직한 목소리가 들려왔다.

"신중하게 생각하고, 이거다 싶을 때는 최선을 다하거라. 부디 신의 가호가 함께 하기를 빈다."

아버지가 걱정스런 시선으로 그 뒷모습을 바라보고 있건만, 야속한 아들놈은 단 한 번도 고개를 뒤로 돌리지 않고 빠른 걸음으로 걸어가 버렸다.

"영악한 놈이니 잘 해내겠지."

라이의 모습이 어둠 속으로 사라진 후에도, 아버지는 오랫동안 그 자리에 서 있었다.

여명 사이로 인마(人馬)들이 움직이고 있는 것이 어렴풋이 보인다. 머리를 맞대고 사이좋게 담소를 나누고 있는 것처럼 보였지만, 낮은 목소리로 대화를 나누고 있는 그들의 얼굴에는 긴장감이 어려 있었다. 뭔가 서로 의견이 맞지 않았기 때문이다.

"말을 가지고 가지 않는 게 안전하다니까 그러네요."

"자네, 이미 결정을 내린 걸 가지고 계속 그럴 건가? 공자님께서 가시는데 그 먼 거리를 도보로 걸어서 갈 수는 없지 않은가."

자신이 생각해도 이 정도 이유로는 부족하다고 느꼈는지 그는 곧이어 말을 이었다.

"여차하면 그때 말을 포기하면 되지 않겠나. 몬스터들이 말에 정신이 팔려 있을 때, 그 순간을 활용해서 탈출할 수도 있고 말일세."

"뭐, 그렇게까지 말씀하신다면……."

"잠깐!"

쑤군거리던 사내들 중 한 명이 누군가가 다가오는 것을 느끼고는 손을 들어 상대방의 말을 가로막았다. 잠시 후, 사내는 다가오는 사람이 라이라는 것을 확인할 수 있었다.

"어서 오너라, 라이."

짙은 턱수염과 구레나룻 때문에 얼굴의 윤곽조차 알아보기 힘든 사내가 라이를 향해 먼저 아는 척을 했다. 짙은 턱수염 탓에 입이 더욱 빨갛게 보인다.

"안녕하세요, 헤슬러 아저씨."

마틴 헤슬러 남작은 백작이 총애하는 가신들 중 한 명이다. 그의 곁에 서 있는 3명의 기사들 역시 모두들 뛰어난 실력을 갖추고 있기는 했지만, 아무래도 헤슬러보다는 무게감이 적었다. 그걸 보면 헤슬러가 호위대의 대장인 모양이다.

라이는 다른 기사들과도 인사를 나눴다. 모두들 라이의 아버지 정도의 연배들이다. 백작은 제국을 탈출한 이래 제대로 된 기사들을 더 이상 영입하지 못했던 것이다.

"너는 저기에 있는 밤색 암말을 타도록 해라. 순한 녀석이니 다루기 편할 게다."

라이는 말을 타고 갈 거라는 말에 흥분했다. 그는 말을 거의 타보지 못했던 것이다.

"우와, 말이다."

라이는 순간의 선택을 정말 기가 막히게 했다고 생각했다.

'역시 가출하지 않고 공자 일행에 묻어가기를 잘했어. 말까지 타게 될 줄이야.'

노회한 밤색 암말은 라이가 초짜라는 것을 금세 눈치 채고는 얕잡아보고 툴툴거렸지만, 녀석의 내심을 알 리 없는 라이는 말을 진정시키고자 목을 쓰다듬어 줬다. 녀석은 라이도 잘 알고 있는 말이었다. '팔로아'라고 불리는 나이가 제법 든 암말로서, 성질이 순해서 초보자도 다루기 쉬운 녀석이다.

사실, 아버지를 통해 백작 저택에 있는 말들을 몇 번 타보며 승마술을 배우기는 했지만, 그리 뛰어난 실력은 아니었다. 하급 기사의 아들이 마구간의 말들을 대놓고 이용하기에는 눈치가 보였기 때문이다.

라이의 온 정신이 암말에 집중되어 있을 때, 등 뒤에서 헤슬러의 근엄한 목소리가 들려왔다.

"저기에 있는 짐이 네 거다. 말에 싣도록 해라."

헤슬러가 가리킨 곳에 작은 보따리 2개가 끈으로 연결되어 말에 싣기 편히게 준비되어 있었다. 보따리의 무게는 꽤나 묵직했다. 보따리에서 식욕을 돋우는 향긋한 냄새가 솔솔 풍겨 나오는 것을 보면 식량이 들어 있는 모양이다.

라이가 보따리를 말에 싣고 있을 때, 그의 나이 또래의 소년 하나가 저택에서 걸어나왔다. 녀석의 이름은 죠셉. 라이보다 더 근육질의 몸매를 지니고 있었고, 키도 좀 더 컸다. 녀석은 라이를 보더니 깔보는 듯한 표정으로 말을 걸어왔다.

"이거 라이 아냐, 너도 가냐?"
"응."
"호오, 놀라운데? 말을 타고 간다고 들었기에, 네가 갈 거라고는 생각도 하지 않았거든. 너는 말을 탈 줄도 모르잖아."

이죽거리는 죠셉의 말투에 라이의 기분은 점점 나빠지기 시작했다. 하지만 놈에게 뭐라고 쏘아주지는 못했다.

'똥이 무서워서 피하냐? 더러워서 피하지.'

무기를 가지고 싸운다면 패하지 않을 자신이 있었다. 하지만 결투도 아니고, 애들 싸움에 칼을 들고 설칠 수는 없는 노릇이 아닌가. 체격적인 조건에서 놈이 압도적인 데다가, 더더욱 안 좋은 것은 놈의 아버지가 자신의 아버지보다 훨씬 직위가 높다는 데 있었다.

"조금은 탈 줄 알아."
"조금? 흥! 그 정도 가지고 공자님을 따라갈 생각을 하다니. 너, 하루 종일 말 타본 적 있어? 아마 엉덩이가……."

슬슬 시비를 걸고 있던 죠셉이 황급히 입을 다물었다. 왜 갑자기 녀석이 말문을 닫았는지 궁금하기도 했지만 라이는 뒤돌아보지 않았다. 더 이상 짜증나는 놈과 엮이기 싫었기 때문이다.

'그래. 싸워봤자 좋을 게 없지. 성격 좋은 내가 참아야지. 젠장.'

속으로 투덜거리며 하던 일을 계속하는 수밖에. 하지만 나빠진 기분은 쉽사리 나아지지 않았다.

이때, 라이의 등 뒤에서 매력적인 목소리가 들려왔다.

"라이, 오랜만이구나."

'이 목소리는?'

라이가 황급히 뒤를 돌아보니, 자신의 등 뒤 한 발자국 정도 떨어진 곳에 아름답다고밖에는 표현하기 힘든 소년이 서 있었다. 길게 기른 금발머리. 백작가의 자식이라는 훌륭한 혈통에 어울리는 외모를 지닌 소년이었다. 이렇게 몰락하지만 않았다면, 라이는 서슴지 않고 그를 자신의 주군으로 선택했으리라.

'젠장, 이래서 내가 만나기 싫었다고.'

초롱초롱한 아름다운 눈망울만 바라봐도 녀석과 같이 있고 싶다는 강한 유혹이 밀려온다. 죠셉은 거기에 홀라당 넘어가 버렸지만, 라이는 유혹을 참아냈다. 그는 좀 더 현실적이었던 것이다.

하지만 라이가 강한 유혹을 느꼈을 만큼, 막내 공자는 괜찮은 성품의 소유자였다. 공자의 나이 많은 형들은 둘 다 아버지가 떵떵거릴 때 태어나서 부유한 어린 시절을 보내서 그런지, 그야말로 인간이 덜 된 상태였다. 하지만 불우한 시절에 태어난 막내 공자는 달랐다. 아버지 밑에서 일하는 기사들의 애환을 이해하고 있었던 것이다.

"오랜만입니다, 공자님."

금발머리는 불만 어린 어조로 라이에게 말했다.

"우리 사이에 갑자기 왜 그래? 예전처럼 그냥 짐이라고 불러."

"그래서야 되겠습니까, 공자님. 엄연히 신분이라는 게 있는데 말입니다. 공자님께 그런 말을 했다는 게 아버지 귀에 들어가면, 또다시 혼구녕이 나는 건 저란 말입니다."

"위너스 경에게는 내가 잘 말해 둘게."

"말로 해서 통할 상대였다면, 예전에 그렇게 하셨겠죠."

그 말에 둘의 대화가 갑자기 끊겼다. 짐, 아니 제임스도 그 사실을 잘 알고 있었기 때문이다. 라이의 아버지가 고집불통이라는 말을 들을 정도로 고지식하다는 것을 말이다.

만약 그가 조금만 더 유연한 사고를 지니고 있었다면, 백작의 총애를 받았을지도 모른다. 누가 뭐라고 해도 백작의 가신들 중에서 첫손가락에 꼽히는 검술의 소유자가 바로 그였으니까.

이때, 헤슬러 남작이 공자에게 공손한 어조로 말했다.

"갈 길이 멉니다, 공자님. 얘기는 가는 길에 하시지요."

백작가의 막내아들이 먼 길을 떠나는데 호위하는 사람이 겨우 기사 4명에 시종 2명이라니……. 그 숫자만 봐도 백작가가 얼마나 몰락했는지 짐작할 수 있을 것이다.

하지만 부자가 망해도 3대는 간다고 했던가? 공자가 말에 오를 때 옆으로 살짝 벌어진 로브 자락 사이로 고풍스런 문양이 새겨진 갑옷이 얼핏 보였다. 과연 과거 대제국의 백작가 아들이 입고 있을 만한 고급스런 갑옷이었다.

여행의 시작

29 희망이라는 이름

크라레스 제국을 탈출한 백작이 둥지를 튼 곳은 '오츠아' 라는 북쪽 변방에 위치한 왕국이었다. 영토는 꽤나 넓은 편이었지만, 거주하는 인구수는 보잘것이 없는 약소국으로서, 영토의 대부분이 아직도 사람의 손길이 닿지 않은 불모의 대지였다.

끝도 없이 이어지는 울창한 삼림지대. 그나마 다행이라면 저 남쪽의 무더운 기후에 조성된다는 밀림과는 달리 나무들이 조밀하게 자라지 않는다는 점이다. 그래서 이렇듯 말을 타고 이동할 수가 있는 것이었지만.

헤슬러 남작은 일행들을 독려하여 꽤 빠른 속도로 전진했다. 물론 서두른다고 서두르고는 있었지만, 나무가 빽빽하게 우거진 산길을 가야 했기에 속도는 생각만큼 그리 빠르지 않았다. 하지만 하루 종일 말을 타고 이동하다 보니, 어느덧 일행들은 라이가 지금껏 단 한 번도 와보지 못한 지역에 들어서 있었다.

"오늘은 여기에서 야영하는 게 좋겠습니다, 공자님."

"그렇게 하도록 하세요, 헤슬러 경."

여기서 야영한다는 말에 라이는 황급히 말에서 내려 엉덩이부터 주물러댔다. 말을 탄다는 것이 이렇게까지 엉덩이가 아픈 것인 줄은 지금껏 상상도 해본 적이 없었기 때문이다.

"이봐, 라이. 네 엉덩이가 먼저가 아니라, 말부터 돌보는 게 먼저야. 알겠냐?"

라이가 주위를 둘러보니 모두들 말을 돌보고 있었다. 라이는 말을 타고 나와서 노숙을 하는 것은 처음이었기에, 다른 사람들이 하는 짓을 주의 깊게 훔쳐보고는 그대로 따라서 했다.

말 등에 매여 있는 묵직한 안장을 풀자마자, 땀에 젖은 말 등이 드러나며 악취가 진동을 한다. 하루 종일 환기도 되지 않고 땀에 절어 있었기에 그런 모양이다. 씻겨 주는 게 제일 좋겠지만, 그럴 여건이 되지 않으니 모두들 닦아주는 것으로 만족했다.

말 등을 깨끗이 닦아준 다음에는, 밤새 말이 뜯어먹을 수 있도록 풀이 많은 곳을 골라 고삐를 묶어줬다. 말이 충분히 휴식을 취할 수 있도록 배려해 준 후에야 사람이 쉴 수 있었다. 저마다 보따리에서 먹을 걸 꺼내 우물거린다.

하루 종일 말을 타고 이동하면서, 틈틈이 보따리에서 먹을 걸 꺼내 요기를 했었다. 그런 만큼 저녁에 자기 전에는 제대로 된 음식을 먹을 수 있을 거라고 라이는 기대했다. 하지만 모두들 요리를 할 생각은 하지도 않고 있었다.

"저녁 식사 준비는 안 합니까?"

라이의 질문에 헤슬러 남작의 짧은 대답이 돌아왔다.

"이 일대는 붉은머리 오크족의 영토다."

붉은 흙을 이용해서 머리털을 장식하는 걸 즐기는 오크들이기에 편의상 붉은머리 오크라고 불렀다. 겨우 하루 만에 붉은머리 오크족의 영토까지 들어왔다니. 말이라는 동물을 이용했을 때, 이동속도가 얼마나 빠른지를 새삼 절감하는 라이였다.

하지만 놀라운 것은 놀라운 것이고, 라이의 마음속에 떠오른 의문은 전혀 해소되지 않고 있었다.

'오크의 영토라서 왜? 오크의 영토와 식사 준비하는 것이 무슨 상관이 있다고……'

라이가 제대로 알아듣지 못하는 듯하자, 외곽 쪽에 앉아 있던 루크가 끼어들었다. 그는 여기 있는 기사들 중에서는 가장 인상이 좋은 편이었고, 실제 성격 또한 그러했다. 루크는 입 안에 들어 있는 음식을 우물거리며 말했다. 그 때문에 발음이 정확하지는 않았다.

"오크는 불을 겁내지 않아. 그런 만큼 요리를 한답시고 불을 피워놓으면 그건 바로 '우리들이 여기에 있으니 습격해 주쇼' 하고 오크들에게 알려주는 거나 다름없는 거지. 이제 알겠냐?"

"아, 고마워요, 루크 아저씨."

루크는 아직 입 안에 들어 있는 음식을 다 삼키지 않았는데도 불구하고, 자루에서 커다란 소시지 한 덩어리를 꺼내 크게 잘라내며 말했다.

"너는 야영을 해보지 않은 모양이구나. 그런 기초적인 상식조차 모르고 있는 걸 보면."

"예, 아저씨. 아버지를 따라서 사냥은 몇 번 다녀봤지만, 야영은……."

얘기를 듣고 있는 헤슬러 남작이 얼굴을 찌푸리는 걸 보며,

라이는 황급히 입을 다물었다. 아마 헤슬러는 자신이 이렇게까지 경험이 적을 거라고는 생각하지 않았던 모양이다.

"특별한 경우가 아닌 한, 야영을 하면서 불을 피우는 경우는 거의 없다. 불빛을 보고 달려드는 몬스터들이 꽤나 많거든. 특히 오크들이 문제지. 녀석들은 늑대만큼이나 냄새를 잘 맡으면서도 전혀 불을 두려워하지 않거든."

대충 식사를 마친 타일러가 주섬주섬 자신의 짐을 집어 들더니 나무 위로 올라가기 시작했다.

'왜 저러는 거지? 주변을 둘러보기라도 할 생각인가?'

입 안에 든 음식을 우물거리며 라이가 의아해 하고 있을 때, 다른 사람들도 각자의 짐을 들고 나무 위로 올라가기 시작했다. 나무 한 그루에 한 명씩 올라갔지만, 헤슬러 남작만은 공자를 도와 그와 함께 올라갔다. 밤새도록 그를 옆에서 지켜주겠다는 뜻이리라.

제일 먼저 나무 위로 올라간 타일러가 가지 위에 앉아서는 나무에 등을 기대고 다리를 쭉 뻗었다. 눈까지 지그시 감는 걸 보면, 정말 나무 위에서 자려는 모양이다.

'젠장. 나무 위에서 자야 할 줄이야……'

눈치를 보던 라이는 어쩔 수 없이 낑낑거리며 나무를 타고 올라갔다. 안장을 제외하고 말에 실었던 짐들까지 모두 다 등에 지고 있는 데다가, 몸에는 묵직한 갑옷까지 걸치고 있으니 나무를 타는 게 쉽지는 않았다.

아무리 몸놀림이 날렵한 그라고 하지만, 이렇게 짐들을 잔뜩 짊어지고 나무를 오르는 건 정말 어려웠던 것이다.
 그때, 그의 눈에 옆나무를 오르고 있는 조셉 녀석의 모습이 들어왔다. 녀석은 덩치가 큰 걸 자랑이라도 하듯 아주 쉽게 쓱쓱 올라가고 있었다. 아니, 어쩌면 그도 낑낑거리며 올라가고 있는지 모르겠지만, 적어도 라이의 눈에는 그가 아주 쉽게쉽게 올라가는 것처럼 보였다.
 "이런 제기랄!"
 '저 돼지 같은 녀석도 올라가는데, 내가 여기서 포기할 수는 없지.'
 라이는 악에 받쳐서 사력을 다해 나무를 기어오르기 시작했다. 겨우겨우 다른 사람들이 자리잡고 있는 정도의 높이에까지 올라섰을 때쯤, 라이의 온몸은 땀으로 흠뻑 젖어 있었다. 결국에는 해냈다는 뿌듯한 성취감.
 라이는 이마에 흥건히 솟아오르는 땀을 손으로 훔치며 자부심 어린 눈길로 주위를 둘러봤다. 어른들 중에서 아무라도 자신에게 칭찬이라도 해주길 잔뜩 기대하며.
 하지만 라이는 그런 헛된 기대는 금방 버려야 했다. 생각해 보니 주위에 있는 어른들은 모두 다 자기 아버지뻘인 중년의 기사들이다. 더군다나 그들이 입고 있는 갑옷의 상체는 라이의 것보다 훨씬 더 두껍고 무거운 철판갑옷이었다. 그런 아저씨들도 모두 다 나무를 탈 때 땀 한 방울 안 흘린 것처럼 보이는데, 어찌 새파란 자신이 힘들다는 내색을 할 수 있겠는가.
 라이는 행여 다른 사람이 들을 세라 낮게 한숨을 푹 내쉬었다. 시작부터 이렇게 고난의 연속이어서야, 앞으로의 일정이 걱정되었기 때문이다.

라이는 다른 사람들을 보면서 그들을 흉내 내어 자세를 잡았다. 나무에 등을 기대고, 굵은 가지 위로 다리를 쭉 뻗으니 그런대로 잠을 잘 수 있을 것도 같기는 했다. 하지만 평소 잠을 자면서 몸부림이 심한 라이였기에, 혹시 밑으로 떨어지지나 않을까 하는 걱정이 되는 것도 사실이었다.

'에라, 모르겠다. 떨어질 테면 떨어지라지. 죽기밖에 더하겠어.'

이때, 헤슬러 남작의 나직한 목소리가 들려왔다.

"첫 불침번은 타일러가 서."

"예."

헤슬러 남작은 불침번을 설 순서를 지시했다. 물론 공자는 그 순서에서 당연히 빠져 있었다.

점차 어둠이 짙어오기 시작하며, 라이의 기념할 만한 하루가 저물고 있었다. 나무 위에 자리잡은 라이는 곧이어 깊은 잠에 빠져들었다. 너무나도 피곤했기 때문이다.

헤슬러 남작은 언제 말을 상실할지 알 수 없었기에, 말이 있을 때 최대한 많은 거리를 이동하기로 작심한 모양이다. 그렇기에 그는 필요 이상으로 일행을 닦달하며 강행군을 감행했다. 건장한 라이가 겨우 하루 동안의 여행으로 녹초가 된 것도 다 이유가 있었던 것이다.

"큭!"

얼굴에서 느껴지는 지독한 통증에 라이는 잠에서 깼다. 달빛조차 나무 그늘에 가려 있어 한 치 앞도 보이지 않을 정도다. 잠결에 벌떡 일어서려 했던 라이는 무게 중심이 흔들리며 하마터면 땅바닥으로 추락할 뻔했다.
"허억!"
한순간에 잠이 확 깬다.
이때, 저 앞쪽 어둠 속에서 나직한 목소리가 들려왔다.
"이제 일어났냐?"
"예? 아, 예."
"1시간 불침번 서고 루크와 교대해라."
"알겠습니다."
"주위를 세심히 살피고, 조금이라도 이상이 있으면 나를 깨워. 알겠냐?"
"예."
방금 전에 땅바닥에 떨어져 죽을 뻔한 탓에 아직도 심장이 쿵쾅거리며 뛰고 있다.
"그나저나 엄청나게 어둡네."
마음을 진정시키려고 일부러 약간 소리를 내서 중얼거려 보는 라이였다. 처음에는 아무것도 안 보이더니, 시간이 지나자 어둠에 눈이 익어 어렴풋하기는 했지만 차츰 뭔가가 보이기 시작했다. 아니, 절반쯤은 눈으로 보고 나머지 절반쯤은 귀로 듣고 있다고 봐야 했다.
짙은 어둠 때문에 주위가 잘 보이지 않다보니, 청각이 극도로 예민해진다. 주변에서 들려오는 날벌레소리, 바람 때문에 가지가 흔들리는 소리, 가지 사이로 바람이 스쳐지나가는 소리…….

언제부터 자신이 졸기 시작했는지는 라이도 몰랐다. 워낙 좁은 나무 위에 걸터앉아 있다 보니, 잠에서 깨어난 자세 그대로 앉아 있었다. 그러다가 어느 샌가 다시금 잠에 빠져들었던 것이다.

퍽!

"크억!"

배가 터져나가는 듯한 지독한 고통. 너무나도 극심한 고통에 라이는 비명조차 제대로 지르지 못할 지경이었다. 배를 감싸쥔 채 상체를 앞으로 엎드리고 있는데, 이번에는 찢어지는 듯한 통증이 등 뒤로 느껴지며 커다란 소리가 울려 퍼졌다.

퍽!

"헉!"

그제야 라이는 고통의 이유를 알 수 있었다. 누군가가 자신을 두들겨 패고 있었던 것이다. 짙은 어둠 속이라 상대가 뭐로 자신을 두들기고 있는지조차 몰랐다.

'모, 몬스터?'

처음에는 그렇게 생각했다. 하지만 그는 곧이어 생각을 바꿨다. 몬스터가 왜 자신을 두들겨 패고만 있겠는가. 진짜 몬스터라면 처음부터 죽이려고 들었지, 이렇게 때리지만은 않을 것이다.

이때, 갑자기 상대가 자신의 목줄을 움켜쥐고 힘껏 조여왔다. 숨을 쉬기도 힘들었다.

"컥컥……."

어둠을 뚫고 냉막한 음성이 들려왔다. 헤슬러 남작의 목소리였다. 라이는 소름이 쫙 끼쳤다. 지금까지 이렇게까지 냉정한 목소리는 들어본 적이 없었던 것이다. 도대체 무슨 수를 썼는지는 모르겠지만, 헤슬러 남작은 라이가 졸고 있는 것을 눈치 챈 것이다.

"불침번을 서면서 한번만 더 졸았다가는 죽여버릴 테다. 알겠냐?"

라이는 정신없이 고개를 끄덕였다.

그제야 목줄을 움켜쥐고 있는 손의 힘이 풀렸다.

"너는 동료들의 목숨을 위험에 빠뜨렸다. 네가 병사라면 이미 패죽여 버렸겠지만, 아직 어리다는 점을 감안하여 살려주는 거다. 다시는 불침번을 설 때 졸지 마라."

"예, 예."

라이는 온몸이 아리는 고통 때문에 밤새도록 신음하며 잠을 이루지 못했다. 지금껏 이런 대접을 받은 적이 단 한 번도 없었던 라이였기에, 어젯밤에 벌어진 일은 엄청난 충격이었다. 이런 대접을 받으면서까지 시종을 할 필요가 있을까?

집으로 돌아가고 싶은 생각이 굴뚝같았지만, 어쩔 수가 없었다. 그가 돌아가고 싶다고 한다고 해서 순순히 돌려보내줄까? 아니, 돌아가라고 한다고 해도, 누군가가 영지까지 안내해 줄 가능성은 눈곱만큼도 없다는 생각이 들었다.

길도 모르는 그가 영지로 돌아갈 수 있을 리 없다. 더군다나 온 사방에 몬스터들이 득실거린다고 하지 않는가. 지금까지 단

한 마리도 보지는 못했지만 말이다. 어쨌건 혼자 돌아가기에는 너무나도 위험한 길이었다.

"젠장, 두고 보자. 두고 봐. 헤슬러 남작, 언젠가는 오늘 일을 반드시 갚아 줄 거야."

물론 대놓고 떠들어 댄 것은 아니다. 행여 누가 들을 세라 입 속으로 중얼거린 말이다. 자신에게 힘이 없다는 게 이렇게나 서러울 줄이야.

'어떤 짓을 해서라도 제대로 된 검술을 배울 거야. 반드시, 무슨 일이 있더라도.'

하지만 그 자신도 현재 자신의 처지를 잘 알고 있었다. 하급 기사의 자식인 자신이 제대로 된 검술을 배울 수 있을 확률은 거의 제로에 가깝다는 것을 말이다.

평소 고지식한 아버지라고 씹어대기는 했지만, 그래도 책임감이 강한 아버지에게 의지하는 마음이 꽤나 컸었던 라이였다. 하지만 지금은 아버지에게 기댈 수도 없었다.

혹독했던 첫날, 헤슬러는 꼬맹이들의 정신을 다잡아주기 위해(안 그러면 앞으로의 여행이 꽤나 힘들어질 테니까) 좀 가혹하게 몰아붙인 감이 있었지만, 그게 라이에게는 오히려 약이 되었다. 막다른 골목에 몰리자, 해내는 수밖에 도리가 없었던 것이다.

그 덕분에 라이는 급속도로 현 상황에 적응해 가기 시작했다. 아무리 강행군을 해도 그는 더 이상 불침번을 서면서 졸지 않았다. 자신의 차례가 되면 힘들더라도 무조건 일어서 버렸기 때문이다.

말을 타는 것에 익숙하지도 않은데다 매일같이 강행군을 하고 있다 보니 아무리 라이의 몸이 튼튼하다고 해도 무리가 가지 않을 수 없었다. 특히 엉덩이와 허리가 무지 쑤시고 아팠다. 말의 진동을 고스란히 받아야 하는 부위이기 때문이다.

"아이고, 허리야……."

한 손으로 나뭇가지를 잡아 균형을 잡으니, 나무 위였지만 허리 운동을 하는 데는 지장이 없었다. 허리를 빙빙 돌리기도 하고, 또 다른 손으로 뭉친 근육을 주무르기도 했다. 그러면서도 눈으로는 주위의 깊은 어둠 속을 샅샅이 훑어나간다. 마을을 떠난 지 며칠 지나지 않았지만, 라이는 이미 많이 변해 있었다.

갑자기 라이가 고개를 홱 돌렸다. 어디선가 뭔가 이질적인 소리가 나는 듯 느껴졌기 때문이다. 급히 숨소리조차 죽이는 라이.

부시럭, 부시럭…….

불침번을 서면서 지금까지 들어본 적이 없는 소리가 낮게 들려온다. 순간, 라이는 온몸에 소름이 쫙 끼쳤다.

'뭔가가 저쪽에 있는 거 같아.'

하지만 설마 하는 생각도 들었다.

'혹시 내가 잘못 들은 게 아닐까?'

라이는 조심스럽게 아래쪽으로 고개를 내렸다. 나무 밑에는 말들이 매여 있었다. 몇 마리는 나무에 가려져 잘 보이지 않았지만, 마침 2마리는 달빛에 몸을 그대로 드러내고 있었다. 어둠 속에 적응된 눈이었기에 미약한 달빛임에도 불구하고, 말들의 표정까지 선명하게 보인다. 녀석들은 풀을 뜯지 않고 귀를 쫑긋거리는 것이 뭔가를 느낀 듯했다.

'내가 잘못 들은 게 아니야.'

당황하기는 했지만 라이는 지시받은 대로 행동했다. 그건 아마도 몬스터의 흉폭한 모습을 아직 보지 못했기에 얻어진 침착함인지도 모른다. 라이는 주머니에 손을 넣어 미리 준비해 뒀던 작은 돌멩이를 한 개 꺼내어 헤슬러 남작을 향해 던졌다. 나무 그늘에 가려 있어 그의 모습을 볼 수는 없었지만, 어두워지기 전에 그가 어디쯤에서 잠이 들었는지 확인해 뒀었던 것이다.

곧이어 헤슬러 남작의 피로에 지친 듯한 나직한 목소리가 들려왔다.

"무슨 일이지?"

"동쪽 방향에서 뭔가 부시럭거리는 소리가 들렸습니다. 그리고 말들의 움직임도 뭔가 수상하고 말입니다."

헤슬러가 급히 밑을 내려다보니 말들이 긴장하고 있다는 걸 한눈에 알 수 있었다. 말들은 뭔가에 겁을 집어먹고 있는 게 분명했다.

'녀석, 주위 경계를 제대로 했군.'

첫날, 벼르고 있다가 제대로 걸려들었을 때 박살을 내놓은 게 꽤나 좋은 효과를 내고 있었다. 사실 이런 식의 신병 길들이기쯤이야, 오랜 세월 백작 밑에서 기사 생활을 해온 헤슬러 남작에게는 흔히 해오던 일이었다.

동물이나 사람이나 길을 들이려면 초반에 제대로 하는 게 최고다. 나중에 뒤늦게 길들이려고 해봐야 그때는 이미 늦다. 이미 타성에 젖어버려 제대로 된 습관을 몸에 붙여주기가 쉽지 않기 때문이다.

헤슬러는 급히 사람들을 모두 다 깨웠다.

"밑에 뭔가 있다."

모두들 화살을 장전하고 소리가 들려오는 쪽으로 겨눈다. 여차하면 바로 발사할 수 있도록. 놈도 이쪽의 부산함을 느낀 것인지 움직임을 멈춰버렸다. 그때부터 기나긴 기다림이 시작되었다. 그렇다고 상대가 뭔지를 확인하기 위해 불을 피울 수도 없었다. 상대가 혹여 오크라면, 이쪽의 위치를 알려줄 뿐이기 때문이다.

결국 성급하게 움직이기 시작한 것은 미지의 적이었다. 다시금 부시럭거리는 소리가 들려오더니, 나무를 피해 숲의 밑바닥까지 내려온 달빛에 적의 모습이 잠깐이기는 했지만 완벽하게 드러났다.

2.5미터는 속히 되어 보이는 상대한 제구, 새파랗게 번썩이는 두 눈, 개처럼 생긴 길쭉한 주둥이, 길게 솟아나와 있는 무시무시한 송곳니. '숲의 유령'이라고 불리는 트롤이었다.

트롤은 아주 강한 몬스터였다. 거기에다가 놈의 회복력은 너무나도 뛰어나서 웬만한 상처쯤은 조금만 쉬면 회복될 정도이기에 상대하기가 아주 까다롭다. 하지만 불행 중 다행이라면, 놈은 무리를 짓지 않는 몬스터라는 사실이었다. 즉, 저 녀석 하나만 상대하면 된다는 말이다.

　잠시 긴장하기는 했지만, 트롤을 활로 겨누고 있자니 점차 마음이 안정된다. 사람들이 트롤을 '숲의 유령' 이라고 부르는 것도 다 놈의 행동이 워낙 은밀하기 때문일 것이다. 그리고 그런 행동은 무리를 짓지 않는 육식동물들이라면 당연한 것이다. 대놓고 쫓아 다녀봐야 잡혀줄 사냥감은 단 하나도 없을 테니까.

　하지만 그런 트롤의 은밀한 접근을 자신은 눈치 챘다. 라이의 얼굴에 짙은 자부심이 어렸다.

　'유령이라고 하더니, 별것도 아니잖아.'

　모습을 포착하지 못했을 때나 유령 소리를 듣는 것이다. 놈은 이미 포착되었고, 지금 모두들 놈을 향해 활을 겨누고 있다. 화살촉에는 대형몬스터를 상대하기에 적합하도록 상처 회복을 방해하는 독약까지 발라져 있다. 제아무리 트롤이라고 해도 화살 세례를 받는다면 살아남기 힘들 것이다. 라이는 침착하게 헤슬러 남작의 발사 명령을 기다렸다.

　사람들이 자신에게 활을 겨누고 있다는 것도 모른 채, 트롤은 천천히 거리를 좁혀오고 있는 중이다. 눈치 빠른 말들이 트롤의 접근을 파악하고는 겁에 질려 동요하고 있었지만, 트롤은 느긋했다. 도망쳐 봤자, 곧바로 잡을 수 있다는 자신감이 엿보인다.

　슉!

　그때, 갑자기 화살 한 발이 트롤을 향해 날아갔다. 그와 동시에 다른 기사들도 일제히 시위를 놨다. 라이만이 시위를 놓을 타이밍을 놓친 채 멍하니 활을 겨누고 있을 뿐이다.

퍽!

첫발은 트롤의 몸에 꽂혔지만, 뒤이어 날아간 다른 화살들은 모두 다 빗나갔다. 화살에 맞자마자 트롤이 엄청난 속도로 움직였기 때문이다.

"이런 제기랄! 어떤 새끼가 쐈어?"

헤슬러 남작이 내뱉는 욕설이 들려왔다. 사실, 그의 명령이 있기 전에 화살을 쏴서는 안 됐던 것이다.

만약 놈이 일반적인 육식동물이라면, 그것도 단독 생활을 하는 육식동물이었다면 상황은 여기에서 끝이 났을 것이다. 화살을 한 대 맞은 순간, 뒤도 돌아보지 않고 도망쳤을 테니까. 그들은 상처 입기를 원하지 않는다. 아무리 작은 상처라도 그로 인해 목숨이 위태로울 수 있다는 것을 본능적으로 알기 때문이다.

하지만 트롤은 달랐다. 녀석들은 상처회복력이 놀라울 정도로 뛰어나다. 그리고 그걸 스스로도 잘 알고 있었다. 그렇기에 놈들은 단독 행동을 하는데도 불구하고, 적과의 충돌을 두려워하지 않는 아주 호전적인 몬스터였다.

상처 입은 트롤이 엄청난 속도로 달려왔다. 어두운 데다가 속도까지 빠르다 보니 놈에게 활을 겨눈다는 것 자체가 불가능했다.

이때, 라이가 놀라서 입을 쫙 벌리지 않을 수 없는 장면이 그의 눈앞에서 펼쳐졌다. 트롤이 몸을 날리더니, 몽둥이를 들지 않은 반대편 손으로 나뭇가지를 잡고 그 탄력을 이용해 공중으로 뛰어올랐던 것이다. 커다란 덩치를 지닌 대형급 몬스터의 움직임이라는 게 도저히 믿겨지지 않을 정도의 민첩함이다.

붕~ 하고 놈의 몸이 하늘 위로 솟구치더니, 그 상태에서 다른 나뭇가지를 한 손으로 잡고는 탄력을 이용해 더욱 높이 몸을 띄웠다. 덩치 큰 트롤이 마치 원숭이처럼 나무를 타는 모습에 라이는 경악하지 않을 수 없었다.

라이는 자신이 나무 위에 있는 만큼 안전하다고 생각했지만, 사람들이 왜 트롤을 '숲의 유령'이라고 부르는지 그 이유를 알고 있었다면 절대로 그런 생각을 했을 리가 없었다.

트롤같이 덩치가 큰 몬스터들은 나무를 탈 줄 알더라도 특별한 경우가 아닌 한 걸어서 이동한다. 왜냐하면 나뭇가지가 몸무게를 못 이기고 부러지는 경우가 허다했기 때문이다.

하지만 일단 나무를 타면, 사람에 비해 월등한 운동신경과 균형감각, 그리고 강인한 근력으로 원숭이만큼이나 재빨리 이동할 수 있었다. 즉, 트롤을 상대하는 데 있어서 나무 위는 결코 안전한 장소가 될 수 없다는 말이다.

"젠장! 어디로 갔어?"

사람들이 어디에 숨어 있는지를 눈치 챈 트롤은 무식하게 곧장 달려들지 않았다. 놈은 교활하게도 옆쪽으로 빠른 속도로 이동하는 듯 싶더니 나무그늘 속으로 몸을 숨겨버렸다. 한밤중이다 보니 놈이 도대체 어디에 숨어 있는지 찾아낼 방법이 없다.

그때 헤슬러 남작은 트롤의 몸무게 때문에 흔들린 마지막 나무어림을 겨냥한 채 외쳤다.

"저 근처인 것 같다. 모두들 주의 깊게 살펴 봐. 리챠드는 오른쪽, 타일러는 왼쪽!"

모두의 시선이 한쪽 방향으로 집중되었을 때, 리챠드와 타일러는 각기 지시받은 대로 그 옆 부분을 훑었다. 워낙에 재빨리 움직이는 놈이다 보니 아직도 그곳에 있다는 보장이 없는 것이다.

이때, 타일러의 외침소리가 들려왔다.

"10시 방향!"

모두들 일제히 그 방향을 향해 고개를 돌렸다. 그리고 그들은 볼 수 있었다. 몽둥이를 치켜든 채 나뭇가지들을 징검다리 삼아 공간을 도약해 오고 있는 트롤의 무시무시한 모습을.

트롤은 순식간에 거리를 좁혀왔다. 타일러 같은 노련한 기사조차도 자신의 코앞에까지 트롤이 돌진해 들어오자 눈을 질끈 감아버렸을 정도다.

하지만 이때, 신이 돌봤는지 트롤이 마지막 도약을 위해 밟은 나뭇가지가 우지끈 하는 굉음을 내며 부러졌다. 트롤은 몽둥이를 치켜든 자세 그대로 땅바닥으로 추락해 버리고 말았다.

퍼버벅!

"크아아악!"

밑에서 요란한 소리가 울려 퍼졌지만, 도내체 어떻게 된 깃인지는 나뭇가지에 가려 잘 보이지 않았다. 트롤이 나뭇가지 위로 떨어진 건지, 아니면 아래쪽에 돋아나 있는 작은 나무 위로 떨어진 건지…….

혼이 빠져버린 타일러를 제외한 다른 기사들은 아래쪽을 향해 저마다 화살을 날렸다. 물론 1발만을 쐈을 뿐, 재빨리 재장전 한 채 모두들 아래쪽을 주시한다.

"죽지는…, 않았겠죠?"

"겨우 7미터 높이다. 타격이야 좀 받았겠지만, 이 정도 높이에서 떨어진다고 해서 죽지는 않아."

모두들 긴장한 채로 주위를 살펴봤지만, 트롤의 움직임은 더 이상 느껴지지 않았다. 무슨 이유에선지 모르겠지만, 놈이 물러난 모양이다.

10여 분 정도를 기다리던 헤슬러 남작은 더 이상 참지 못하고 단검을 뽑아들고 아래로 내려갔다. 일견 목숨을 내건 행동처럼 보였지만, 헤슬러로서는 선택의 여지가 없었다. 도대체 상황이 어떻게 돌아가는지 알아야 대비책을 세울 수 있기 때문이다.

헤슬러를 제외한 모두가 활에 화살을 먹인 채 만일의 사태에 대비하고 있는 가운데 초조하게 시간이 흘러갔다.

헤슬러는 아래쪽을 잠시 살펴보더니 곧바로 나무 위로 올라왔다.

"놈이 물러난 게 확실해. 타일러, 자네가 서 있는 나무의 아래쪽 가지가 부러져 있고, 거기에 피가 흠뻑 묻어 있는 걸 보면 아마 추락하면서 찔린 모양이야. 피의 양으로 보아 꽤 큰 상처를 입었음에 틀림없어."

"먹이에 대한 집착이 강한 놈인 만큼, 새벽녘에 다시 올 가능성도 있습니다. 웬만큼 상처를 입었다 해도 그 시간쯤이면 충분히 회복이 될 테니까요."

"내 생각도 그래. 어쨌건 지금은 좀 쉬어 두도록 해."

"예."

다른 기사들에게 그렇게 말한 헤슬러 남작은 이번에는 소년들 쪽으로 고개를 돌리며 으르렁거렸다.

"내 명령을 기다리지 않고, 활을 쏜 놈이 누구냐?"

어둠 속에서 헤슬러의 눈이 새파랗게 빛났다. 안 그래도 살기 어린 목소리로 질책하고 있는데, 그런 모습까지 보다 보니 라이는 실신할 지경이었다. 자기가 하지 않았음에도 불구하고.

"라이, 너냐?"

라이는 고개를 내저으며 필사적으로 대답했다.

"아, 아닙니다, 남작님. 저, 저는 결코 아닙니다."

"그러면 죠셉, 너냐?"

"……"

죠셉은 대답하지 못했다. 사실, 자신이 두려움에 질려 화살을 발사했다는 것도 그 자신에게는 커다란 충격이었다. 지금껏 그는 두려움이라는 것을 모르고 살아왔다. 마을 아이들 중에서도 백작의 자식들을 제외한다면 자신이 가장 강했다.

남을 두들겨 패며 괴롭힌 적은 많아도, 괴롭힘을 당해본 적은 단 한 번도 없었다. 더군다나 마을을 습격한답시고 왔던 몬스터들을 향해 화살을 쏴본 게 어디 한두 번이던가. 그런 자신이 트롤 따위를 보고 공포에 질리다니…….

사실 라이가 트롤의 모습을 보고 의외로 침착한 모습을 유지할 수 있었던 것은 모르는 게 약이라고, 녀석이 나무를 탈 줄 모를 거라고 착각했기 때문이다. 하지만 죠셉은 달랐다. 그는 트롤이 나무를 엄청나게 잘 탄다는 사실을 이미 알고 있었다. 그렇기에 그는 라이와는 비교도 할 수 없을 만큼 크나큰 공포에

여행의 시작 51

떨어야만 했던 것이다.

"이런 개새끼! 너구나."

헤슬러 남작은 나무 밑으로 내려가더니 곧이어 죠셉이 있는 나무를 타고 올라가 모습을 드러냈다. 그는 정말 무자비하게 죠셉을 두들겨 팼다. 이번에는 운 좋게 넘어갈 수 있었지만, 또다시 그런 일이 발생한다면 동료들의 목숨이 날아가기에 적당히 봐줄 수가 없었던 것이다.

"제, 제발 다시는 안 그럴게요. 흑흑……."

죠셉이 이렇게 심하게 매질을 당한 적이 있었던가? 마을이라면 그의 아버지의 후광이 있기에 설혹 헤슬러 남작이라고 할지라도 죠셉을 이렇게 막 대할 수는 없었을 것이다.

하지만 지금은 달랐다. 지금 죠셉을 바로 잡아 놓지 않으면 자신의 목숨이 날아갈 수도 있다는 것을 헤슬러 남작은 너무나도 잘 알고 있기에 그의 손속에는 조금의 망설임도 느낄 수 없었다.

트롤과의 숨바꼭질

29

희망이라는 이름

대부분의 육식동물들이 그러하듯, 트롤 또한 밤에 사냥하는 것을 즐긴다. 먹이를 기습하는 데 있어서 낮보다는 밤이 훨씬 더 유리하기 때문이다. 그리고 그 점이 트롤을 상대하는 것을 더욱 까다롭게 만들었다.

뛰어난 후각을 지닌 트롤인 만큼, 어쩌면 어제 낮부터 말 냄새를 포착하고 따라왔을 가능성이 컸다. 하지만 노회한 트롤은 곧장 공격하지 않고 밤이 되기만을 기다렸다. 그 편이 말을 사냥하기도 편했겠지만, 더욱 큰 이유는 말 냄새에 섞인 쇠 냄새를 맡았기 때문일 것이다. 녀석은 무기를 든 인간들을 상대하는 것이 얼마나 위험한지 이미 알고 있는 모양이다. 그랬기에 상황이 불리해지자 뒤도 돌아보지 않고 곧바로 튄 것이다.

"재미없게 됐어. 말 냄새에 트롤이 꾀일 줄이야."

"한밤중에 트롤과 싸운다는 것은 자살행윕니다. 더군다나 숲속에서……. 방금 전에는 운이 좋아서 어떻게 넘어갈 수 있었습니다만, 또다시 그런 행운이 되풀이될 리는 없을 겁니다."

잠시 말이 없던 헤슬러 남작은 이윽고 결정을 내렸다.

"말 한 필을 통행세로 던져주자."

그 말에 다른 기사들도 동의했다.

"그게 좋겠습니다. 녀석도 먹이를 확보한다면, 더 이상 우리들과 싸우려 들지 않을 테니까요."

라이는 통행세로 말을 던져준다는 기사들의 대화를 이해할 수 없었다. '옛다, 받아라' 하며 말 한 필을 놈에게 던져줄 리는 없지 않겠는가.

이때, 헤슬러 남작의 명령이 들려왔다.

"모두들 이동한다. 나무에서 내려와라."

원래가 나무라는 게 올라가는 것에 비해 내려가는 게 훨씬 더 어렵다. 그 이유는 신체 구조상 발을 디딜 곳을 눈으로 찾아내기가, 올라갈 때에 비해 더욱 힘들기 때문이다. 더군다나 지금은 워낙 어두워 발 밑쪽은 거의 보이지도 않는다.

지금까지 한밤중에 나무 위에서 내려와 본 적이 없었던 라이는 몇 번이나 발 디딜 곳을 찾지 못해 낑낑대야만 했다. 결국 땅바닥 위에 내려섰을 때, 그의 온몸은 식은땀으로 흠뻑 젖어 있었다.

헤슬러 남작은 말들 중에서 가장 쓸모가 없다고 판단한 1마리를 그 자리에 묶어놓은 다음, 다른 말들은 데리고 잠자리를 옮겼다. 즉, 그가 말한 말 1마리를 던져준다는 뜻은, 그 자리에다가 1마리를 놔두고 다른 곳으로 잠자리를 옮기겠다는 뜻이었던 것이다.

최대한 발소리를 죽여가며 30여 분 정도 걸었을까? 헤슬러 남작은 잠시 주위를 둘러본 뒤 이곳에서 밤을 보내겠다고 대원들에게 명령을 내렸다. 한밤중이기는 했지만, 나무를 올라가는 것은 한결 쉬웠다. 손으로 더듬어서 나뭇가지의 위치를 가늠할 수 있었으니까.

나뭇가지 위에 자리를 잡은 라이는 자신의 의지와는 달리 곧이어 곯아 떨어졌다. 트롤과의 대결, 그 후 이어진 야간행군. 이 모든 게 그의 진을 완전히 빼놨던 것이다.

정신없이 잠에 취해 있던 라이를 새벽에 깨운 것은 섬뜩하기 그지없는 말의 비명소리였다. 비명을 지른 말은 팔로아였다. 함께 지낸 게 일주일 남짓밖에 되지는 않았지만, 그동안 꽤나 정이 든 녀석이었는데……. 그런데 트롤의 밥이 되어 버리다니. 라이로서는 충격을 받지 않을 수 없었다.

한편으로 라이는 어른들의 예상이 그대로 적중한 것에 내심 감탄하지 않을 수 없었다. 아마도 그 자리에 계속 남아 있었다면, 트롤은 말을 죽이기에 앞서 식사에 방해가 되는 사람들부터 먼저 죽여 없애려 들었으리라.

여명이 밝아오려면 아직도 한두 시간은 더 있어야 했다. 하지만 라이는 쉽사리 잠에 빠져들지 못했다. 온몸에 한기가 들며 부르르 떨린다. 라이는 두터운 로브 자락으로 한기를 막아보려 했지만, 몸의 떨림은 쉽사리 진정되지 않았다. 그 원인이 추위로 인한 게 아니라, 공포로 인함이었기 때문이다.

하지만 이렇게 계속 떨고만 있을 수는 없었다. 지금 그가 해야 하는 것은 휴식을 취하는 것이었다. 최대한 쉬어둬야 내일의 강행군을 버텨낼 수 있을 테니까. 잠이 확 깨버린 상태였지만 라이는 눈을 질끈 감고 잠을 청했다. 곧이어 시작될 강행군에 대비해서…….

일행은 여명이 밝아오자마자 출발했다. 말 1마리를 잃기는 했지만, 다른 사고 없이 트롤 같은 대형 몬스터를 따돌릴 수 있었다는 것에 기사들은 만족하는 듯했다. 자신의 말을 잃은 라이는 죠셉과 함께 말을 타야만 했다. 평소 사이가 좋지 못했었기에 라이로서는 죽을 맛이었지만, 그래도 어쩔 수 없었다.

트롤을 만난 것으로 인해 액땜이 된 덕분인지, 그날은 아무런 사고도 없이 순조롭게 흘러갔다. 해가 점차 아래로 기울기 시작하는 것을 보며, 라이는 오늘도 하루가 이렇게 끝나는구나 하고 생각했다. 집을 떠난 이후, 어떻게 된 게 편안하게 보낸 날이 단 하루도 없다니. 정말이지 집 떠나면 고생이라던 아버지의 말이 뼈에 와 닿는다.

라이는 슬쩍 기사들 중에서는 그래도 가장 성격이 괜찮은 루크에게 질문을 던졌다. 루크 아저씨라면 자신의 질문에 친절하게 대답을 해줄 거라고 판단했기 때문이다.

"루크 아저씨, 오늘 밤에도 트롤이 습격해 올까요?"

"오늘 밤은 안전할 게다. 제아무리 트롤이 대식가라고 해도 말 1마리를 하루저녁에 먹어치울 수는 없거든. 아마 녀석은 그곳에서 먹이가 다 떨어질 때까지 머무를 거야."

"그래도 혹시 모르는 거잖아요?"

어젯밤에 봤던 트롤의 무시무시했던 모습을 떠올리기만 해도 소름이 쫙 끼치는 라이였다. 두 번 다시 그런 놈과 한밤중에 마주치는 것은 사양이었다.

그런 라이의 마음을 이해한다는 듯 루크는 고개를 주억거렸다. 두려움에 질려 아무것도 못하는 것도 문제였지만, 두려움을 모르는 것은 더욱 큰 문제라는 것을 그는 잘 알고 있었다. 트롤같이 위험한 몬스터를 얕잡아 봤다가는 한순간에 목숨을 잃을 수 있다. 그 자신은 물론이고, 동료들의 목숨까지……. 그런 두려운 존재에게 살해당하지 않기 위해 조심하는 것이 뭐가 문제겠는가.

"그래, 네 생각은 어떠냐?"

"오늘도 어제와 같은 방법을 쓰면 어떨까요?"

"어제와 같은 방법?"

"예. 말 한 필을 따로 떼어 묶어두는 거 말이에요."

라이의 말에 루크는 말도 안 된다는 듯 고개를 저었다.

"그렇게까지 할 필요가 있을까? 육식동물들은 먹이를 확보하면, 그 먹이가 떨어질 때까지 잠자고 먹기를 반복하지. 그런 식으로 쓸데없는 에너지의 낭비를 줄이고, 다음 사냥을 위한 에너지를 비축하는 거야. 거기에는 트롤 또한 예외가 아니지."

그때 우연히 옆을 지나던 헤슬러 남작이 루크의 말을 들었는지 대화에 끼어들었다.

"딴 곳에다 말 한 필을 따로 떼어났다가 아침에 다시 찾으러 가고 할 여유는 없다."

"멀찍이 떼어놓을 필요까지는 없잖아요. 재수 없어서 트롤이 오늘도 나타난다면…, 그래서 말 떼를 공격한다면 어떻게 되겠어요? 공격당한 말이 잡아먹히는 것은 물론이고, 다른 말들도 놀라서 모두 다 달아나 버릴 거예요. 안 그래요?"

지금껏 어벙하게 행동하는 것 같았던 라이가 의외로 조리 있게 자신의 의견을 말하자, 헤슬러 남작은 의외라는 듯한 표정을 지어 보였다. 헤슬러는 시선을 공자에게로 돌렸다. 그의 의견을 묻는 것이다.

"그렇게 하는 게 좋겠네요, 헤슬러 경. 조심해서 나쁠 건 없으니까요."

"공자님의 뜻이 그러하시다면, 그렇게 처리하겠습니다."

이번에 미끼로 선택된 것은 죠셉의 말이었다. 헤슬러 남작은 죠셉의 말을 약 30미터쯤 떨어진 나무에 따로 묶어 놨다. 그리고 이 결정으로 인해 헤슬러 일행은 목숨을 건질 수 있었다. 한밤중에 갑작스럽게 들려온 처절한 말 울음소리. 죠셉의 말이 죽기 직전에 내뱉은 비명이었다.

"세상에! 이게 어떻게 된 일이지?"

"그 망할 새끼가 따라왔다는 말이잖아!"

"조용히 해. 아직 범인이 그놈이라는 게 증명된 것은 하나도 없어. 어쩌면 다른 놈일 수도 있어."

"트롤이니까 이 정도에서 끝났지요. 오크라면 겨우 말 한 필에 만족했겠습니까?"

하지만 아무도 선뜻 말이 매여져 있는 곳으로 가서 살펴보고 오겠다고 나서는 사람은 없었다. 말이 묶여 있는 곳까지의 거리는 거의 30미터가 넘었다. 한밤중인 데다가 숲속이었기에 동료의 지원사격을 기대하기에는 너무나도 먼 거리였다. 아직 적이 그 자리에 남아 있을지도 모르는데…….

다음날 아침. 날이 밝아서야 그들은 범인이 트롤이라는 것을 확인할 수 있었다. 땅바닥에 선명하게 찍혀 있는 트롤의 발자국. 피가 흩뿌려져 있는 것으로 보아 말을 때려죽인 다음, 어딘가로 들고 가버린 모양이다. 말을 끌고 간 자국은 없었다. 놀랍게도 녀석은 수백 킬로그램이나 되는 말을 들고 가버린 것이다.
"대체 어젯밤에 잡은 말은 어떻게 하고?"
"어제 그 트롤이 아닐 수도 있잖습니까. 아마 다른 트롤이겠지요."
하지만 헤슬러 남작은 심각한 표정으로 고개를 가로저었다.
"그럴 가능성은 거의 없어. 모든 육식동물이 그러하듯, 트롤 역시 자신만의 영역을 가지고 있을 테니까."
겨우 하루 동안에 그 트롤의 영역을 벗어났을 가능성이 없다는 말이었다.
"그렇다면 대체 놈은 뭡니까? 어제 잡은 말은 어딘가에다 파묻어 놓고, 계속 따라와서 한 필 더 잡아갔다는 겁니까? 그렇다면 정말 욕심 많은 트롤이군요."
그때 지금까지 이야기를 듣고만 있을 뿐, 한 마디도 내뱉지 않고 있던 리챠드가 심각한 표정으로 문득 입을 열었다.
"어제는 미처 생각해 보지 못했는데, 지금처럼 트롤이 과도하게 먹을 것을 탐할 때가 있지요."

모두의 시선이 리챠드에게 집중되었다.

"아마 놈은 새끼를 키우고 있을 겁니다."

그 말을 듣던 루크가 고개를 주억거리며 찬성했다.

"새끼를? 흠, 그거 말 되네. 새끼 수가 많고, 또 덩치가 제법 크다면 먹이가 많이 필요하겠지."

타일러는 심각한 표정으로 헤슬러 남작에게 묻는다.

"그러면 이제 어떻게 하죠? 남은 말들을 모두 녀석의 새끼들을 위해 내줄 수는 없는 노릇이 아닙니까."

"물론 그럴 수야 없지. 오늘부터 좀 더 강행군을 하는 수밖에. 놈들에게도 영역이라는 게 있는 만큼, 무작정 따라오지는 못할 거야."

트롤과 싸우자고 주장하는 사람은 아무도 없었다. 겨우 4명이서 트롤을 상대한다는 것은 거의 자살행위에 가깝다는 것을 잘 알기 때문이다. 더군다나 이곳은 녀석의 홈그라운드라고 할 수 있는 숲속이 아닌가.

"그것 외에는 방법이 없겠군요."

"초반부터 재수 옴 붙었구먼. 제기랄!"

원래 헤슬러가 계획한 대로라면, 위기의 순간이 왔을 때 말들을 몬스터의 먹이로 던져주고 몸을 피하는 것이었다. 하지만 그는 그렇게 하지 않았다. 앞으로 갈 길도 많이 남았는데, 겨우 트롤 1마리 때문에 말을 포기하기는 너무 아까웠던 것이다.

"어쩔 수 없지. 놈을 떼어내는 길은 최대한 빠르게 멀리 이동하는 것뿐이다. 자 모두들 힘내자!"
 일행들은 즉시 이동을 시작했다. 아침식사마저도 이동하면서 했을 정도였다. 하지만 모두의 의욕만큼 말이 따라가 주지 못했다. 트롤을 회피하느라 말을 너무 몰아붙이다 보니, 말들의 체력이 급격히 떨어졌던 것이다. 아무리 건장한 말들이라고는 해도, 제대로 먹지도 못하고 쉬지를 못하면 그건 어쩔 수 없는 결과였다.

"말을 좀 쉬게 해야지, 더 이상은 힘들겠습니다."
 선두에 서서 열심히 말을 달리던 리챠드가 갑자기 뒤를 돌아보며 입을 열었다. 과묵한 그는 꼭 필요한 경우가 아니라면 거의 입을 열지 않았다.
 "이쪽으로 쭉 가면 작은 산이 하나 나옵니다. 산 위에서라면 트롤과의 정면대결도 가능하지 않을까요?"
 "산이 있다고? 확실한가?"
 헤슬러는 믿기 힘들다는 듯 급히 품속에 손을 넣어 지도를 꺼냈다. 하지만 아무리 살펴봐도 그쪽에 산이 있다는 표시는 없었다. 자신의 말을 헤슬러가 믿지 않는 듯 하자 안 그래도 무표정하던 리챠드의 얼굴이 더욱 딱딱하게 굳었다. 아마도 기분이 꽤나 상한 듯 했다.
 "예전에 길을 잘못 들어서 그쪽으로 갔던 적이 있었습니다."
 "흠, 자네가 직접 가봤다니 믿어야겠지."
 헤슬러는 산 위로 가면 트롤과 싸울 수 있는지에 대해 리챠드와 잠시 의논한 다음, 그곳으로 가기로 결정했다.
"지금 그쪽으로 방향을 잡으면, 언제쯤 산 위에 도착할 수 있을까?"
"잘하면 해지기 전에 도착할 수 있을 겁니다."

리챠드는 해가 지기 전에 도착하면 다행이라고 말했지만, 서두른 보람이 있었는지 어두워지기 전에 산꼭대기에 오를 수 있었다. 산 위에 올라온 일행들의 얼굴에 비로소 만족감이 어린다. 고생고생해서 올라온 보람이 있었던 것이다.
산 위쪽에는 나무가 거의 없었다. 있다고 해도 키가 아주 작았다. 산 위쪽은 바위가 많은 돌산이었기에, 나무가 커다랗게 성장할 만큼 영양분이 없었던 것이다.
더군다나 지형조차 마음에 꼭 들었다. 정상부의 태반 이상이 십수 미터에 달하는 절벽으로 이뤄져 있었기에, 정상으로 올라올 수 있는 통로는 아주 좁았다. 방어전을 치루기에 정말이지 이상적인 지형이다. 지금까지와 달리 해가 지기만이 기다려질 뿐이다.
"오늘에야 놈에게 복수할 수 있겠구먼."
"망할 놈. 오늘 밤이 네놈 제삿날이다!"
복수를 다짐하고 있는 일행들에게 헤슬러가 소리쳤다.
"자자, 모두들 진정하고 휴식을 취하도록 해라. 푹 쉬어둬야 밤에 힘을 쓰지."
방어하기에 좋은 지형이었기에 그들은 지금껏 단 한 번도 사용하지 않았던 취사도구를 꺼냈다. 제대로 된 음식을 만들어 먹으려는 것이다. 큼직한 돌덩이 3개를 주워와 삼각형으로 놓고, 임시 화덕을 만든 뒤 그 위에 구리로 만든 솥을 올린다. 구리는 아주 무른 금속이라 얇게 가공할 수 있기에 쇠로 만든 것에 비해 가벼워서 여행용으로 들고 다니기에 적합했다.

물이 부글부글 끓기 시작하자, 가지고 온 재료들을 집어넣어 끓이기 시작했다. 제대로 된 스튜를 만들려면 오랜 시간 끓여 재료들이 뭉그러질 정도가 되어야 했지만, 그들은 그렇게까지 참지 못했다.

"와아! 이게 얼마 만의 따뜻한 음식이야."

"정말 맛이 기가 막히군요."

"드실 만 하십니까? 공자님."

"예, 맛있군요."

"루크의 음식솜씨는 훌륭하지. 우리 마누라보다 훨씬 뛰어나거든."

허겁지겁 먹다 보니 어느새 솥의 밑바닥이 보이기 시작했다.

"자, 이제 어느 정도 배를 채웠으면 준비를 하자고. 자자, 어서 일어서!"

헤슬러는 일행들을 독려하여 트롤 사냥준비에 들어갔다.

"모두들 시야가 미치는 곳에 돌탑을 쌓아둬."

오밤중에 불을 피울 수는 없다. 붉은머리 오크족의 영토는 벗어났지만, 이 일대에 다른 오크족이 살지 않는다는 보장이 없기 때문이다. 그렇기에 미봉책으로나마 돌탑을 쌓아두는 것이다.

모두들 사방으로 흩어져 작은 돌들을 주워서 돌탑을 층층이 쌓기 시작했다. 다가오던 트롤이 돌탑을 건드리면 와르르 무너지도록 말이다. 그것만으로도 어둠 속에서 놈이 접근해 오는 기척을 탐지하는 데 커다란 도움이 될 게 분명했다.

물론 녀석과의 격전이 시작되면 그때는 불을 피워야만 할 것이다. 야행성인 트롤이야 어둠 속에서도 자유롭겠지만, 사람은 불빛을 필요로 했으니까. 더군다나 이곳은 나무 한 그루도 없이 사방이 탁 트인 곳이라서 달빛도 훤히 비춰진다. 전날처럼 녀석의 위치를 포착하지 못해 화살을 쏘지 못하는 일 따위는 재현되지 않을 것이다.

만반의 대비태세를 갖추고 그들은 트롤을 기다렸다. 막간을 이용하여, 식량 주머니를 뒤적여 빵과 소시지를 꺼내 우물거리고 있던 타일러가 루크에게 물었다.

"이봐, 너 물통에 물 얼마나 있어?"

"반쯤 있을 걸. 그건 왜?"

"나도 반쯤 있는데, 그거 합치자."

타일러의 제안을 이해할 수 없었던지 루크는 고개를 갸웃하며 물었다.

"합치자니?"

"그 아까운 피를 버릴 거야? 한 통 가득 놈의 피를 가져가면 꽤 짭짤하게 벌 수 있잖아."

그제야 루크는 타일러의 제안을 이해했다. 트롤의 피는 상처 회복용 물약인 포션의 핵심재료였고, 그 가격은 대단히 비쌌다.

그걸 물통에 담아가자는 말이다.

"내 몫은?"

"삼분의 일 줄게."

"에게, 겨우 삼분의 일?"

"젠장! 나는 마을에 가서 물통을 새로 사야 된다고. 찝찝하게, 트롤 피를 넣었던 물통을 다시 쓸 수는 없잖아. 아니면 배분을 반반씩 나누고, 네 물통에 담든지."

"알았어. 삼분의 일."

"좋아."

당사자인 트롤은 죽어줄 생각조차 않고 있는데, 그 둘은 벌써 피를 팔 궁리부터 하고 있었다. 그런 그들의 모습을 헤슬러와 리챠드는 기가 막힌다는 듯한 표정으로 바라봤다. 하지만 뭐라고 초치는 말을 하지는 않았다. 괜히 부정탈까 봐서였다. 그만큼 상위급 몬스터인 트롤을 상대하는 것은 쉬운 일이 아니었던 것이다.

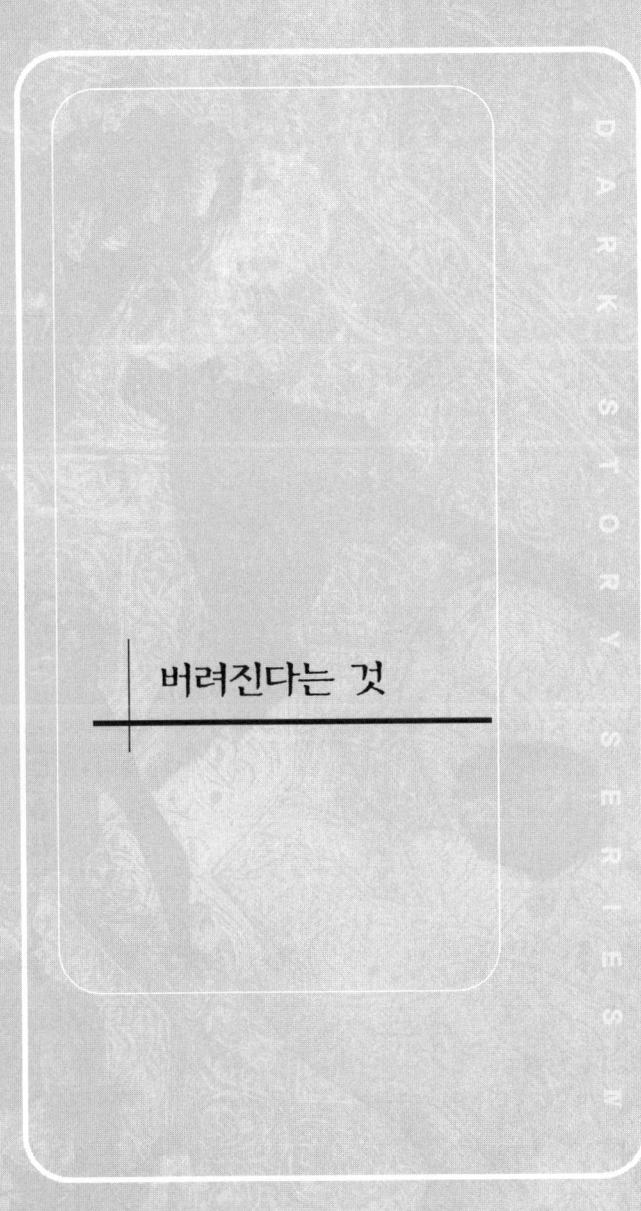

버려진다는 것

DARK STORY SERIES N

29

희망이라는 이름

사위에 짙은 어둠이 깔리기 시작했을 때, 헤슬러는 뭔가 일이 잘못되었다는 것을 느꼈다. 바람을 타고 흘러들어온 희미한 냄새가 묘하게도 그의 코를 자극했기 때문이다.

"이게 무슨 냄새지?"

"냄새라니요? 무슨 냄새가 난다고……."

코를 연신 쿵쿵거리던 리챠드가 돌연 벌떡 일어서며 짤막하게 외쳤다.

"오크다!"

돼지냄새와 비슷한 오크 특유의 냄새. 리챠드가 오크를 상대하며 몇 번이고 맡았던 냄새였다. 오크는 강인한 생김새와 달리 피부가 대단히 연약하다. 그렇기에 그들은 햇빛이 강한 낮 동안에는 거처에서 숨어 지내고, 해가 모습을 감췄을 때만 밖으로 쏟아져 나온다. 때문에 동굴 깊은 곳에 숨어 있던 놈들이 처음 밖으로 쏟아져 나올 때가 가장 냄새가 심했다. 그 덕분에 그들이 오크의 냄새를 맡은 것이다.

"젠장, 근처에 오크의 소굴이 있음에 틀림없어. 이 일을 어떻게 하지?"

"섣불리 움직이는 게 더 위험해. 놈들이 어디에 있는지 모르니까."

"말에 재갈을 물려라. 소리를 내지 못하게 막아!"

허둥지둥 대책을 강구했지만, 이미 때는 늦은 상태였다. 오크는 강인해 보이는 근육질의 몸과는 대조적으로, 머리통이 꼭 돼지처럼 생겨서 일견 웃기게 보이는 것도 사실이다. 하지만 그들은 그 덕분에 돼지에 필적할 정도로 뛰어난 후각을 지니고 있었다. 그리고 그것은 그들이 밤에 활동하는 데 있어서 커다란 도움을 주고 있었다.

"오큽니다!"

리챠드의 외침에 모두의 시선이 일제히 산 아래쪽으로 쏠렸다. 과연 산 정상으로 올라오는 길목에 뭔가가 움직이고 있었다. 툭 튀어나온 들창코에 멧돼지를 보는 듯한 위로 치솟은 뼈드렁니. 오크가 확실했다. 더군다나 그 숫자는 얼핏 봐도 10마리는 족히 넘어 보였다.

"어떻게 알고 벌써 온 거지?"

대가리의 형상이 돼지와 비슷하게 생겼다고 해서 오크를 우습게 보면 안 된다. 인간형으로 생긴 놈들의 신체는 대단히 건장했다. 하체가 좀 부실하기는 했지만, 우람한 근육질로 채워진 탄탄한 상체를 보면 놈들이 얼마나 강한지 붙어보지 않아도 능히 짐작이 가능하다.

더군다나 놈들은 무장까지 갖추고 있었다. 지금까지 마을에 쳐들어 왔던 오크들이 나무 몽둥이 따위를 들고 있었던 것에 비해, 놈들의 태반 이상은 제대로 된 무장을 갖추고 있었다. 창, 칼, 철퇴, 도끼 등등……. 더군다나 그 중 1마리는 대충 꿰맞춘 것이라고는 해도 갑옷까지 걸쳐 입고 있었다.

오크들이 이쪽의 위치를 파악하게 된 것은 일주일 이상 씻기지 못해 지독하게 풍기고 있는 말 냄새 때문이라는 것을 알 리 없는 사람들에게, 이들의 갑작스런 등장은 그야말로 불가사의한 일이나 다름없었다.

이때, 바람이 새는 듯한 괴이한 음성이 들려왔다.

"척! 호비트! 항복하라!"

그러자 성격이 괄괄한 타일러가 즉각 커다란 목소리로 응대했다.

"헛소리 하지 마라, 이 돼지새끼들아! 우리들이 무슨 할 짓이 없어서, 돼지새끼들에게 항복을 하겠냐."

"척척! 후, 후회할 거다, 호비트!"

"네놈들이나 후회하지 마라."

그래도 일행에게 그나마 다행스러운 것은 오크들 중에서 활을 소지한 놈이 없었다는 점이다. 아마 단순무식한 오크들이 사용하기에 활은 너무 복잡한 무기였는지도 모른다.

싸움의 대상이 트롤에서 갑자기 오크로 변하다 보니 모두들 당황하지 않을 수 없었다. 개별적인 전투력으로 본다면 단연 트롤이 우세하겠지만, 오크들에게는 '숫자'라는 무기가 있었다.

"얼마나 큰 종족일까요?"

"알 수 없지. 밑에 몰려와 있는 저것들이 다일 수도 있고, 아니면 조금 더 많을 수도 있고…….”

헤슬러 남작은 애써 '조금'이라는 표현을 썼다. 말이 씨가 된다고 수백 마리라고 했다가, 정말 그 많은 숫자가 튀어나올지도 모른다는 생각이 들었기 때문이다.

"어쨌거나 한 가지는 분명해. 놈들이 아직 제대로 된 진형을 갖추기 전인 지금이 탈출할 수 있는 유일한 기회라는 것!"

아마 좀 더 많은 오크들이 몰려들어 온다면 탈출 자체가 불가능해지리라. 헤슬러의 지시에 따라 모두들 오크 떼를 향해 돌격할 준비를 갖췄다. 기사들에게 가장 중요한 것은 막내 공자의 안전이었다.

헤슬러가 가장 앞장 서서 적진을 뚫고, 나머지는 빙 둘러서 공자를 호위하는 형식으로 진형을 짜기로 했다. 그리고 말이 없는 두 사람의 시종들은 뒤에서 뛰어서 따라오라고 명령했다.

"이건 말도 안 됩니다, 헤슬러 아저씨. 어떻게 달려서 말의 뒤를 쫓으라는 겁니까?"

"평지라면 불가능하겠지만, 여기는 산속이다. 산속에서는 말이 제 속도를 내지 못하는 만큼, 충분히 따라올 수 있다. 그리고 산속에서 말 위에 두 명이 타는 것은 너무 위험해. 걱정 마라. 너희들이 충분히 뒤따라올 수 있을 정도로 천천히 몰 테니까 말이야."

죠셉이 겁에 질린 얼굴로 반론을 제기해 봤지만, 헤슬러는 단호하게 내쳤다. 저런 경험 없는 꼬마 녀석들이 뒤에 탄다면 도움이 되기는커녕, 움직임에 방해만 된다는 것을 그는 잘 알기 때문이다.
 "돌격!"
 헤슬러의 신호에 따라 일행들은 오크들을 향해 돌격해 들어갔다. 설마 인간들이 처음부터 탈출을 시도할 것이라고는 전혀 예상하지 못했던 오크들의 눈에 당황감이 어렸다. 그들은 느닷없이 풍겨온 말 냄새를 따라 여기까지 온 것이었을 뿐, 전투를 감안하고 온 것은 아니었던 것이다.
 그렇기에 증원을 요청하기 위해 전령까지 보냈는데…, 그게 최악의 선택이 되어 버렸다. 싸움을 시작하기도 전에 소중한 전투원을 하나 잃어버린 것이나 다름없게 되어 버렸으니까.
 헤슬러를 비롯한 기사들이 앞장서서 오크들을 베며 길을 열었다. 사나운 기마(騎馬)의 돌진에 당황한 오크들은 허둥지둥 옆으로 피하기에 바빴다. 그리고 그 사이를 뚫고 기사들은 공자를 호위하여 최대한 빠른 속도로 산 밑으로 내달렸다. 그리고 그 뒤를 젖 먹던 힘까지 다해서 쫓아가는 라이와 죠셉.
 오크들의 상체는 사람에 비해 훨씬 건장했지만, 다리는 짧다. 뒤뚱뒤뚱 뛸 수밖에 없다 보니, 사람에 비해 뛰는 속도는 느릴 수밖에 없었다. 점차 뒤로 처지기 시작하는 오크들. 오크들과의 거리가 꽤나 벌어졌음에도 불구하고, 기사들은 달리는 속도를 늦추지 않았다. 멈추기는커녕 오히려 채찍질까지 해대고 있다.
 기사들의 뒤를 죽어라 쫓아가던 라이는 미친 듯 내달리는 것도 어느 정도지, 입속에서 단내가 풍기는 것을 벗어나 이제는 폐가 터져버릴 지경이었다.

"헉헉! 제발 좀 천천히 달려요!"

하지만 리더인 헤슬러 남작은 속도를 늦추지 않았다. 그의 오랜 경험은 이 근처에 오크족 소굴이 있음에 틀림없다고 속삭이고 있었다. 오크들의 증원이 산 아래쪽의 길을 틀어막으면 끝장인 것이다. 그걸 잘 아는 그였기에 뒤쫓아 오는 시종들을 배려할 여유 따위는 전혀 없었다.

아니, 그는 처음부터 시종들을 오크들에게 내줄 심산이었는지도 모른다. 이런 위급한 상황에서 애들 두 명을 챙기려다가는, 오히려 몽땅 다 오크들에게 죽을 위험이 있었으니까.

저 앞쪽의 수풀이 흔들리는가 싶더니, 엄청난 숫자의 오크 떼가 척척거리며 올라오는 게 보였다. 오크들의 증원이었다.

"헉헉헉! 이런…, 헉헉! 제길!"

숨이 턱에 차서 쓰러질 지경인데, 오크들과 싸울 힘이 어디에 있겠는가. 죠셉은 허리에서 검을 뽑아들었지만, 라이는 얼른 검집을 풀어 땅바닥에 내려놨다. 그리고는 두 손을 번쩍 들었다. 항복의 표시였다.

죠셉은 그런 라이를 비웃었다.

"헉헉! 배알도 없는 새끼. 헉헉, 싸워보지도 않고 돼지 새끼들에게 항복할 거냐? 헉헉!"

"헉헉, 싸우고 싶으면 너나 싸워, 새꺄."

바로 그 순간이었다. 앞쪽에서 달려오던 오크가 창을 던진 것은.

쐐앵―.

날카로운 파공음. 창이 바람을 뚫고 날아오는 소리는 오크의 육체적인 힘이 얼마나 뛰어난지를 보여주는 듯했다.

퍼억!

검을 들고 서 있던 죠셉은 자신의 배를 관통하고 들어와 있는 창대를 믿을 수 없다는 듯한 눈길로 바라봤다. 몬스터의 둔기공격을 저지하는 것을 위주로 제작된 갑옷이었기에, 날카로운 창에 너무나도 쉽게 뚫려버렸던 것이다.

워낙 순식간에 벌어진 일. 사실, 죠셉도 오크와 싸울 생각은 없었다. 숨이 턱까지 차 있는 상태라 싸운다는 것 자체가 불가능했다. 괜히 이렇듯 허무하게 오크들에게 항복하기가 싫어 짐짓 뻗대어 본 것뿐이다. 하지만 그게 이런 결과를 가져올 줄이야.

죠셉은 천천히 무릎을 꿇더니, 앞으로 푹 고꾸라졌다. 그의 표정은 자신이 이렇게 허무한 죽음을 당하게 된 것을 도저히 믿을 수 없는 듯 했다.

죠셉이 쓰러질 때쯤, 오크 떼가 라이의 코앞까지 당도했다. 오크들 중 하나가 두툼하고 커다란 칼을 번쩍 치켜들더니 막 라이를 찍어버리려는 순간, 다른 오크가 그를 제지했다. 히파는 공기를 달라고 아우성이었지만, 긴장한 라이는 숨을 쉬는 것조차 잊어버렸다. 힐끗 그 오크를 바라보니, 다른 오크들에 비해 훨씬 더 잘 차려입고 있는 게 눈에 띌 정도였다.

다른 놈들이 몸에 걸치고 있는 낡아빠진 갑옷에 비한다면, 꽤나 모양이 나는 갑옷과 투구로 몸을 감싸고 있었다. 아마도 이 놈이 두목인 모양이다. 두목 오크가 뭐라고 외치자, 시끄럽게 떠들던 주위의 오크들이 일제히 조용해졌다. 하지만 더 이상의 움직임은 없었다. 라이는 두목의 의도가 뭔지 몰라 초조해졌다.

라이의 의문은 곧이어 풀렸다. 두목 오크는 산 위에서 자신들에게 말을 걸었던 그 오크를 기다리고 있었던 것이다. 산 위에서 내려온 오크는 두목 오크에게 뭐라고 지시를 받더니, 라이에게로 다가와 말을 걸었다.

"췩췩! 기술, 있냐?"

"기술?"

오크는 라이에게 손가락질하며 짤막하게 말했다.

"췩! 할 줄 아는 것."

그 순간, 라이의 뇌리에는 예전에 친구들과 나눴던 오크와 관련된 우스갯소리가 떠올랐다. 그때 친구 녀석의 말이, 지능과 손재주가 뒤떨어지는 오크는 인간 기술자들을 노예로 잡아서 부려먹는다고 했었다. 그때 라이는 오크들을 위해 일하며 목숨을 연명하느니, 차라리 죽겠다고 대답했던 기억이 났다.

하지만 그건 그때 얘기고, 막상 목숨이 위협받게 되자 라이는 살고 싶다는 생각 외에 다른 건 떠오르지도 않았다. 라이는 다급하게 외쳤다.

"나는 무기를 만들 수 있다."

라이의 대답에 오크의 두 눈이 휘둥그레졌다.

"무기?"

라이가 얼른 고개를 끄덕이자, 오크는 재빨리 두목 오크에게 달려가 뭐라고 보고했다. 그와 동시에 두목 오크는 두 팔을 번쩍 치켜들며 흥성이 깃든 외침을 터뜨렸다.
"크오오오!"
 그러자 다른 오크들도 그 외침에 영향을 받았는지, 각자 들고 있던 무기를 번쩍 들어올리며 꽥꽥거리고 난리를 피웠다. 오크들의 말을 알아듣지 못하는 라이로서는 그저 끔찍하기만 한 시간이었다.

 오크들에게 끌려가는 라이의 얼굴은 죽을상이었다. 찔리는 게 있었기 때문이다.
 '젠장, 무기라고는 지금까지 단 한 번도 만들어 본 적이 없잖아. 거짓말이라는 게 금방 탄로날 텐데, 그땐 어떻게 하지?'
 사실, 라이는 이날 이때까지 아버지에게 기사가 되기 위한 수련만을 받아왔을 뿐이다. 무기를 다루는 기법. 그리고 무기나 갑옷을 오랫동안 잘 쓰기 위해 손질하는 방법. 그리고 기사로서 갖춰야 할 각종 교양, 특히 상급자에 대한 예의범절에 대해서 자세히 배웠다.
 그 외에는 여느 애들과 별반 다르지 않은 삶을 살아왔다. 아버지를 도와 작은 텃밭에 농사를 짓거나 애들과 함께 근처 개울에서 낚시질을 하기도 했고, 사냥도 해봤다. 그리고 땔감을 준비해 두는 것도 그에게 주어진 일들 중 하나였다.
 하지만 그 어느 것 하나도 무기 제작과는 상관이 없는 일이었다. 그렇다고 곧이곧대로 무기를 만들 줄 모른다고 실토했다가는, 곧바로 놈들의 한끼 식사감이 될 게 뻔하지 않은가. 그렇기

버려진다는 것 79

에 놈들이 가장 소중하게 생각할 법한 노예감을 궁리하다 보니, 무기를 만들 줄 안다고 거짓말을 하고 만 것이다.

'정말 무기를 만들어 보라고 하면, 어떻게 하지?'

그때는 죽는 수밖에 도리가 없다.

'신이시여, 제발 살려주세요. 이 어린 나이에 오크 밥이 되는 건 너무하다는 것을 신께서도 아시지 않습니까. 젠장, 괜히 마을 밖으로 나와 가지고…….'

그 작은 마을을 벗어나기만 하면, 누구나가 다 자신의 능력을 탐내어 휘하에 두고 싶어 할 줄 알았다. 그리고 근사한 레이디가 마을 밖에는 넘쳐나는 줄 알았다. 이야기책에 나오는 것 같은 근사한 연애는 해보지도 못했는데……. 그런데 영지를 나오자마자 오크들의 뱃속에 들어가게 될 줄이야. 라이는 너무나도 원통했다.

오크들이 라이를 끌고 간 곳은 커다란 동굴이었다. 놀랍게도 산 남쪽편에 커다란 동굴이 뚫려 있었다. 라이 일행이 자리잡았던 산꼭대기와는 그야말로 지척이나 다름없는 위치다. 그렇기에 이들은 산꼭대기에서 풍겨오는 맛있는 말 냄새를 맡고 사냥하기 위해 급히 달려 올라왔던 것이다.

점점 동굴이 가까워져 오자 라이는 이맛살을 찌푸리지 않을 수 없었다. 동굴 안에서 지독한 악취가 풍겨나오고 있었기 때문이다.

'크윽! 이게 무슨 냄새야?'

하지만 투덜댈 수는 없었다. 괜히 오크들을 자극해 봐야 명줄만 재촉할 뿐이다.

동굴 안으로 들어온 라이는 커다랗게 피워져 있는 모닥불을 보며 경악감을 감추지 못했다. 오크들이 불을 겁내지 않는다는 것은 얘기를 들어 익히 알고 있었지만, 설마 불을 이용할 거라고는 생각도 하지 못했던 것이다.

선두에 가던 오크들 중 한 마리가 횃불을 하나 붙여서는 그 불빛에 의지해 동굴 안쪽으로 성큼성큼 걸어 들어갔다. 그리고 라이 또한 놈의 뒤를 따라서 끌려갈 수밖에 없었다.

조금 더 동굴 안으로 들어가자 어설프게 지은 감옥이 보였다. 감옥 안에서 새나오는 불빛, 그 불빛 사이로 얼핏 보이는 것은 사람들의 모습이었다.

'사람이 있다. 나보다 이전에 잡혀 들어온 사람이.'

그들의 모습을 확인하는 순간, 라이는 너무나 반가워 눈물이 핑 돌았다. 역시 자신의 선택은 옳았던 것이다. 저 사람들에게 기술을 배울 수 있다. 그러면 더 이상 오크에게 잡아먹힐 걱정은 하지 않아도 된다.

감옥의 창살은 두꺼운 나무로 조잡하게 만들어져 있었다. 주변이 어두운 데다 창살이 두꺼워 라이는 가까이 다가간 후에야 그들의 모습을 자세히 살펴볼 수 있었다. 순간, 라이는 숨이 턱 막히는 것을 느꼈다. 지금껏 오크가 풍기는 악취에 마비되어 있던 그의 코가, 더욱 지독한 악취에 반응을 했던 것이다.

'허억, 무, 무슨 이런 지독한 냄새가······.'

얼마나 씻지를 못했는지 꾀죄죄한 몰골을 하고 있는 사람들.

더군다나 제대로 먹지도 못했는지 삐쩍 마른 시체 같은 모습을 하고 있었다. 너무나도 비참한 모습. 그들은 퀭한 눈으로 라이를 바라보고 있었다.

"척척! 들어가!"

오크는 라이를 감옥 안에 거칠게 밀어넣은 다음 가버렸다. 오크의 손에 떠밀려 감옥 안으로 들어간 라이의 눈에, 한쪽 구석에 놓여 있는 나무통 하나가 눈에 들어왔다. 악취의 근원은 바로 그곳이었다. 일명 똥통. 화장실이 없는 만큼, 죄수들은 볼일을 바로 그곳에다 처리하고 있었던 것이다.

감옥에 끌려간 라이가 가장 특이하게 생각한 것은, 죄수들이 감옥 안에서 불을 피우고 있었다는 점이었다. 인간 세상이었다면 절대로 있을 수 없는 일이었다. 죄수들에게 불을 피울 수 있도록 허용하는 것은 너무 위험했으니까.

하지만 이곳 감옥 안의 사람들은 버젓이 불을 피웠다. 그건 인간들을 위해 오크들이 배려해 준 것이 아니라, 대장일을 시켜 먹으려니 어쩔 수 없이 불을 피우도록 허용해줘야 했기 때문이었다.

감옥 안에 있던 사람들은 라이의 등장에 너무나도 놀라워했다.

"세상에, 이게 얼마 만에 보는 사람이야?"

"그러게. 오늘은 녀석들이 웬일이래? 지금까지는 몽땅 다 잡아먹어버리더니……."

"영감이 죽을 때가 다 됐으니까, 그 후임으로 쓰기 위해 살려서 데려온 거겠지."

이때, 그들 중 한 명이 앞으로 한 발자국 나서며 말을 걸었다.

"나는 라그만이라고 한다. 여기에서 지내는 동안은 서로 잘 지냈으면 좋겠다."

"라이입니다. 라이 위너스."

라그만은 라이에게 감옥에 잡혀 있는 사람들을 소개했다. 모두들 오랫동안 수염도 깎지 못해 온통 털투성이였다. 키가 조금 큰 쪽이 루겐이었고, 작은 쪽이 스미스였다.

마지막으로 라그만은 침상 위에 죽은 듯 누워 있는 한 노인을 소개해 줬다. 라그만의 말을 알아듣기는 했는지 노인은 힘겹게 눈을 뜨기는 했지만, 곧이어 감아버렸다. 간혹 노인의 입에서 흘러나오는 신음성만이 그가 아직 살아 있다는 것을 대변해 주고 있었다.

"많이 아프신가 보네요."

"가장 오랫동안 오크들에게 잡혀 계셨던 분이니까."

"얼마나 오랫동안……?"

라그만은 우울한 표정으로 고개를 가로저었다.

"그건 몰라. 여기서는 한가하게 세월이나 세고 있을 입장이 아니니까. 아무튼 우리들 중에서는 가장 오랫동안 잡혀 계셨어. 나이도 많으시다 보니 여기저기 아픈 데도 많았는데, 약이라고는 구할 수도 없고……. 처음에는 가벼운 기침 정도만 하시더니, 결국에는 저렇게 드러누워 버리셨지."

그렇게 말하는 라그만의 얼굴에는 짙은 절망감이 어려 있었다. 그 자신도 평생을 저렇게 살다가 이곳에서 죽을 수밖에 없을 거라는 그런 절망감. 분위기가 급속도로 어두워지자, 스미스가 분위기를 바꿔보기 위해서인지 급히 입을 열었다.

"그런데 어떻게 오크에게 잡혀왔냐? 척 봐도 아직 어린 것 같은데……."

다들 궁금하기도 할 것이다. 이곳은 오지 중의 오지였고, 라이같이 아직 솜털도 제대로 벗겨지지 않은 어린 녀석이 모험을 하겠답시고 찾아올 만큼 만만한 곳이 아니었으니까. 오랜만에 사람이 잡혀들어 왔는지 그들은 라이에게 뜨거운 관심을 보여왔다. 그 중에서 스미스는 따뜻한 표정을 지어 보이며 라이의 손을 꼭 잡아줬는데, 사실 라이의 마음은 썩 편치 못했다.

왜냐하면 모두들 너무나도 불결한 모습을 하고 있었기 때문이다. 더러운 것만이 아니다. 이, 벼룩, 빈대 등이 살갗 위를 슬슬 기어다니고 있는 게 뻔히 보이고 있지 않은가. 우웩!

그들의 몸에서 지독한 악취가 풍기고 있을 게 뻔했지만, 다행히도 라이의 코는 더 이상 악취를 맡지 못하고 있었다. 그의 코는 지속된 자극으로 인해 완전히 마비되어 버렸던 것이다.

사람들은 라이에게 바깥사정을 물어보느라 바빴다. 구조 받을 수 있다는 실낱같은 희망이라도 발견하고 싶었던 것이리라. 하지만 라이는 그들에게 아무런 희망도 줄 수 없었다. 사실, 그는 아무것도 아는 게 없었으니까.

"그러니까 일행들과 함께 다르칸으로 가던 길이었다는 거냐?"

"예."

라이는 자기가 어떻게 하다가 오크들의 손아귀에 떨어지게 되었는지를 자세히 설명해 줬다. 물론 그들의 동정을 사기 위해 약간의 각색을 해서. 기사라는 놈들은 자신들만 살겠다고 종자들을 헌신짝 던지듯 내던져 버렸고, 그 와중에 절친했던 친구(그들의 동정을 사기 위해 죠셉은 웬수같은 놈에서 죽마고우로 변해 있었다)는 오크들에게 죽임을 당했다고 말이다.
"허어, 어떻게 그럴 수가! 동료를 헌신짝처럼 버리다니, 정말 나쁜 놈들이로구먼."
"그러게 말입니다, 어르신."
"어쨌거나 한솥밥을 먹게 되었으니, 이제부터 잘 부탁하겠네."
"예. 잘 부탁드립니다."

오크 한 마리가 어디선가 오더니 뭔가 커다란 덩어리를 던져주고는 가버렸다. 라이가 보니 그것은 멧돼지의 뒷다리였다. 잘라낸 지 얼마 되지도 않았는지, 시뻘건 핏물이 줄줄 흐르고 있었다.
'생고기를 그냥 씹어 먹으라는 건가?'
라이가 그런 생각을 할 만도 했다. 다른 사람들이 모두들 눈이 뒤집혀서는 고깃덩이를 향해 후다닥 달려들었으니까.
"이, 이 아까운 걸……."
모두들 떨어지는 피를 핥아먹고 빨아 먹느라 제정신들이 아니다. 핏물이 뚝뚝 떨어지는 고깃덩이를 혓바닥으로 열심히 핥고 있는 걸 보며, 라이는 뱃속 깊은 곳에서 뭔가가 치밀어 올라오는 걸 느꼈다.

'우욱!'

하지만 토할 수는 없었다. 인간이기를 포기한 저런 모습을 보고 토악질을 했다가는, 사람들과의 관계는 최악으로 치달을 수 있다. 저들도 바보는 아닐 테니까.

뭐라고 말을 하기는 해야겠는데, 딱히 좋은 표현이 떠오르지를 않는다.

'그렇게 핥으면 맛있어요? 이건 아닌 것 같고. 굽거나 삶아서 드시지 왜 그렇게 날걸로…, 이것도 좀 그렇고…….'

무슨 말을 해야 할지 머뭇거리는 사이, 그들은 바쁘게 움직였다. 더 이상 핥아먹을 핏방울이 없자, 라그만은 그 고깃덩이를 가져다가 모닥불 위에 올렸다. 순간, 자욱한 연기가 피어오르며 털이 타는 지독한 노린내가 동굴 안에 가득 퍼졌다.

"콜록! 콜록!"

라이는 결국 참지 못하고 기침을 해댔지만, 다른 사람들은 그 지독한 냄새에 아랑곳하지 않았다. 저마다 달려들어 시커멓게 타 꼬글꼬글 해진 털을 털어냈다. 곧이어 멧돼지 다리에는 시커먼 색의 그을음뿐, 털은 단 한 올도 남지 않게 되었다.

루겐과 스미스가 달려가서 구석에 놓여 있던 솥을 함께 들고 왔다. 둘이서 함께 들어야 할 정도로 꽤나 커다란 솥이다. 그들은 솥을 모닥불 위에 올린 후, 그 안에 멧돼지 다리를 넣고 물을 한가득 부어 끓이기 시작했다. 물을 너무 많이 부은 탓에 다리가 다 삶아지기까지 아주 오랜 시간을 기다려야만 했다.

모두들 군침을 흘리며 솥만 바라보고 있었지만, 라이는 전혀 식욕이 생기지 않았다. 방금 전에 봤던 모습. 그들이 핥고 빨았던 고기를 먹어야 한다고 생각하니, 구토가 치밀어 올라 죽을 지경이었던 것이다.

고기가 푹 삶아지자, 그들은 고기를 꺼내서 칼로 썩썩 자르기 시작했다. 그리 큰 칼은 아니었지만, 감옥 안에 갇혀 있으면서 칼까지 가지고 있다는 게 이해가 되지 않는 라이였다.

"자네도 먹지?"

"아, 아닙니다. 저는 배가 불러서……. 그러니까 저놈들에게 잡히기 전에 식사를 양껏 했었거든요."

그들은 두 번 권하지 않았다. 행여 라이의 마음이 바뀔 세라 고기를 3등분으로 나눈 다음, 저마다 쭈그리고 앉아 와구와구 뜯어먹기 시작했다. 정말 맛있게. 마치 이게 최후의 식사라도 되는 것처럼…….

"자, 이제 배를 두둑하게 채웠으니 일하자."

라그만이 꺼내든 것은 갑옷 2벌과 창 몇 자루였다.

"참, 켈취 녀석 말로는 너 대장장이 일을 배웠다며?"

"켈취가 누굽니까?"

"너를 이리로 데려온 오크 말이야. 오크들 중에서 인간의 말을 조금이라도 할 수 있는 건 5마리 정도인데, 그 중에서 켈취가 말을 제일 잘하지. 그건 그렇고, 대장일은 얼마나 배웠냐?"

라이는 얼른 고개를 푹 숙이며 최대한 불쌍한 척 말했다.

"사실 그건 거짓말이었어요. 목숨을 건지려고 그렇게 말하기는 했지만…, 정말 눈앞이 캄캄합니다."

옆에서 듣고 있던 스미스가 감탄했다.

"자네 정말 순발력이 뛰어나군. 급박한 상황에서 그런 거짓말을 다 생각해 내다니."

순수하게 감탄하는 스미스에 비해 라그만의 눈빛은 조금 달랐다. 하지만 고개를 푹 숙이고 있었던 라이는 그의 표정을 보지 못했다.

라그만은 씨익 미소 지으며 호탕하게 말했다.

"걱정하지 마. 우리만 입을 다물고 있으면, 그 돼지새끼들이 어떻게 알겠어? 설마 오랜만에 온 동료를 오크들이 잡아먹도록 할 수는 없는 노릇이 아니겠나."

"감사합니다, 어르신."

그들이 대화를 나누고 있는 사이, 루겐은 나무를 깎아 만든 작은 그릇에 고깃국을 떠서 노인에게로 가져갔다. 배가 두둑해진 후에야 앓아누운 노인에게 생각이 미친 것이다.

"영감님, 따뜻한 국물이라도 좀 드셔보세요. 예?"

그가 살며시 흔들었지만, 노인은 미동도 하지 않았다. 그제서야 흠칫 놀라는 루겐.

"설마…, 죽은 거야?"

루겐은 좀 더 세게 흔들어 봤다. 그래도 반응이 없자 손가락을 노인의 코에 댔다. 숨을 쉬는지 확인하려는 것이다.

이때, 라그만이 참지 못하고 끼어들었다.

"그렇게 해서 어떻게 알겠어, 비켜 봐."

라그만은 손을 뻗어 노인의 목 언저리에 댔다. 경동맥(頸動脈)이 머리로 흘러들어가면서 맥동치는 그 맥박을 읽어보려는 것이다.

잠시 후, 라그만은 고개를 가로저으며 침통한 어조로 말했다.

"죽었어."

"서, 설마······."

노인의 죽음을 가장 슬퍼한 사람은 루젠이었다. 그는 한쪽 구석에 쭈그리고 앉더니, 무릎 사이로 얼굴을 묻었다. 몸이 가늘게 떨리는 것이 흐느끼고 있는 게 분명했다.

"사람 죽는 거 한두 번 보냐? 적당히 해."

"야, 그래도 너무하잖아. 지금까지 같이 산 게 몇 년인데······."

"어쩔 수 없지. 약초 한 뿌리도 쓸 수 없는 처지인데, 뭘 어떻게 하겠어. 그냥 이렇게 살다가 가는 수밖에."

라그만은 창살 앞에서 경비를 서고 있는 오크에게 다가가더니 말을 걸었다.

"켈취를 불러줘. 켈취, 알겠어? 케엘취! 켈취!"

감옥 앞에는 언제나 2마리의 경비 오크가 지키고 있었다. 라그만의 부탁을 들은 경비 오크는 고개를 끄덕이더니 어딘가로 뒤뚱거리며 걸어갔다.

잠시 후, 경비 오크는 또 다른 오크 한 마리와 함께 돌아왔다. 놈은 다른 오크들이 코가 막힌 듯한 칙칙거리는 소리밖에 내지 못하는 것에 비해 어눌하기는 해도 사람의 말을 제법 했다. 단순한 말밖에 하지 못했지만, 알아듣지 못할 정도는 아니었다.

"췍! 무슨 일이냐? 호비트."

"영감이 죽었어."

"취익! 죽어?"

켈취는 경비를 서고 있는 오크들에게 뭐라고 명령을 내렸다. 그러자 경비 오크는 감옥 문을 열고 들어오더니, 노인의 시체를 들고 밖으로 나갔다. 그 장면을 옆에서 지켜보고 있던 라이는 무심결에 중얼거렸다.

"부디 햇볕이 잘 드는 곳에 묻어줘야 할 텐데……."

그때 옆에 서 있던 스미스가 불쑥 끼어들었다. 그의 눈동자에는 짙은 분노가 어려 있었다.

"묻어주려는 게 아니라, 먹으려고 가져가는 거야."

일순 라이의 눈이 휘둥그레졌다.

"머, 먹어요?"

"죽은 동료도 먹어치우는 것들이야. 그런 놈들이 사람 시체를 그냥 내버릴 것 같아?"

오크에게 잡히면 살아서 나갈 수가 없다. 죽임을 당해서 잡아먹히거나, 뼈 빠지게 일하다가 죽은 다음 놈들의 뱃속에 들어가거나…, 결국에는 놈들의 뱃속에 들어가야 끝이 나는 것이다.

'떠그랄! 이럴 줄 알았으면 폐가 터져 죽는 한이 있더라도, 도망쳐 보기라도 할 걸.'

이때만큼은 이미 오크들의 뱃속에 들어가 있을 죠셉이 부러워지는 라이였다.

노인의 시체를 들고 나간 다음, 켈취는 다른 경비 오크에게 문을 잠그라고 지시했다. 볼일이 끝난 켈취는 뒤돌아서서 밖으로 걸어서 나가는 중이다.

그런 켈취를 바라보던 라그만의 얼굴에 갈등이 어렸다. 노인은 죽었고, 새로운 신참이 하나 들어왔다. 그것도 건장한 놈이.

이윽고 라그만은 결심을 굳힌 듯, 급히 켈취를 불렀다.

"켈취! 할 말이 더 있다."

걸음을 옮기던 켈취는 뒤로 돌아서며 물었다.

"칙, 뭐냐?"

"오늘 잡혀온 저 호비트 말이야."

라그만은 손가락으로 라이를 가리켰다. 라이는 라그만이 왜 오크를 불러서는 자신을 손가락으로 가리키나 해서 그쪽으로 고개를 돌렸다. 둘의 눈길이 얽히는 순간, 라그만은 오크에게로 고개를 획 돌리며 재빨리 말했다.

"무기를 만들 줄 안다고 한 건 새빨간 거짓말이래. 죽고 싶지 않아서 거짓말을 한 거지."

감옥은 그리 넓지 않았기에, 라이도 라그만이 하는 말을 다 들을 수 있었다. 라이는 절망했다. 그는 라그만을 노려보며 외쳤다.

"이럴 수가. 왜? 왜 그런 짓을!"

안 그래도 험악하게 보이는 켈취의 인상이 그 말을 듣는 순간 더욱 포악하게 일그러졌다. 켈취는 경비를 서고 있는 오크에게 뭐라고 명령했다. 경비 오크가 감옥문을 다시 열자, 켈취가 직

버려진다는 것 91

접 안으로 들어왔다. 그는 무지막지한 손으로 라이의 멱살을 틀어쥐고는 밖으로 끌고 나갔다.

켈취에게 질질 끌려 나가는 라이를 향해 라그만이 마치 변명이라도 하듯 조그마한 목소리로 중얼거렸다.

"이게 다 입을 줄이자고 한 짓이니 네가 이해해라. 너는 아직 잘 모르겠지만, 녀석들이 가져다 주는 식량은 정말 보잘것없거든."

분노한 라이는 자포자기한 심정으로 외쳤다.

"이런 나쁜 새끼! 너는 인간도 아냐. 그래, 고기조각 조금 더 먹자고 같은 사람을 고자질을 해? 이 오크보다도 못한 새끼! 두고 보자. 반드시 복수할 테다."

하지만 그런 라이에게 대꾸하는 라그만의 표정은 태연하기만 했다.

"복수는 무슨. 지금 잡혀가면 곧바로 오크들에게 잡아먹힐 텐데. 하여튼 잘 가라구. 오랜만에 들어본 바깥소식, 정말 고마웠어."

"에잇, 퉤! 죽어버려라!"

"걱정 마. 너보다는 오래 살 거니까."

"평생 오크 발바닥이나 핥다가 죽어버려!"

"정말 시끄러운 놈이군."

지지 않고 대꾸는 하고 있었지만, 라그만의 표정은 썩 밝지 못했다. 그라고 좋아서 라이가 무기를 만들 줄 모른다는 것을 고자질 했겠는가.

"정말 이래도 되는 걸까?"

스미스의 물음에 라그만은 아무것도 아니라는 어조로 대꾸했다.
"어쩔 수가 없어. 녀석은 젊은 데다, 아직 힘이 있어. 겨우 이런 보잘것없는 먹거리에 만족할 거 같아? 굶주림에 지쳐 녀석의 눈이 돌아가 버리면, 그때는 이미 늦어. 우리 모두가 놈에게 살해당하느니, 저 녀석 혼자 죽어버리는 게 나아."
라그만의 말에 다른 사람들은 더 이상 토를 달지 못했다. 그의 말이 옳았으니까.

오크의 노예

DARK STORY SERIES IV

29

희망이라는 이름

"이러지 말아요, 제발. 나, 무기 만들 줄 안다니까요? 나한테 기회를 한 번만 줘 봐요."

입으로는 연신 오크들에게 사정하면서도, 라이의 눈은 앞서 오크들에게 끌려간 노인의 시체가 어떻게 처리되는지 살펴보느라 바쁘게 움직였다. 스미스의 말이 맞았다. 녀석들은 바짝 말라 뼈밖에 없는 노인을 도끼로 토막을 쳐서는 불에 굽기 시작했던 것이다. 자신도 곧이어 그렇게 될 거라는 생각에 라이는 미칠 지경이었다.

"제발 내게 기회를 줘보라구요. 나는 거짓말 하지 않았어! 무기 만들 줄 안다구!"

오크늘은 고래고래 고함을 지르고 있는 라이에게 눈길조자 주지 않았다. 노인의 시체를 능숙한 솜씨로 처리해 버린 오크는, 일이 끝나자 이번에는 라이에게로 다가왔다.

"척척!"

오크 말로 뭐라 중얼거리며 다가온 녀석은, 라이의 뒷덜미를 붙잡고 들어올렸다. 라이도 체격이 그리 작은 편은 아니었지만, 그대로 들려 올려질 수밖에 없었다. 인간과는 비교도 할 수 없

오크의 노예 97

는 놀라운 힘이었다.

　녀석은 노인의 시체를 토막냈던 바로 그곳으로 라이를 끌고 갔다. 녀석이 우악스런 손으로 라이를 바닥에 찍어 누르자, 라이는 싫어도 납쭉 엎드린 자세를 취할 수밖에 없었다. 한 손으로는 라이를 찍어누르고, 다른 한 손으로 도끼를 집어든다. 놈의 도끼가 천천히 위로 올라갔다.

　도끼가 떨어지면 어떻게 될지, 그 결과는 뻔했다. 라이의 얼굴은 더욱 공포감에 물들었고, 목소리는 더욱 커졌다. 라이는 애원했다. 제발 무기를 만드는 테스트라도 한번 해보라는 것이었다.

　"나는 무기를 만들 줄 알아! 만들 줄 안다고……."

　다른 사람 같았으면 이 정도 상황이라면 눈을 질끈 감고 삶을 포기할 만도 하련만, 라이는 그러지 않았다. 이대로 포기하기에는 삶에 대한 집착이 너무 강했던 것이다. 악다구니를 써대는 라이의 고함소리에 켈취가 도저히 참지 못하고 외쳤다.

　"호비트, 시끄럽다."

　"어허헝, 저는 죽고 싶지 않다구요. 내게 기회를 달란 말입니다, 기회를."

　악을 쓰며 외치는 라이의 고함소리에 켈취의 마음이 움직였는지, 도끼로 목을 자르려는 오크를 제지했다.

　"끝까지 기회 달라는 호비트, 처음 봤다. 췍! 사실이냐?"

　라이는 얼굴이 눈물, 콧물로 범벅이 된 채 주절거렸다.

　"죽일 때 죽이더라도, 기회는 줘야 할 거 아닙니까? 제가 정말 무기를 만들 수 있는지 없는지 말입니다."

라이가 이렇게 끝까지 우기는 것도 다 이유가 있었다. 감옥은 물론이고 이리로 잡혀오는 동안, 그는 오크 소굴 그 어디에서도 쇠를 가공할 수 있을 만한 시설을 보지 못했던 것이다. 어릴 때부터 마을에 있던 대장간을 봐왔던 라이다. 쇠를 다루려면 화력이 높은 화로를 갖추고 있어야 한다는 것 정도는 알고 있었다.

하지만 이곳에는 대장간과 유사한 그 어떤 시설도 없었다. 쇠를 가공하지 못한다면, 결국 무기를 만드는 것은 불가능하다. 그렇다면 여기에 있는 노예들은 무기를 만드는 게 아니라, 오크의 필요에 따라 무기나 갑옷 등을 수선해 주는 것 정도만 하고 있을 가능성이 컸다. 아니, 라이에게는 반드시 그래야만 했다. 그것만이 살 길이었으니까. 그렇기에 그는 주장했다. 나에게 기회를 달라고.

확률은 반반. 무기를 만들어 보라고 한다면 죽을 수밖에 없겠지만, 그게 아니라 수리를 하라는 것 정도라면 어떻게 해서든지 해볼 수 있지 않겠는가. 집에 있을 때는 도끼자루가 부러졌을 때 자루를 만들어서 끼워 맞추기도 해봤고, 화살도 만들어 봤다.

켈취는 갑옷을 입은 오크 한 마리와 뭔가 얘기를 나누더니, 자신이 가지고 있던 창을 라이에게 던져주며 명령했다.

"이걸 고쳐라, 칙"

아주 낡아빠진 창이었다. 창촉은 녹이 잔뜩 슬어 있었고, 창날은 여기저기 이빨이 빠져 있다. 낡은 창대는 제대로 관리를 안 해 완만하게 휘어져 있다. 이런 엉터리 같은 창을 던져서 꽤나 멀리 떨어져 있었던 죠셉을 즉사시키다니. 머리는 잘 돌아가지 않는지 몰라도, 무기를 다루는 데 있어서는 동물적인 감각을 지니고 있는 게 틀림없다.

시험은 창을 수리하는 것. 이것이라면 자신이 있었다. 라이의 얼굴은 삶에 대한 희망으로 가득 찼다.

"우선 긴 나무 막대기가 있어야 해요. 창대를 만들 나무 말이지요. 그리고 그걸 깎을 칼과 도끼도 있어야 하구요……."

잠시 후, 라이는 오크가 가져다 준 막대기를 깎고 다듬어 창대를 만든 뒤, 창날은 아쉬운 대로 돌에 갈아 녹을 벗겨냈다. 그런 다음 가죽끈을 얻어 창촉을 창대에 꽉 묶었다. 창을 직접 손본 적은 없었지만, 화살은 수도 없이 만들어 봤던 라이다. 창이라고 다를 게 뭐가 있겠는가. 크기가 좀 더 커졌다는 것을 제외한다면…….

라이가 비지땀을 흘리며 혼신의 힘을 다해 창을 수리하고 있는 동안, 오크들은 사람 고기를 구워먹으며 라이의 행동을 구경했다. 처음 창을 손보는 것인 만큼 꽤나 시간이 걸렸지만, 오크들은 끈기 있게 기다렸다. 한번 기회를 준 이상 시간 제한 같은 추접한 짓은 안 하는 통 큰 오크들이었다.

"다 됐습니다. 자요."

"척척!"

길게 쭉 뻗은 창대. 세심하게 다듬고, 불길로 열을 가하면서 휘어진 부분을 손봤기에 창대는 그 어느 쪽으로도 치우치지 않고 곧게 쭉 뻗어 있다. 그리고 창촉의 녹을 벗겨낸 데다가, 화덕

근처에서 요리하는 과정에서 흘러내렸음직한 기름을 발견해 그 위에 발라놨기에 창날은 제법 반질거리고 있었다.

켈취는 꽤나 흡족한 듯한 표정으로 새롭게 고쳐진 자신의 창을 구경하며 감탄했다.

"췩췩, 호비트 잘했다. 췩, 그런데 왜 너 무기 못 만든다고 했나?"

"나는 그런 말 한 적 없다. 라그만은 내가 자기보다 실력이 좋으니까, 나를 없애려고 그런 말도 안 되는 거짓말을 한 거다."

"췩췩!"

켈취는 즉시 다른 오크에게 명령을 내렸고, 그 오크는 라이를 다시 감옥으로 끌고 갔다. 감옥이 가까워지자 눈이 동그래져서 자신을 바라보고 있는 사람들의 모습이 보였다. 그들의 놀란 표정을 보니 통쾌하기 이를 데 없었다.

'내가 죽은 줄 알았겠지? 나쁜 새끼들. 너희들은 오늘 다 죽었어. 특히, 라그만 이 개새끼! 내가 용서할 줄 알고.'

나이가 많으면 뭐 하나. 모두들 못 먹어서 비쩍 말라 있는데. 경로사상이고 뭐고, 안면 몰수한다면 3대 1로 싸운다고 해도 저 놈들을 모두 다 반쯤 죽여 놓을 자신이 있는 라이다.

감옥 안으로 들어온 라이는 살기 어린 미소를 라그만에게 보내며 이죽거렸다.

"개새끼. 두고 보자고 내가 말했지? 너는 오늘 죽었어! 고기 몇 조각 더 먹겠다고 나를 팔아?"

정말로 죽일 생각은 없었다. 라이는 지금껏 단 한 번도 사람을 죽여본 적이 없다. 다만 저 라그만의 얄미운 낯짝에서 쌍코피가 터지게 만들어 주고 싶었을 뿐이다.

하지만 라이는 그러지 못했다. 그가 라그만에게 달려들기도 전에, 오크가 먼저 그에게 달려들었기 때문이다. 라이를 감옥에 데리고 온 오크는 라그만을 붙잡아서 질질 끌고 가버렸다. 라그만은 라이처럼 악을 쓰며 저항하지 않았다. 그는 다만 슬픈 표정으로 동료들을 바라봤을 뿐이다. 하지만 그것도 잠시. 라그만의 모습은 곧이어 그들의 시야에서 사라져 버렸다.

"이건 또 무슨 일이죠? 왜 오크가 라그만 씨를……."

라이가 던진 질문에 대답을 해주는 사람은 아무도 없었다. 대신, 루겐이 벌떡 일어나 질문을 던졌다.

"네가 살아서 돌아올 거라고는 생각지도 못했다. 어떻게 된 일이냐?"

"간단하죠. 돼지들에게 제 실력을 보여줬거든요. 내가 손봐준 창을 흡족하게 바라보더니, 곧바로 여기로 돌려보내 주더라구요."

"역시 그렇게 된 거였군."

우울한 안색으로 다시 자리에 앉는 루겐에게 라이는 더 이상 참지 못하고 언성을 높여 말했다.

"나도 좀 알자구요. 아저씨들끼리만 알고 있지 말고."

루겐은 한숨을 푹 내쉬며 말했다.

"알아봤자 뭐 하겠나. 그건 그렇고, 살아서 돌아온 걸 축하한다. 오늘부터 잘 해보자."

끝내 그들은 라이에게 라그만이 왜 오크에게 끌려갔는지 말해주지 않았다. 하지만 눈치 빠른 라이는 라그만에게 뭔가 일이 벌어졌다는 것 정도는 짐작했다.
 '거짓말한 죄로 무슨 벌이라도 받나?'
 독방에 수감하는 정도. 라이가 가진 상식으로는 이 정도가 예상할 수 있는 전부였다. 설마 그가 자기 대신에 오크들의 뱃속에 들어가기 위해 끌려갔을 거라고 어떻게 짐작이나 할 수 있었겠는가. 겨우 거짓말 한 마디 했다고 말이다. 하지만 오크들은 그랬다. 그들은 용서(容恕)라는 단어를 몰랐다. 그리고 관용(寬容)이라는 것도.

 노예들은 하루에 단 한 번 바깥공기를 쐴 수 있었다. 해질 무렵, 그들은 경비 오크의 감시를 받으며 똥통을 지고 감옥 밖을 나선다. 똥통 안은 하루 동안 쌓인 똥과 오줌으로 가득 차 있었다. 그걸 버리기 위해 가지고 나가는 것이다.
 그리고 그때 물통도 함께 가지고 나간다. 들고 나갈 때는 빈 통이지만, 돌아올 때는 물을 가득 채워서 돌아온다. 그 물통 하나가 하루 동안 그들이 쓸 수 있는 물의 전부였다. 마실 물도 부족한 상황인 만큼, 씻는다는 것은 감히 생각조차 할 수 없었다.
 대신 땔감은 오크들이 가져다 줬다. 물론, 노예들의 체력이 도끼질을 하기에는 너무 약하다고 생각해서 그런 배려를 해주는 건 아니다. 신주단지 모시듯 아끼는 자신의 도끼를 노예에게 빌려줘야 하는 게 꺼림칙했기에 그러는 것이다.
 똥통을 비우고, 신선한 물을 길어오는 것은 한순간에 끝난다.

그 이후에 그들이 하는 일이라고는 약간의 식량을 나눠먹는 것과 오크들이 가져온 일감을 처리하는 것뿐이었다.

일이라고 해봐야 못쓰게 된 무기를 수선하는 정도였다. 어쩌다 한 번씩 갑옷을 수리하라고 가져오기도 했다. 물론 멀쩡한 갑옷을 뜯어서 오크들이 입을 수 있도록 만드는 작업이다. 오크는 워낙에 가슴부분이 두꺼워, 사람이 입는 걸 그대로 걸칠 수가 없었기 때문이다.

라이는 빠른 속도로 노예 생활에 적응해 나갔다. 하지만 아무리 해도 라이가 적응할 수 없었던 것. 그것은 바로 먹는 것이었다.

"척척! 먹어라!"

오크가 던져준 것은 겨우 토끼 1마리. 어제는 아침이 다 되어갈 무렵 사슴 다리 하나를 던져줬었고, 그 전날에는 아무것도 주지 않았었다. 1년이 넘도록 이곳에서 생활하다 보니, 라이의 건장하던 신체도 많이 바뀌어 있었다. 앳된 얼굴은 완전히 사라졌고, 비쩍 마른 시체와도 같은 몸으로 변해 있었던 것이다. 대신 눈빛만은 옛날이나 지금이나 변한 게 없었다. 다른 사람들과 달리 삶에 대한 집착을 놓지 않고 있었던 것이다.

"젠장, 겨우 이걸 누구 코에 붙이라고……."

"쓸데없는 소리 하지 말고, 어서 요리나 해."

이곳에 끌려온 이후, 배불리 먹어본 적은 단 한 번도 없었다. 놈들로서는 인심 쓴답시고 커다란 사슴다리 하나를 통째로 던져줘도, 그걸 먹어야 하는 사람은 3명. 그것도 그것으로 한 끼가 아니라, 하루를 버텨야 하는 것이다.

고기를 요리하는 방법은 한결같았다. 일단 불 위에 올려 털을 완전히 다 태워버린다. 가죽을 벗기지 않는 이유는 가죽까지 몽땅 다 삶아먹기 위해서였다. 그런 다음 이번 경우처럼 내장을 손질해야 하는 경우, 배를 갈라 내장을 꺼내 오물을 깨끗하게 씻어낸 다음 나머지는 다시 솥 안에 집어넣는다. 피를 씻어내지도 않았다. 단 한 방울이라도 흘릴세라 핥아먹던지, 아니면 다 솥 안에 집어넣었다.

'내가 언제 이런 것을 먹기라도 했었나?'

토끼고기가 푹 삶아지는 것을 멍하니 바라보던 라이는 어릴 적 기억을 떠올렸다. 각종 양념을 한 스튜를 한 솥 가득 끓여 목구멍에 찰 때까지 몇 대접씩이나 떠먹었었다. 그리고 어쩌다 아버지가 사슴이라도 한 마리 잡아오면, 며칠 동안 질리도록 사슴고기로 포식을 했었다. 보드랍고 향기로운 빵, 갓 낳은 신선한 달걀, 감자, 당근, 양배추, 콩…….

물론 아버지의 음식솜씨가 그다지 좋지 못했기에, 라이는 목구멍에 찰 때까지 퍼먹으면서도 음식이 맛이 없다고 연신 투덜거렸었다. 하지만 아버지가 해주시던 맛없던 음식들에 비해, 지금 먹는 것들은 어떤가? 지금 자신이 먹는 건 정말 형편없었다.

토끼 한 마리를 그대로 집어넣고, 물만 잔뜩 부어 끓인 토끼탕. 이건 토끼가 목욕을 하고 나간 물을 끓인 것인지, 토끼의 흔적을 찾기도 힘들 정도였다. 더군다나 소금기조차 전혀 없다. 하지만 이런 맹탕 같은 토끼탕이 맛이 없냐고? 천만에, 며칠 굶어봐라. 이것만도 얼마나 향기로운지 말이다.

밖에 나갈 수만 있다면 하다못해 사냥을 하든지, 아니면 버섯이나 산채와 같은 식재료를 채취해서 탕 안에 함께 넣을 수 있을 텐데. 이렇게 좁아터진 동굴 안에 갇혀 지내다 보니, 놈들이 던져주는 식량에만 유존할 수밖에 도리가 없는 것이다.

"배고파……."

이미 잡혀와 있던 다른 사람들의 몸이 왜 이렇게 깡 말라 있는가 했더니, 그게 다 이유가 있었다. 절대적으로 부족한 식사량. 배가 고프다 보니 다른 생각은 전혀 나지도 않았다. 심지어는 집으로 돌아가고 싶다는 생각도 들지 않았다. 배 터지게 먹어보는 것. 오로지 그것만이 라이의 뇌리를 꽉꽉 채워나가고 있는 중이었다.

배가 고프다 보니 일을 할 때 외에는 가만히 앉아 있거나, 아니면 누워 있는다. 잠이라도 자면 최소한 배고픔을 잊을 수 있으니까. 그렇게 동료들이 비몽사몽간을 헤매고 있을 때, 라이는 검술 연습을 했다. 물론 나무막대기를 들고 휘둘렀다는 말은 아니다. 그렇게 할 체력도 없을뿐더러, 그런 짓을 하는 것을 오크들이 용납할 리가 없다.

그렇기에 라이는 다른 사람들처럼 앉거나 누워서 눈을 감은 채, 머릿속으로 상상을 했다. 이렇게 공격해 들어올 때는 저렇게 받아치고, 또 저렇게 공격해 들어올 때는 요렇게 받아치고…….

이미지 트레이닝을 하고 있다 보면, 시간이 빨리 흘러간다.

그렇기에 라이는 틈만 나면 가상의 적과의 검술 대결에 매달리고 있었던 것이다.

동굴 안은 기온의 변화가 거의 없기에 계절의 변화에 둔감해질 수밖에 없게 된다. 하지만 그들은 계절의 변화를 그 누구보다도 민감하게 느끼고 있었다. 그것은 온도가 아니라 먹거리의 변화로써.

봄부터 가을까지는 비교적 잘 먹는다. 토끼 한 마리를 던져주는 한이 있더라도, 끼니를 거르는 날은 극히 드물다. 하지만 겨울철이 되면 얘기가 달라진다. 먹는 날보다 굶는 날이 더욱 많다. 더군다나 먹을 거라고 던져주는 게 오크 고기일 가능성이 컸다. 먹을 걸 찾기 힘든 만큼, 주변 부족을 쳐서 그들을 잡아먹는 것이다.

먹을 거랍시고 잘린 오크 다리를 하나 던져줬을 때, 라이는 기절초풍하지 않을 수 없었다. 물론 그렇다고 해서 오크 고기를 먹지 않았다는 말은 아니었지만 말이다.

그러던 어느 날, 동굴 밖에서 오크 한 마리가 뭔가를 들고 다가오는 게 보였다.

"오늘도 오크 고긴가?"

"오크 고기면 어때. 될 수 있으면 살이 많이 붙어 있는 거라면 좋겠는데……."

하지만 아니었다. 오크가 던져주고 간 것은 말의 다리였다. 그것도 신선한 피가 뚝뚝 떨어지는. 그들은 더 이상 할 말을 잊고 곧바로 말 다리에 달려들어 피를 쪽쪽 빨아 먹었다. 향긋한 피 냄새! 이게 얼마 만에 맡아보는 제대로 된 먹거리의 향기인지…….

말고기로 배를 두둑이 채우고 나자, 모두의 눈동자에는 오랜만에 생기가 감돈다. 루젠은 힘 있는 어조로 말했다.

"자, 배를 빵빵하게 채웠으니 이제부터 일해야지. 녀석들이 가져온 거 이리로 가져와 봐."

아무리 배가 고파 죽을 지경이라도 일은 해야 했다. 오크들이 자신들을 살려두고 있는 유일한 목적이 바로 그것이었으니까. 일을 하지 않겠다고 버티면, 바로 그날로 녀석들의 뱃속으로 들어가야만 했다. 사람이라면 대화와 타협이라는 게 통하겠지만, 그들에게는 그런 게 없었다. 할 거냐, 말 거냐 단 두 가지뿐. 더 이상의 선택은 없었다.

사실, 오크라고 해서 대화와 타협을 하지 않는 것은 아니다. 일부 오크들의 경우 약탈한 보석이나 상품 따위를 인간 상인들에게 팔아넘기는 고도의 상술을 발휘하기도 하니까. 하지만 그것은 외부인들의 경우이고, 한식구의 경우는 얘기가 달랐다.

위에서 시키면 무조건 따라야 하는 게 그들의 율법이었다. 말을 듣지 않는다는 것은 곧 상관을 치고 그 자리로 올라서겠다는 의지의 표현이다. 그런 만큼 한식구로 취급되는 노예의 항명을 그들로서는 결코 용인해 줄 수 없었던 것이다.

오크들은 무기를 관리한다는 것에 대한 개념이 없었다. 다만 쇠에 기름을 칠하면 좋다는 것 정도는 알고 있었기에, 식사를 끝낸 다음 손에 묻은 기름기를 무기나 갑옷의 쇠로 된 부분에 쓱쓱 닦았다. 그들의 무기 손질은 그걸로 끝이었다.

그런 무식한 오크들이 쓰던 무기이니 상태가 얼마나 엉망진 창이겠는가. 그나마 다행이라면 오크들은 무기가 완벽한 상태로 수리되어 나오는 것 또한 바라지 않는다는 것이었다. 대충 쓸 수 있도록 만들어만 줘도 무조건 OK였다.

평상시 노예들이 밥 먹고 하는 일은 나무를 깎는 일이었다. 오크들은 창이나 도끼, 철퇴 따위의 나무 막대기가 들어간 무기를 많이 사용했다. 창촉이 돌 따위에 부딪쳐 뭉그러지는 경우도 간혹 있긴 했지만, 그런 것보다도 창대나 도끼 자루 같이 나무로 된 부분이 부러져서 오는 경우가 더 많았다. 그때 사용하려고 평소에 목봉(木棒)을 만들어 두는 것이다.

간혹 가다 갑옷이 들어오는 경우도 있었다. 파손되거나 노획한 물건들이었는데, 이 경우에도 분해를 해서 어떻게 해서든 놈들이 입을 수 있도록 만들어주면 됐다.

하지만 그렇게 부숴버리는 게 너무나도 아까운 갑옷이 들어올 때가 간혹 있었다. 오늘이 바로 그런 날이다.

"세상에, 이 갑옷 좀 보세요. 이런 걸 부숴야 한다니, 이건 죄악이라구요."

라이가 그런 말을 꺼낼 만도 했다. 갑옷은 너무나도 훌륭했다. 예전에 그가 입었던 가죽갑옷과는 비교조차 할 수 없는 명품 중의 명품이었던 것이다. 대단한 솜씨의 장인이 만든 철판갑옷(Plate Armor)으로, 단 한 치의 틈도 없을 만큼 철판들이 기가 막히게 맞물리도록 제작되어 있었다.

하지만 이런 기가 막힌 세공품의 경우, 제대로 된 관리를 해 줄 때는 제 성능을 충분히 발휘하지만, 그렇지 못할 경우 오히려 싸구려 갑옷보다 못하다는 게 문제였다. 서로 맞물리는 연결점에 녹이 슬어버리면, 그 부분이 뻣뻣해져 버려 아예 움직일 수조차 없게 되기 때문이다.

"젠장, 고급품일수록 손보는 건 더 힘들어. 자, 이런 경우에는 이렇게 하면 돼."

루겐은 익숙한 동작으로 철판갑옷을 분해하기 시작했다. 원래가 갑옷은 입고 벗기 편리하도록 한쪽은 열쇠로 잠기게 되어 있고, 다른 한쪽은 경첩으로 되어 벌릴 수 있도록 만든다. 그는 경첩 위쪽을 작은 못으로 톡톡 두들겨 연결점인 쇠막대기를 뽑아냈다. 그와 동시에 갑옷은 앞판과 뒷판의 두 덩어리로 분리되었다.

"어깨판이라든지 그런 세밀하게 움직이는 부위는 다 떼버리는 거야. 이런 부분이 녹이 슬어 뻣뻣하게 굳어버리면, 오히려 사용하기가 더욱 힘들어지거든. 그러니까 완전히 굳어버렸을 때를 가정해서 갑옷 모양을 만들면 돼."

마지막 끝처리는 가죽끈을 이용해서 두 갑옷판을 얼기설기 연결하는 것이었는데, 갑옷판 자체가 워낙에 잘 만들어져 있어서 가죽끈을 밀어 넣을 틈새가 없다는 것이 작업을 더욱 힘들게 했다. 그렇다고 제대로 된 연장이 있어서 갑옷판에 구멍을 송송 뚫어버릴 수도 없는 노릇이고.

한참 동안 갑옷판과 실랑이를 벌이던 루겐은 이마에 맺혀 있던 땀방울을 쓱 닦으며 말했다.

"휴우, 겨우 끝냈군."

그가 갑옷 상의 하나를 끝내는 동안, 라이와 스미스는 녀석들이 가져다 놓은 창 8자루와 도끼 5자루를 손봤다. 그리고 연결 끈이 끊어져 입기 힘들게 된 4벌의 오크 갑옷까지 전부 손봤다. 그만큼 루겐이 갑옷 하나를 손보면서 많은 시간을 할애해야만 했다는 말이다.

"이건 어떻게 할 거예요?"

지금까지 가죽바지 등은 놔뒀다가 잘라서 가죽끈을 만드는 데 썼었다. 그걸 잘 알면서도 라이는 이번에 입수된 가죽바지를 번쩍 들어 보였다. 왜냐하면 가죽끈으로 만들어 버리기에는 너무나도 아까운 물건이었으니까.

"여기에 갇혀 있으면서도 욕심이 생기는 모양이지?"

"헤헤……."

"가지고 싶으면 가져라. 단, 저기에 있는 여유분이 다 떨어지면, 그때는 그것도 잘라버리는 수밖에 없겠지만 말이야."

라이가 갑옷 바지에 욕심을 내는 것은 아직 삶을 포기하지 않았기 때문이다. 하지만 그에 비해 루겐과 스미스는 아예 탈출의 가능성을 포기해 버린 상태였다. 그런 그들에게 100만 골드짜리 보물이 코앞에 떨어진다고 해도 무슨 감흥을 불러일으키겠는가.

라이는 무심결에 콧노래를 흥얼거리면서 이제 자신의 것이 된 가죽바지를 홀린 듯 바라봤다. 이 정도 명품은 지금껏 거의 본 적이 없었다. 백작이나 그의 아들들 정도가 입은 것을 봤을 정도다. 백작은 무인이 아니었기에 예식용의 가죽갑옷이나 입었지, 상하의 한 세트로 제작된 철판갑옷을 입지는 않았다. 겉멋으로 입기에는 그 무게가 너무나도 무거웠기 때문이리라.

라이는 그들이 입은 멋진 가죽갑옷을 부러워 하긴 했었지만, 언감생심 자신도 이런 것을 가질 수 있을 거라고는 꿈도 꿔본 적이 없었다. 그만큼 비싼 물건이었던 것이다.

라이가 가죽바지에 홀려 있을 때, 루겐이 꽤나 흥미롭다는 듯 스미스에게 말을 걸고 있었다.

"꽤 실력 있는 무사였던 것 같은데……."

"실력이 있으면 뭐 해. 오크 떼에 둘러싸이면 그걸로 끝인데."

"아니야. 저것들을 봐봐."

루겐은 오크들이 입었던 갑옷 4벌을 손가락으로 가리키며 말을 이었다.

"갑옷 입은 오크만 최소한 4마리가 죽거나 다쳤다는 뜻이야. 그렇다면 갑옷 안 입은 놈은 최소한 그 네다섯 배가 아작났다고 봐야겠지. 혼자서 이 정도 무력을 뽐낼 수 있는 사람이 누가 있겠어?"

"그래듀에이트라면 가능하지 않을까?"

루겐의 말에 스미스는 콧방귀를 뀌며 대꾸했다. 열을 올리는 루겐에 비해 스미스의 표정은 심드렁했다.

"흥. 그래듀에이트가 혼자서 이런 산골짜기에? 그것보다는 파티가 들어왔다고 보는 게 옳겠지. 그러다가 운이 없는 저 사람은 죽고, 나머지는 다 도망쳤다고 말이야."

"그럴 수도 있겠지. 그런데, 그렇다고 해서 뭐 바뀌는 게 있어? 죽을 사람은 죽었고, 도망칠 사람은 도망쳤는데 말이야."

루겐은 조심스럽게 자신의 생각을 밝혔다.

"혹시 그들이 복수를 하러 오지 않을까?"

"복수? 돈도 안 되는 오크 떼를 때려잡자고, 이런 산골짜기까지 들어올 사람이 누가 있겠어. 이 정도 규모의 오크 떼라면 수백 명은 동원해야 할 텐데……. 그것보다는 똥 밟은 셈 치고, 두 번 다시 이쪽 방향으로는 얼씬도 안 하는 게 맞겠지."

"젠장, 그럴 가능성이 더 크군."

갑자기 풀이 팍 죽는 루겐. 방금 전 희망에 차 있던 것에 비하면 이제는 금방이라도 죽을 것처럼 비관적인 모습을 하고 있었다. 그 모습이 안됐다고 생각했는지, 스미스는 급히 그를 위로했다.

"아냐. 내 생각이 틀릴 수도 있어. 그러니 희망을 잃지 말라고. 누가 알아? 수백 명의 동료들을 이끌고 올지 말이야."

수백 명이 한꺼번에 파티를 맺어 이동하는 경우는 없다. 하지만 그런 경우가 한 가지 있을 수는 있었다. 아주 거대한 귀족가문에 소속되어 있어, 그 가문에서 사병(私兵)을 이끌고 구원하러 오는 경우다. 루겐도 거기에 생각이 미쳤는지 급히 자신이 방금 전에 손봐 놓은 갑옷이 있는 곳으로 걸어갔다.

"이런 문장을 본 적 있어?"

갑옷의 가슴어림에는 노란 꽃이 그려져 있었다. 꽃을 정확히 그려놓은 게 아니라, 단순화시켜 그려놓은 것이라 어떤 꽃을 그린 것인지는 알 수가 없었다.
"아니. 처음 보는데⋯⋯."
스미스의 대답에 루젠의 얼굴에서 다시 생기가 사라졌다. 자신들이 모를 정도의 문장을 사용하는 가문이라면, 거대 귀족가문이 아니라는 소리였다. 그 말은 즉, 그들의 도움으로 구출될 가능성이 전혀 없다는 말이나 진배없었다.

멋진 갑옷 한 세트를 구경한 지 한 달쯤 흘렀을까? 언제나와 똑같은 하루하루, 그리고 배고픔. 지금쯤 봄이 올 때가 되었을 텐데, 아직까지도 겨울은 끈질기게 남아 자신들을 괴롭히고 있었다. 오크 고기라는 형태로.
"젠장, 또 오크야?"
"이 녀석이 배가 덜 고팠구나. 오크면 어때? 나는 맛만 좋던데. 눈 감고 먹으면 구수하면서도 쫄깃한 게 기가 막히잖아. 쪼잔한 녀석들. 어제는 다리통을 하나 주더니, 오늘은 겨우 팔 하나야? 이걸 누구 입에 붙이라고⋯⋯."
오랜 세월 노예생활을 해온 루젠과 스미스는 오크 고기에 대한 거부감 따위는 가지고 있지도 않았지만, 라이는 달랐다. 이제 겨우 1년이 조금 지났을 뿐이다. 지금껏 몬스터 고기가 식용이 가능하다는 말은 들어본 적도 없었다.
더군다나 저 흉칙하게 생긴 오크 고기를. 그것도 머리통만 뺀다면 사람과 거의 흡사한 신체구조를 가진 놈의 고기를 먹는다는 것에 거부감이 없을 리 없었다. 하기야 몇 년 더 지나고 나면 그도 다른 사람들처럼 환장을 하며 달려들지도 모르겠지만.

그들은 오크의 잘린 팔을 붙잡고, 지금껏 그래 왔듯이 입을 대고 피를 빨아먹었다. 그런 다음, 팔을 솥 안에 집어넣었다. 솥 안에서 오크 고기가 익으며 구수한 냄새를 풍기자, 라이의 입 안에는 혐오감과는 별도로 군침이 고이고 있는 중이다. 오크는 생김새만 돼지와 비슷한 게 아니라, 그 맛도 비슷했다. 만약 오크라는 것을 모르고 먹는다면, 멧돼지 고기와 혼동을 일으킬 정도로 그 맛이 상당히 흡사했던 것이다.

"이제 익었을 거예요."

"아냐. 조금 더 익혀야 해."

"그러지 말고 지금 꺼내 먹자구요. 나 배고파요."

"누군 배 안 고프냐? 그래도 구수한 국물을 마시려면 좀 더 끓여야 해."

곧이어 벌어질 포식을 기대하며, 훈훈한 마음으로 기분 좋은 실랑이를 벌이고 있을 때였다. 갑자기 밖에서 날카로운 병장기 부딪치는 소리와 함께 오크의 비명소리가 들려왔다.

"이게 무슨 소리죠?"

"싸움이라도 난 모양이지. 돼지 같은 새끼들! 먹을 거 앞에 두고, 서로 조금이라도 더 처먹겠답시고 곧잘 싸우곤 하잖아."

스미스의 말에 루겐이 고개를 가로저으며 대꾸했다.

"그렇게 생각하기에는 소리가 너무 커. 이건 한두 마리가 싸우는 게 아니야."

"그렇다면 뭔가 사단이 난 게 아닐까?"

그때, 라이가 끼어들었다.

"이쪽에서 다른 오크족을 쳤듯, 이번에는 다른 오크족들이 공격해 들어 온 건 아닐까요?"

"설마……. 여기 이놈들은 다른 오크족들과 달리 무장을 꽤나 단단히 하고 있어. 예전에 네가 살던 마을에 이 정도로 중무장을 한 오크가 쳐들어 온 적 있었냐?"

잠시 생각해 보던 라이는 고개를 가로저으며 대답했다.

"아뇨, 없었어요. 잘해봐야 나무 몽둥이가 고작이었죠."

"거봐. 이놈들은 이 일대에서는 최강의 부족이야. 이런 놈들을 공격할 간 큰 오크족이 있다고 생각해?"

"있을 수도 있겠지. 그래봐야 오늘 식사량을 늘려 줄 뿐이겠지만."

스미스의 말에 라이가 기대 어린 어조로 불쑥 끼어들었다.

"그럼 이거 말고 고기를 좀 더 줄지도 모르겠네요?"

"호오, 그럴 수도 있겠는데? 흐흐, 벽에다 기록해 놔야겠군. 오늘은 해가 서쪽에서 떴을 수도 있겠다고 말이야."

"해가 서쪽에서 뜨건 말건 무슨 상관이야. 해 본 지가 벌써 몇 년이나 지났는지 기억도 안 나는구먼. 나는 그냥 배불리 먹기나 해봤으면 좋겠어."

그때였다. 갑자기 동굴 안으로 들어온 사람이 그들의 눈에 띈 것은. 갑주로 중무장을 하고 있는 그는, 온몸에 흠뻑 피칠을 하고 있었다. 오른손에는 두툼한 방패를, 그리고 왼손에는 시뻘건 피가 뚝뚝 떨어지는 전투도끼를 들고 있었다. 그걸 보면 저 사람은 보기 드문 왼손잡이인 모양이다.

감옥 앞을 지키고 있던 경비 오크 두 마리가 곧바로 무기를 꼬나들고 그 사람을 향해 달려들었다. 곧이어 놀라운 일이 벌어졌다. 오크가 얼마나 무섭고, 싸움을 잘하는데……. 그런데 그 사람은 단숨에 오크 두 마리를 도끼로 쪼개버렸던 것이다. 방패로 오크의 공격을 막는 순간, 도끼로 쪼개버리는 동작이 너무나도 자연스럽게 이어졌다.

퍽!

"꾸에엑!"

경비 오크 둘을 단숨에 죽여 없애버린 무사는 감옥 앞으로 주춤주춤 다가왔다. 그는 할 말을 잊은 듯 감옥 앞에 망연히 서 있었다. 감옥 안에 갇혀 있는 꾀죄죄한 몰골의 깡마른 사람들. 얼마나 오랜 세월 오크들에게 학대를 당해왔는지 짐작조차 할 수 없었던 것이다. 그는 오크들을 향해 솟아오르는 불과 같은 분노에 치를 떨고 있는 중이다.

그에 비해 감옥 안에 갇혀 있는 사람늘은 지금 이 일이 현실인지 꿈인지 분간조차 할 수가 없는 상태였다. 지금껏 이런 날이 오기를 얼마나 학수고대하며 살아왔던가. 하지만 막상 닥치고 보니, 도저히 현실이라는 느낌이 들지 않는다. 꿈이라면 제발 깨라!

이윽고 정신을 차린 무사가 급히 말했다.

"비켜서시오. 문을 열어 드리리다."

그는 죽은 오크의 품속을 뒤져 열쇠를 찾는 수고를 생략하고, 단숨에 빗장을 도끼로 쪼개 문을 열었다.

"얼마나 고생이 많으셨소? 자, 빨리들 나갑시다."

"저, 우리는 구출된 건가요?"

"물론이오. 이 동굴 안의 오크들은 단 한 마리도 살아남지 못할 거요. 아무리 어린 새끼라고 해도."

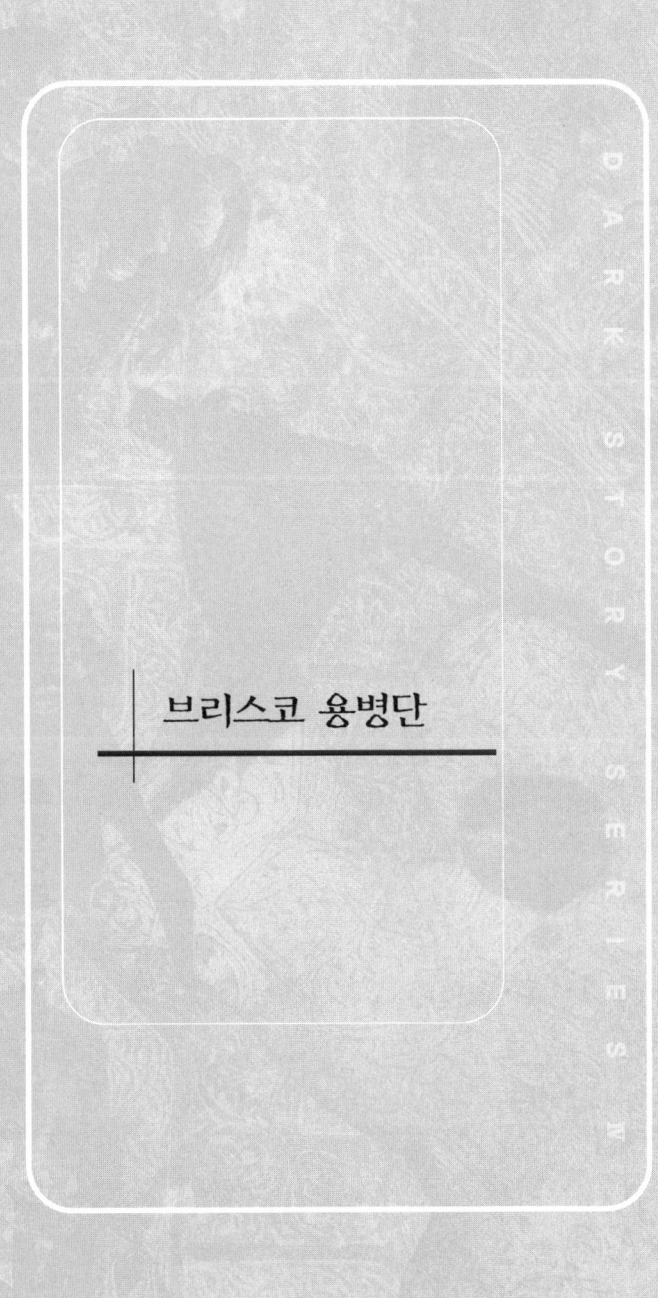

브리스코 용병단

DARK STORY SERIES

29

희망이라는 이름

동굴 밖으로 나오는 도중에 그들은 수없이 많은 오크들의 사체를 볼 수 있었다. 수십, 아니 수백 마리는 족히 되어 보이는 오크들의 시체. 그에 비해 사람의 시체는 단 한 구도 볼 수 없었다. 대신 주위를 뛰어다니는 두세 명의 중무장한 무사를 볼 수 있었을 뿐이다.

'세상에, 저 몇 안 되는 인원으로 이 동굴의 오크를 전멸시켰단 말이야?'

그들은 경악했지만, 동굴 밖으로 나온 다음에는 의문을 풀 수 있었다. 여기저기 삼삼오오 모여 저마다 휴식을 취하고 있는 무리들. 그 중에는 심각한 부상을 입은 사람도 몇 있었다.

그리고 그런 부상자들을 치료하고 있는 사제의 모습도 보인다. 라이로서는 그런 모습을 처음 봤다. 그가 자랐던 마을에 마법사는 한 명 있었지만 신관은 한 명도 없었기 때문이다. 더군다나 그가 마법을 쓰는 모습은 단 한 번도 본 적이 없었고 말이다.

꾀죄죄한 모습의 깡마른 시체 같은 몰골의 사람들을 무사가 데리고 오는 것을 보며, 강직한 인상을 한 중년 사내가 말을 걸어왔다.

"그 사람들은 뭔가?"

그러자 지금껏 투구를 뒤집어 쓰고 있던 무사는 동굴 밖으로 나와서야 투구를 벗었다. 그와 함께 꽤나 잘생긴 얼굴이 드러났다. 금발을 길게 기른 미남이었다.

"예, 닥스님. 이들은 오크들에게 사로잡혀 동굴 안에 갇혀 있었던 사람들입니다. 그런데 부대장(副隊長)님은?"

"몸소 들어가셨다. 뒤에 서서 지시만 하실 분이 아니라는 걸 너도 잘 알 거 아냐."

"그건 그렇습니다만……."

"그 사람들은 세바스티안님께 데려가서 치료를 부탁드리게."

"예."

장발의 무사는 그들을 사제에게로 데리고 갔다. 대지의 여신을 모시는 사제라고 했는데, 보는 것만으로도 마음이 푸근해질 정도로 온화한 인상을 지니고 있었다. 그는 장발의 무사에게 몇 마디 듣더니, 몹시 안타깝다는 표정으로 그들에게 다가왔다.

"오크에게 잡혀 계셨다구요?"

"예."

"꽤나 오랫동안 잡혀 계셨나 보군요. 몸이 말이 아닌 걸 보면……."

세바스티안 사제는 그들의 몸에 손을 얹고 신의 은총을 빌었다. 성스러운 빛이 은은하게 흘러나오는 그의 손을 보며, 라이는 이 세상에 신이 살아 계시다는 것을 실감했다.

'대지의 여신이라고 했지? 앞으로 여신님의 종이 될 거야, 종.'

지금껏 종교라고는 꽤나 추상적인 개념으로만 교육받았던 그에게, 사제가 사용한 신성마법은 크나큰 충격을 안겨줬다. 눈으로 직접 신의 기적을 봤는데 믿지 않을 도리가 없었던 것이다.

그들이 사제와 가벼운 대화를 나누며 치료를 받고 있을 때, 갑자기 분위기가 일변했다. 저마다 편한 자세로 휴식을 취하고 있던 무사들이 모두 벌떡 일어섰던 것이다. 그들의 시선은 한 곳을 향해 있었다.

라이도 그쪽으로 시선을 돌렸다. 화려한 갑옷을 입은 중년의 기사가 동굴에서 걸어나오는 게 보였다. 그는 침통한 표정으로 뭔가를 들고 있었다. 그가 들고 있는 것은 한 벌의 갑옷이었다. 얼마 전에 루겐이 손을 봤었던 바로 그 갑옷. 워낙에 훌륭했던 갑옷이었기에 라이는 아직까지도 그 갑옷을 똑똑히 기억하고 있었다.

"어, 저 갑옷은……?"

"저건 부대장님의 막내 동생이셨던 제12소대장, 미하엘 올랜드 씨가 입으셨던 갑옷이지요."

사제는 미하엘 일행이 이 근처에서 오크 떼에게 기습을 당했던 사건에 대해 라이 일행에게 설명해 줬다. 이곳 동굴을 차지하고 들어앉은 오크족은 강력한 무장을 바탕으로 주변에서 가장 강한 세력을 떨치고 있었다고 한다. 그 때문에 불안에 떨던 상인들은 요즘 들어 서서히 명성이 높아지고 있는 브리스코 용병대에 호위를 요청했다. 용병대장은 그 임무를 12소대장이자, 부대장의 동생인 미하엘에게 맡겼다.

하지만 그건 오판이었다. 용병대장은 오크족에 대한 방비쯤이야 1개 소대, 10명만 투입해도 충분하리라 예상했지만 예상외로 이곳 오크족의 전투력이 대단했던 것이다.
"책임감이 강하셨던 미하엘님은 부상자들의 퇴각을 엄호하시다가 변을 당하셨다고 하더군. 참, 아까운 분이셨는데……."
오크족으로서는 건드리지 말아야 할 사람을 건드린 셈이었다. 용병대는 결코 당하고는 못사는 족속들이었다. 패배를 그냥 넘겨버린다면, 다른 용병대에 깔보이게 된다. 그렇기에 그들로서는 복수를 하지 않을 수 없었다. 이에 용병대장은 전사한 미하엘의 형, 돌턴 부대장에게 복수를 위임했다.
"2개 중대를 줄 테니, 녀석들의 씨를 말려버려라. 알겠나?"
"제게 기회를 주셔서 감사합니다, 대장님."
"천만에."
중무장한 2개 중대 100명과 1명의 수련마법사, 그리고 2명의 사제까지 지원된 강력하기 짝이 없는 완벽한 공격대. 거기에 불패를 자랑하던 오크족이 녹아내린 것이었다. 그것도 자신들의 본거지인 동굴 안에서 말이다.

"제발 저를 용병대에 받아주시면 안 되겠습니까?"
라이의 당돌한 부탁에 돌턴 부대장은 어이가 없었던 모양이다. 그는 비쩍 마른 소년을 아래위로 다시 한 번 훑어봤다. 도대체 사람이 이렇게까지 마를 수 있을까 싶을 정도로 바짝 마른 소년. 닭 모가지나 비틀 수 있을지도 의문인데, 그런 애를 용병대에 받아들여서 어디에다가 쓴단 말인가.

"미안하네. 정원이 꽉 차서 자리가 없구먼."

"이런 말씀 드리기 죄송하지만, 용병대에 정원이 있다는 말은 처음 듣는군요. 여기에 잡혀오기 전까지만 해도 저는 기사 수업을 받던 견습기사였습니다. 몸이 완쾌되기만 한다면, 한 사람 몫은 충분히 해낼 자신이 있습니다."

라이가 견습기사였다는 말은 다소 의외였지만, 그 사실이 돌턴의 마음을 되돌리지는 못했다.

"자네의 그 마음은 충분히 알겠네만, 용병대라는 곳이 자네 몸이 완쾌될 때까지 요양을 시켜주는 곳은 아니라네. 제대로 몸을 만든 다음에 오게나. 그때는 받아들여 주겠네."

라이가 제아무리 얼굴가죽이 두껍다고 해도 더 이상 부탁할 수는 없었다. 눈치를 보아하니, 더 이상은 시간낭비인 게 뻔했던 것이다.

"그럼 죄송하지만, 바레인 시까지만이라도 데려가 주시면 안 될까요?"

라이의 부탁을 부대장은 흔쾌히 허락했다.

"그 정도는 해줄 수 있지. 안 그래도 그리로 가는 길이니까."

사제로부터 바레인 시에서 왔다는 얘기를 이미 들은 라이다. 그렇기에 그곳까지만 데려다 달라고 청한 것이다.

"감사합니다, 부대장님."

"뭘, 그런 걸 가지고."

라이는 바레인 시까지만이라도 안전하게 갈 수 있게 되었다는 사실에 만족했다. 일단은 그곳에 간 다음에, 그 다음 일을 생각…….

이때, 라이의 뇌리를 스치는 게 있었다.

'맞다! 가죽바지.'

라이는 슬쩍 부대장의 눈치를 살폈다.

'가죽바지를 돌려주는 게 좋을까?'

만약 그가 용병대에 들어갈 수 있었다면, 가죽바지를 부대장에게 돌려줬을 것이다. 잘 봐달라는 뇌물이 될 수도 있었으니까.

하지만 지금은 그럴 생각이 없었다. 그 가죽바지는 꽤나 가치가 있는 물건이었고, 현재 라이는 동전 하나 가진 게 없는 빈털터리였기 때문이다. 아마 가죽바지를 몰래 내다 판다면 한동안은 먹을 걱정을 않고 살 수 있으리라.

이윽고 결심을 한 라이는 부대장에게 물었다.

"부대장님, 동굴 안에 좀 다녀올 수 있을까요?"

"동굴 안에는 왜?"

"지금껏 제가 사용해 왔던 물건들 때문입니다. 방금 전에는 경황이 없어서 그냥 도망쳐 나왔지만, 지금 생각해 보니 그걸 모두 포기하는 것이 너무 아까워서요."

"오크 사냥은 끝났으니까, 들어가 봐도 된다."

"감사합니다, 부대장님."

이때, 옆에서 대화를 듣고 있던 루겐이 라이를 말렸다.

"그 넝마들을 가져다가 뭐 하려고?"

"넝마라뇨? 밥그릇하고 연장들……. 가지고 가면 다 쓸 데가 있을지도 모른다구요. 아저씨들은 그것들을 그냥 다 놔두고 가실 거예요?"

라이의 물음에 그들은 손을 내저으며 대꾸했다.

"됐다. 무슨 추억이 될 거라고, 그딴 걸 가지고 돌아가."

"그럼 아저씨 것들 중에서 괜찮은 거 있으면 제가 가져도 돼요?"

"좋을 대로 하렴."

루젠의 시원스런 허락에 라이는 신이 났다.

"감사합니다."

라이는 쏜살같이 동굴 안 감옥으로 달려갔다. 감옥으로 가는 길에 수많은 오크들의 시체를 발견했다. 용병대원들은 이리저리 다니며 혹시 오크들 중에서 살아 있는 놈은 없나 살펴보며, 그들의 몸에서 쓸모 있는 게 없나 뒤지며 돌아다니고 있었다. 쇠 부스러기 같은 거야 쓸 데가 없었지만, 놈들 중에는 장식품으로 돈이나 보석 따위를 가지고 있는 놈도 간혹 있었기 때문이다.

지독한 냄새가 물씬 풍기는 감옥 안. 지금쯤은 적응이 됐을 만도 하련만, 똥통에서 풍기는 악취는 여전히 그의 코를 괴롭혔다. 하지만 똥통을 바라보며 눈살을 찌푸리고 있을 시간 따위는 없었다. 라이는 황급히 감옥 안으로 들어가 물건들을 정리하기 시작했다.

배고플 때 웬만한 가죽들은 모두 다 물에 푹 불려뒀다가 삶아 먹어버렸기에, 갑옷을 수선한다고 놔둔 몇 가닥의 가죽끈이 전부였다. 대신 라이는 다 헤어진 담요를 바닥에 깔고, 그 안에 짐들을 집어넣었다. 낡은 옷가지들, 칼, 망치, 집게, 바늘……. 솥은 너무 커서 들고 가는 것을 포기했다.

마지막으로 라이는 슬쩍 주위에 누가 있는지 잘 살펴본 다음, 자신의 잠자리 밑에 깔린 건초 속에 숨겨놨던 가죽바지를 꺼냈다. 틈틈이 시간이 날 때마다 손질을 해뒀기에 가죽바지의 상태는 양호했다. 라이는 낡은 옷 속에 가죽바지를 집어넣은 다음 돌돌 말아서 숨겼다. 이렇게 해놓으니 헌옷 누더기처럼 보일 뿐, 감쪽같았다.

라이가 누더기 담요뭉치를 등에 이고 나오자, 지독한 악취에 모두들 코를 감싸쥐었다.

"에휴~, 그걸 뭐 하려고 들고 나와? 버려라, 버려. 차라리 내가 좋은 걸 줄게."

"말로만 하지 마시고 주세요. 저로서는 이거 하나라도 아쉽다구요."

뻔뻔스러운 라이의 말에 용병들은 황급히 자신들에게 거의 필요없는 여분의 옷가지 따위를 짐에서 꺼내 던져주었다. 그 덕분에 라이는 다시 한 번 짐을 싸야 했다. 악취에 찌든 옷가지들은 모두 버리고, 낡은 로브로 보자기를 대신해서 새로운 짐들을 그 안에 넣었다. 물론 가죽바지도 함께 꽁꽁 묶어서 같이 넣었다. 그건 자신의 재산목록 1호였으니까.

* * *

"먹여만 주시면 돼요. 제발 일 좀 하게 해 주세요."
"나가!"
 덩치가 푸짐한 여관 아줌마는 두말 않고 라이를 내쫓았다. 아무리 사람이 궁해도, 저토록 비쩍 마른 녀석을 쓸 수는 없었던 것이다. 손님들이 자신을 보고 뭐라고 하겠는가. 도대체 이곳 여관의 식사가 얼마나 형편없기에(혹은 고용인을 학대했기에) 저렇게 바짝 마를 수가 있느냐고 욕할 게 뻔했으니까.
 바레인에 도착하면, 일단 일자리부터 잡고 일하면서 조금씩 몸을 추스르려고 했던 라이의 계획은 그 시작부터 삐걱거리기 시작했다. 도착한 날부터 시작해 해가 질 때까지 시 곳곳을 쫓아다녀 봤지만, 그를 고용하겠다는 사람은 단 한 명도 없었다.
"젠장, 바레인에만 오면 일이 잘 풀릴 줄 알았는데……."
 꼬르르륵!
 뱃속에서는 계속해서 밥 달라고 아우성을 치고 있었다. 지금까지 굶기를 밥 먹듯 해왔던 라이였기에, 굶는 것 정도로 기가 꺾일 리는 없다. 하지만 잠자리조차 구하지 못해, 담장에 쭈그리고 앉아 밤을 새야 하는 자신의 처지를 생각하면 서글픈 것 또한 사실이었다.
"아버지……."
 고지식하고 완고하기 짝이 없던 아버지. 그토록 싫어했던 아버지였지만, 지금은 아버지가 너무 보고 싶었다. 그리고 아버지가 해주던 그 맛없는 요리들도 그리워 미칠 지경이었다. 집을 떠난 후, 왜 이렇게 악운의 연속인 건지.

"그래도 운이 아예 없는 건 아니지. 용병대가 나를 구해줬잖아? 그리고 여기에 오는 동안 식사도 넉넉하게 하게 해줬고 말이야."

오크 소굴에서 바레인 시까지 오는 데 걸린 18일 동안의 영양가 있는 식사로 인해, 라이의 몸은 꽤나 좋아진 상태였다. 더군다나 지금까지 구경도 하기 힘들었던 따뜻한 햇볕을 듬뿍듬뿍 받고 있다 보니, 하루하루가 지날수록 더욱 몸이 강건해지는 듯한 기분까지 들었다.

"그래, 내일은 반드시 일거리를 찾을 수 있을 거야."

쭈그리고 앉은 라이는 무릎 사이로 고개를 푹 파묻었다. 춥다. 무릎을 꼭 껴안았지만, 몸의 떨림은 쉽사리 진정되지 않았다. 때는 이른 봄. 이렇게 바깥에서 잠을 자다가는 얼어 죽기 딱 좋은 계절이다. 더군다나 해가 지자, 추위는 더욱 심해지기 시작했다.

'이대로라면 얼어 죽을지도 몰라.'

라이는 무심결에 보따리에 손을 집어넣어 가죽바지를 더듬었다. 최고급 가죽바지. 이걸 판다면 따뜻한 식사와 잠자리가 보장된다. 하마터면 그는 벌떡 일어설 뻔했다. 하지만 라이는 애써 참았다.

팔고 싶은 마음은 굴뚝같았지만, 지금은 팔 수가 없다는 것을 잘 알기 때문이다. 상거지 꼴을 하고 있는 자신이 이런 고급품을 팔겠다고 하면, 상인이 제대로 된 가격을 쳐줄 리가 없다. 아니, 가격을 쳐주는 것은 고사하고 도둑으로나 몰리지 않으면 다행이다. 그 때문에 라이는 고픈 배를 움켜쥐고, 이런 차가운 길 바닥에 쭈그리고 앉아 있으면서도 가죽바지를 처분하지 못하고 있었던 것이다.

그런데, 그때였다. 누군가의 발자국소리가 들려오기 시작한 것은.

뚜벅뚜벅…….

육중한 발자국소리. 하지만 라이는 고개를 들지 않았다. 자신이 쭈그리고 앉아 있는 곳은 길가다. 지나가는 사람이 자신을 이 자리에서 내쫓을 수는 없다. 그리고 라이는 쏟아지는 잠으로 인해 만사가 귀찮은 상태였다.

뚜벅뚜벅 들려오던 발자국소리가 점점 더 커졌다. 그러던 어느 순간, 발자국 소리가 멈췄다. 그리고는 걱정스런 소년의 목소리가 들려왔다.

"어이, 여기서 이러고 있으면 얼어 죽어. 날이 조금 따뜻해졌다고는 하지만, 이렇게 잘 수 있는 날씨가 아니라고."

라이는 고개를 들지 않았다. 너무 잠이 쏟아져, 상대에게 대꾸하기도 귀찮았기 때문이다. 하지만 라이에게 말을 건 소년은 끈질겼다. 라이가 반응을 보이지 않자, 이번에는 라이의 몸까지 흔들며 말했다.

"이봐, 정신 좀 차려 봐. 이러고 있으면 안 된다니까. 이봐, 이봐!"

몽롱해져 가는 정신, 잠이 쏟아진다. 라이는 귀찮았지만, 힘을 내어 대답했다. 그의 목소리는 나른하게 풀려 있었다.

"놔 둬. 잠 좀 자게……. 졸려 죽겠단 말야."

라이는 잠에서 깼다. 눈앞이 깜깜한 것이 아무것도 보이지 않는다. '아직 해가 안 떴나?' 하는 생각이 들었지만, 곧이어 라이는 고개를 가로저었다. 아무리 해가 뜨지 않았다고 해도 이건 너무 어둡다. 하다못해 별빛이라도 보여야 할 것이 아닌가? 그리고 어젯밤의 그 매서운 추위가 하나도 느껴지지 않고 있었다. 어딘지는 모르겠지만, 건물 안임에 틀림없다. 어둠 속으로 손을 뻗어 바닥을 만져봤다. 나무의 감촉이다. 틀림없었다.

그제야 정신이 든 라이는 황급히 자신의 전 재산이 들어 있는 보따리를 찾았다. 하지만 아무리 손을 더듬거려 봐도 손에 잡히는 것은 없었다. 방금 전까지 자신이 덮고 자던 냄새나는 넝마 조각 외에는.

"이럴 수가, 이게 어디로 간 거지?"

허둥대며 주위를 더듬거리는 라이. 물론 워낙 어두워 아무것도 보이지 않았기에, 무심결에 한 행동이었다. 그런데, 그런 그의 눈에 밖에서 스며들어 오는 가느다란 빛의 선이 보였다. 문틈으로 빛이 스며들어 오고 있었던 것이다.

쾅쾅!

"이봐요, 문 열어 줘요!"

그러자 밖에서 사내의 괄괄한 음성이 들려왔다.

"조용히 하고 있지 않으면 맞을 줄 알아."

사내의 위협에 라이의 목소리는 급격히 낮아졌다. 오크에게

당한 긴 노예생활로 인해 그의 성격도 꽤 많이 바뀌어 있었다. 옛날 같았으면 물불을 가리지 않고 달려들었겠지만.

"여, 여기가 어딥니까?"

"……."

"무, 무서워요. 여기가 대체 어디예요? 훌쩍."

우는 척 하는 라이의 목소리가 먹혀들어 갔는지 사내의 한결 부드러워진 음성이 들려왔다.

"얌전히 있어. 그러면 아무도 너를 해치지 않을 테니까."

라이는 빛이 스며들어 오는 문틈으로 눈을 바짝 대고 밖의 동정을 살폈다. 시야가 워낙 제한적이라 살펴본다는 게 쉽지는 않았다. 하지만 한 가지는 알 수 있었다. 밖에는 탁자 하나가 놓여 있었고, 자신에게 위협을 가한 사내가 그 탁자에 앉아 있다는 것을 말이다.

얼마나 시간이 흘렀을까. 갑자기 문이 삐걱 열리는 소리가 들리더니, 누군가가 들어왔다.

"다녀왔습니다, 두목."

탁자에 앉아 있던 사내가 두목인 모양이다. 그리고 방금 들어온 앳된 목소리의 소년은 그의 똘마니고.

"갔던 일은 어떻게 됐어?"

"제 말이 맞았어요, 두목."

"녀석이 브리스코 용병대에서 도둑질을 한 거였나?"

왜 이곳에서 갑자기 브리스코 용병대의 이름이? 하고 라이가 생각하는 순간, 똘마니의 목소리가 들려왔다.

"그럴지도 모르죠. 수소문을 해봤는데, 어제 브리스코 용병대와 함께 들어온 애라고 하더라구요. 오크들에게 노예로 잡혀 있던 걸 구해줬다고 하던데요."

"노예로 있던 걸 구해줘?"

그렇게 반문한 두목은 고개를 갸웃하며 중얼거렸다.

"이상하네. 오크족 본거지를 치지 않고서야, 사람을 구출한다는 게 가능하기나 한가? 하지만 저 몰골을 보면 오크한테 잡혀가는 걸 우연히 만나 구출했다고 보기에도 그렇고……."

"오크족 본거지를 친 게 맞대요. 두목도 치토우 황야의 무법자라고 불리는 오크족을 아시잖아요. 그놈들을 몰살시켰다고 하더라구요."

두목은 놀라움을 감추지 못했다.

"치토우 황야의 무법자라고? 이야, 그게 사실이라면 꽤나 짭짤하게 벌었겠군."

치토우 황야의 무법자라고 불릴 정도로 막강한 세력을 과시하던 오크족. 그들에게 피해를 본 사람은 꽤나 많았다. 하지만 아무도 섣불리 그들을 치겠다고 나서지는 못했다. 피해만 크고, 소득은 별로 없을 게 뻔했으니까. 아마 용병대는 누군가의 의뢰를 받고 오크족을 쳤을 것이다. 그리고 그렇게 강한 오크족이라면 꽤나 많은 보수가 오고 갔을 게 뻔했다.

"쩝, 꽤나 많이 벌었겠지?"

두목은 욕심이 나는지 입맛을 쩝쩝 다셨다. 하지만 그가 아무리 간이 부었다고 해도, 용병대의 금고를 털 생각까지는 하지 못했다. 그건 너무 위험했으니까.

"아뇨. 그런 것 같지는 않던데요. 별로 돈 냄새가 안 나더라구요."

용병들은 돈 쓰는 데 있어서 아주 헤프다. 목숨을 걸고 돈을 벌었으면, 잘 모아뒀다가 사업밑천이라도 해야 하는 게 정상인데, 그들은 그렇지 못했다. 평소 가지고 싶었던 것을 사는 것부터 시작해서, 술과 계집…….

"돈 냄새가 안 나더라고? 거참, 이상하네."

고개를 갸웃하던 두목은 갑자기 무슨 생각이 떠올랐는지 웃음을 터뜨리며 말했다.

"하하핫, 그러고 보니 정말 배은망덕한 놈이로군. 목숨을 구해준 은인의 물건을 도둑질했으니 말이야."

"그런 심보를 가지고 있으니까, 이런 꼴이 된 거 아니겠어요? 천벌을 받은 거죠."

"크크크, 그거 말 되네."

자신을 비웃는 듯한 두 사람의 대화를 들으며, 라이는 그들이 브리스코 용병대를 찾아가게 된 동기가 바로 가죽바지였다는 것을 깨달았다.

"브리스코 용병대에서 도둑질한 물건이라면 팔 때 조심해야겠네."

"문장만 지우면 감쪽같지 않을까요? 두목."

"그것만으로는 부족해. 흔한 물건이라면 모르겠지만, 희귀한 물건은 들킬 위험이 높거든. 차라리 여기서 파는 것보다는 세바인 시로 가져가서, 거기에서 파는 게 좋겠어."

"그럼 저 녀석은 어떻게 하실려구요?"

"어떻게 하긴 뭘 어떻게 해. 팔아버려야지."

바깥에서 도란도란 들려오는 대화를 들으며, 라이의 속은 부글부글 끓고 있었다.

'이번에는 인신매매냐? 이놈의 팔자는 정말…….'

정말이지 울고 싶어지는 라이였다.

"용병대에서 가죽바지까지 훔쳐낸 걸 보면 꽤나 실력이 있는 놈 같은데, 그냥 데리고 쓰지 않으시고요?"

그러자 두목의 매정한 목소리가 들려왔다.

"은인의 가죽바지까지 훔치는 쓰레기야. 그런 놈을 뭘 믿고 써. 그냥 팔아버리는 게 최고지."

"비쩍 말라서 누가 사가기나 하겠어요?"

자신을 팔아버리겠다는 쪽으로 대화가 기울자, 라이는 황급히 소리쳤다.

"그 바지 제가 훔친 게 아니에요!"

"저놈이 무슨 소리를 하는 거야? 훔친 게 아니면, 그걸 왜 네 녀석이 가지고 있어?"

마치 비웃는 듯한 상대의 말투에 울컥했지만, 라이는 애써 참았다. 라이는 차분한 어조로 자신이 오크의 노예로 잡혀 있을 때의 일을 얘기했다. 그 바지를 자기가 어떻게 가지게 되었는지를 말이다.

"틀림없는 사실입니다. 제발 믿어 주세요."

그러자 밖에서 두런두런 얘기 소리가 들려왔다.

"꽤 그럴듯한데요. 복수를 한 거라면, 오늘 거기에 갔을 때 술 취한 용병들이 별로 보이지 않던 이유가 설명되잖아요."

"좋아, 라이. 오크한테 잡혀가기 전에는 뭐 했었냐? 고향은 어딘지부터 시작해서 차근차근 얘기해 봐. 혹시 누가 아냐? 동향사람이라서 내가 너를 풀어줄지 말이야."

라이는 잽싸게 상대가 원하는 걸 말해줬다. 하지만 자신의 아버지가 기사라는 것과 자신이 어렸을 때부터 기사 수업을 받으며 성장했다는 것만큼은 숨겼다. 대신 라이는 자신의 아버지가 제법 재산이 많은 상인이라고 말했다.

"저를 보내 주시면, 아버지께서 후사하실 겁니다. 제발 저를 좀 놔 주세요."

"두목, 저 얘기를 듣고도 파실 생각이세요?"

"그러면 저렇게 나이 먹은 놈을 어디다가 써? 듣자하니 도둑질도 제대로 못하는 모양인데. 지금 그런 걸 가르치기에는 너무 늦었잖아."

"그건 그러네요."

"네일 영감에게 전해. 쓸 만한 놈이 하나 들어왔는데, 금화 1골드에 사지 않겠느냐고 말이야."

"1골드씩이나 줄 거 같아요? 말도 안 돼요. 네일 영감이 얼마나 짠돌인데……."

"그건 그때 가서 흥정하면 될 일이야. 네 녀석이 참견할 필요는 없다."

"알겠습니다, 두목."

자신을 노예로 팔아버리겠다는 말에, 듣고 있던 라이는 화들짝 놀라 급하게 소리쳤다.
"제발 저를 그냥 풀어주세요. 여기서 있었던 일은 아무한테도 말하지 않을게요."
라이가 애절한 목소리로 사정했지만, 두목은 냉정한 어조로 대꾸했다.
"조용히 안 해? 한 마디만 더하면, 몇 대 맞을 줄 알아!"
"…, 훌쩍."
격하게 밀려드는 억울함과 서러움에 눈물을 삼키는 것 외에 라이가 할 수 있는 건 아무것도 없었다.

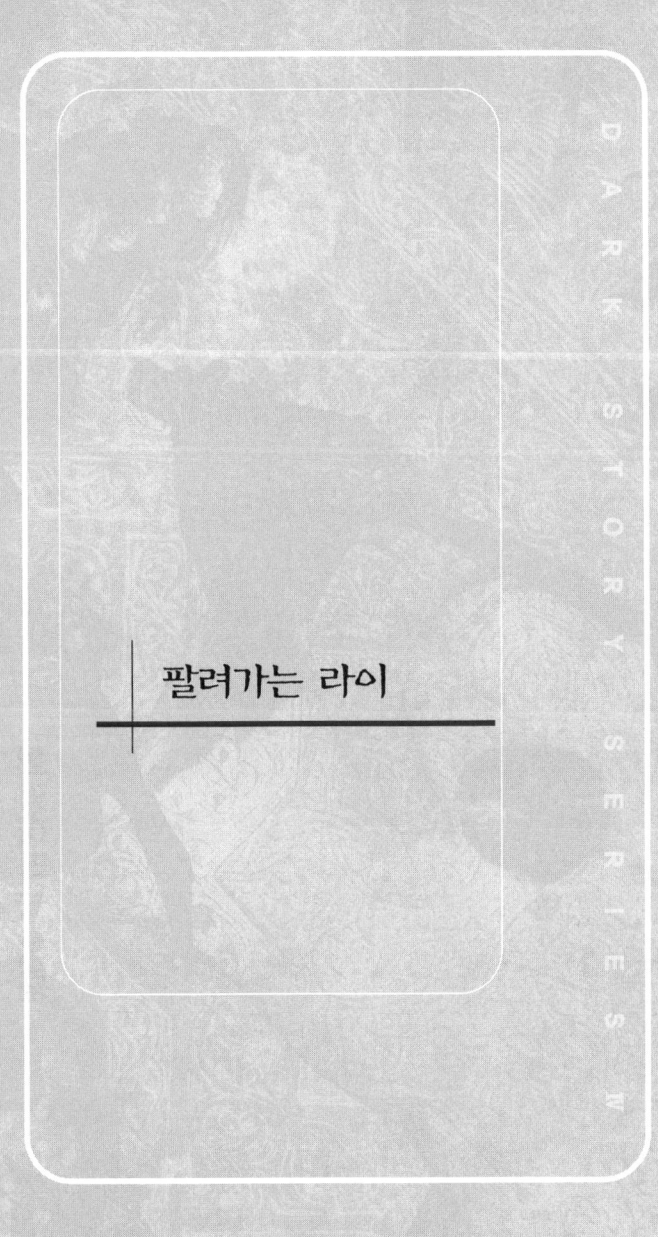

팔려가는 라이

DARK STORY SERIES W

희망이라는 이름

어두운 곳에 있다 보니 시간의 흐름을 전혀 알 수 없었다. 분명한 건 한참 시간이 흘렀다는 사실이었다. 갑자기 밖에서 칼칼한 음성이 들려왔다. 아마도 두목이 네일 영감이라고 했던 늙은이가 찾아온 모양이다.

"물건이 있다며. 상태는 괜찮아?"

"어서 오십시오, 네일 씨. 물론 상태는 그리 나쁘지 않습니다."

"뒤탈이 있는 물건은 아니겠지?"

"물론입니다. 여기 출신도 아니고, 며칠 전까지만 해도 오크 소굴에 잡혀 있었다고 하더군요."

"오크 소굴이라고? 젠장! 1골드라고 해서 꽁지 빠지게 달려왔더니, 헛걸음을 했잖아."

1골드라고 한 것은 네일 영감을 낚기 위한 미끼였던 모양이다. 하지만 오크 소굴에서 살았다는 말에 네일 영감은 물건의 상태를 볼 생각이 싹 사라진 모양이다. 그가 그냥 돌아가려고 하자, 두목이 말리는 소리가 들려왔다.

"자, 잠깐만요, 네일 씨. 무슨 성격이 그렇게 급하십니까. 일단, 여기까지 오셨으니 물건이라도 보고 가셔야죠."

밖에서 빗장을 여는 소리가 들려오자, 라이는 주먹에 힘을 꽉 줬다. 여차하면 치고 나갈 생각이었다. 계속 바깥의 동정을 살펴본 결과, 밖에 있는 건 두목이라는 놈 한 명뿐이었다. 간혹 가다 똘마니 한둘이 들락거리기는 했지만, 그들은 그리 오랜 시간 머물지 않고 곧 밖으로 나가버렸다. 그렇다면 지금 문밖에는 두목과 영감, 이렇게 두 명밖에 없으리라.

끼이익!

귀가 거슬리는 소리를 내며 문이 활짝 열렸다. 그와 동시에 쏟아져 들어오는 엄청난 빛줄기. 라이는 문이 열리자마자 달려들 생각이었지만, 상대가 보여야 달려들든지 아니면 빈틈을 노려 도망치든지 할 게 아닌가. 라이가 강한 빛줄기 때문에 눈조차 뜨지 못하고 버벅거리고 있을 때, 네일 영감이 혀를 차는 소리가 들렸다.

"내 살다 살다 이렇게까지 비쩍 마른 놈은 처음이로군."

라이가 시력을 채 회복하기도 전에 갑자기 문이 탁 하고 닫혔다.

"안 돼!"

재빨리 뛰어가 힘껏 문을 밀었지만, 이미 때는 늦어버렸다. 밖에서 빗장을 거는 소리가 들린 것이다.

라이는 문을 쾅쾅 치며 소리쳤다.

"이러지 말아요. 풀어 줘요. 나를 풀어 줘! 문 열어!"

하지만 문은 열리지 않고 두목의 열성적인 목소리만 들려왔다.

"저거 봐요. 겉모습만 저렇지, 원기왕성 하다니까요. 아직 젊으니까 잘 먹이면, 조금만 지나도 예전 모습을 되찾을 겁니다."

두목의 그것에 비해 네일 영감의 목소리는 심드렁했다.
"흠, 병든 게 아니라면⋯⋯. 좋아, 20실버 주지."
영감의 제안에 두목은 어이가 없는 모양이었다.
"겨우 20실버요? 요즘 노예 시세가 얼만데⋯⋯."
"저런 꼬라지인데 더 받기를 원하나? 불만이면 직접 노예시장까지 자네가 데리고 가든지."
아무나 노예시장에 노예를 데리고 가 거래를 하지는 못한다. 정식으로 노예를 팔려면, 제반 서류가 빈틈없이 갖춰져 있어야 했다. 이 노예가 어떤 사유로 인해서 노예가 되었는지를 증명하는 그런 서류들 말이다. 그리고 그런 정상적인 방법이 아닌 불법적인 루트를 통해 거래를 하려면, 어지간한 인맥과 조직력 가지고는 거래 자체가 불가능했다.
영감의 최후 통첩에 두목은 한동안 아무런 대꾸도 하지 못했다.
"나를 꺼내줘! 풀어달란 말이다. 이 새끼들! 내가 무슨 물건인 줄 알아? 내가 풀려나면 너희들은 다 죽었어. 관청에 고발할 테다. 고발!"
라이의 악에 받친 외침이 늘리는 가운데, 장시간 고민하던 두목이 결국 결정을 내린 모양이다.
"10실버만 더 쓰시죠, 네일 씨."
잠시 궁리하는 듯하던 네일이 말했다.
"5실버."
"조금만 더 쓰시죠."
두목은 애처롭게 사정했지만, 네일은 단호하게 대꾸했다.

"더 이상은 절대로 안 돼. 저렇게 비쩍 마른 놈은 팔기도 힘들단 말이야."

또다시 시작된 침묵. 하지만 그것은 전보다는 빨리 끝났다. 두목의 체념한 목소리가 들려왔다.

"좋습니다. 25실버로 하죠."

"좋아, 물건은 모레 찾으러 오지. 그동안 잘 먹여놔."

"걱정 마십시오. 먼 길 떠나는 데 지장 없도록 잘 먹여 놓을 테니까요."

"참, 인수하러 오는 당일은 음식은 물론이고, 물 한 방울 먹이지 않아야 된다는 것쯤은 잊지 않았겠지?"

"핫핫, 걱정하지 마십시오. 어디 하루이틀 장사합니까?"

문 밑쪽에 만들어 놓은 조그만한 쪽문이 탁 하고 열리며, 두목의 걸걸한 목소리가 들려왔다.

"그릇 내놔."

살짝 열린 쪽문으로 재빨리 다가간 라이는, 구리로 만들어진 다 찌그러진 그릇을 밖으로 내밀었다. 밖으로 나온 그릇에 두목은 뜨끈한 스튜를 한 국자 떠 넣어줬다. 뻣뻣한 싸구려 빵 한 덩어리와 함께. 이게 식사의 전부였다.

"남기지 말고 다 처먹어. 알겠지?"

당연히 음식을 남길 생각이 없었던 라이는 빵을 찢어서 스튜에 찍어 먹었다. 숟가락 따위는 아예 없었다. 빵으로 그릇의 밑바닥까지 박박 긁어서 먹었기에 설거지를 할 필요도 없을 정도로 그릇은 깨끗하게 변했다. 물론 설거지 하라고 물을 따로 넣어 주지도 않았지만.

라이가 두목이 넣어주는 음식을 군소리 하지 않고 깨끗이 먹어치운 이유는, 체력을 비축하는 게 최우선적인 과제였기 때문이다. 실낱같은 기회가 왔을 때, 그 기회를 움켜쥐려면 체력이 있어야만 했다.

'영감이라고 했지? 좋아. 빈틈을 노리다 보면, 노예시장까지 가는 동안에 최소한 한 번쯤은 기회를 잡을 수 있을 거야.'

라이가 희망을 거는 것은 네일이 늙은이라는 점이었다. 아무리 자신이 오랜 노예생활로 인해 비쩍 말랐다고는 하지만, 나이 많은 영감 하나 제압하지 못할 리가 있겠는가. 물론 수갑이라든지 족쇄 같은 구속구를 채우기야 하겠지만, 기회만 있다면 영감을 때려눕히고 열쇠를 탈취할 수도 있을 것이다.

'오크 소굴에서도 살아남은 나야. 여기라고 내가 포기할 거 같아? 나중에 두고 보자. 꼭 복수해 줄 테다.'

어떻게 해서든 아버지가 있는 고향으로 돌아가기만 하면 된다. 아버지에게 지금까지 있었던 일을 고해 바치면, 저 인신매매 일당은 절대 살아남지 못하리라. 아니, 구태여 아버지의 손을 빌릴 필요도 없다. 관청에 가서 고발하는 것만으로도 충분하리라. 그러면 그의 복수는 관청이 대신 해 줄 것이다. 그는 햇볕이 잘 드는 따뜻한 곳에 자리를 잡고 앉아, 두목과 그 똘마니들이 교수형에 처해지는 것을 구경하기만 하면 된다.

'그래, 언젠가는 나한테 살려달라고 싹싹 빌게 만들어 줄 테

다. 반드시.'

갇혀 있다 보니 따로 할 일도 없는 만큼, 라이는 어떻게 하면 제대로 된 복수를 할 수 있을까에 대해 상상하며 자신을 위안했다.

꼬로로록!

뱃속에서는 밥을 달라고 아우성을 치고 있었다. 하지만 오늘은 웬일인지 두목이 밥을 주지 않았다.

'참, 그 영감이 당일에는 아무것도 먹이지 말라고 했었지? 오늘이 바로 그날인 모양이군. 아, 목마르고 배도 고프고……'

두목은 아침부터 어디로 갔는지 밖에서는 아무런 인기척도 느껴지지 않았다. 하기야 그 전에도 두목이나 그 똘마니들은 이곳을 자주 비워놓고 들락거렸다. 그걸 보면 여기가 저들의 본거지가 아닐지도 모른다는 생각이 들었다.

어두컴컴한 데다 구석진 곳에 쭈그리고 앉아 있다 보니 살며시 잠이 밀려들었다. 라이는 정신을 차리려고 하지 않고, 일부러 잠에 빠져들기 위해 노력했다. 배고픔과 갈증을 잊는 데는 그게 최고였으니까.

라이가 비몽사몽간을 헤매고 있을 때, 갑자기 빗장이 풀리는 소리가 들려왔다.

'응?'

드디어 기회가 왔다. 오늘이 그 네일 영감이라는 놈이 자신을 인수받기로 한 바로 그날인 모양이다. 그렇지 않고서야 문이 열릴 리가 없지 않은가. 순간 문이 활짝 열리며 빛이 쏟아져 들어왔다. 라이는 인상을 찡그리며 팔을 들어 빛을 가렸다. 눈이 빛에 적응할 수 있는 시간 여유가 필요했다.

억센 손에 이끌려 밖으로 나왔을 때쯤 라이의 시력은 어느 정도 회복되었다. 이때, 라이의 눈에 탁자 앞에 서서 자신을 노려보며 서 있는 한 중년인이 보였다.

중년인이 라이에게 안겨준 인상은 정말 강렬했다. 안 그래도 사나운 눈초리를 지닌 데다가, 뺨은 물론이고 한쪽 눈알마저 훑고 지나가버린 기다란 칼자국으로 인해 그의 인상은 가히 공포스러울 지경이었다. 과연 똘마니들이 두목으로 받들어 모실 만한 사내라는 생각이 들었다.

'저놈이 두목?'

두목은 푸대자루에서 사슬뭉치를 꺼내며 말했다.

"이쪽으로 데려와."

반항을 할까 하는 생각도 해봤지만, 두목의 인상을 보는 순간 라이는 기가 질려버렸다. 괜히 까불어 봐야 좋을 게 전혀 없을 거라는 생각이 든 것이다.

"손 내밀어."

라이는 순순히 손을 내밀었다. 아무래도 지금은 그냥 넘어가고, 나중에 기회를 봐서 영감을 때려눕히는 게 훨씬 쉽지 않겠나 하는 생각이 들었던 것이다. 하지만 라이의 표정은 곧이어 일그러졌다. 상대가 자신에게 채우려고 하는 수갑은 일반적인 수갑이 아니었다.

두목이 꺼내든 것은 노예용으로 특별히 제작된 구속구(拘束

팔려가는 라이

具)였다. 수갑과 족쇄만 차고 있어도 움직이는 데 커다란 제약을 받게 될 텐데, 이것은 그 둘을 사슬로 연결해 놓아 더더욱 움직이기 불편하게 만들어 놨다. 더군다나 구속구에 열쇠 따위는 아예 달려 있지도 않았다. 열쇠로 열게 만들어 봐야 관리하기만 힘들고, 또 노예가 열쇠를 훔쳐 탈출할 우려가 있기 때문이다.

구속구에 자물쇠를 다는 대신, 이것은 좀 더 단순하면서도 풀기 어려운 방법을 사용하고 있었다. 양쪽을 오므린 다음, 그 사이에다가 작은 쇠막대기를 박아 넣는 형식으로 잠가버린다. 쇠막대기가 꽂혀 들어갈 구멍은 한 치수 작게 제작되어 있기에, 망치로 쇠막대기를 두들겨 넣어버리면 뽑는 것 또한 예삿일이 아니었다. 전용 장비를 동원하든지, 아니면 대장간으로 쫓아가는 수밖에 도리가 없는 것이다.

두목과 똘마니는 수갑은 물론이고 족쇄까지 라이에게 완벽하게 채웠다. 하지만 두목은 거기에 만족하지 않았다. 끈을 꺼내어 무릎을 묶고, 또 팔도 움직이기 어렵도록 꽁꽁 묶었다. 그리고 마지막으로 목소리도 내지 못하도록 재갈까지 채워버렸다.

이때, 두목 옆에 서 있던 똘마니가 입을 열었다.

"밖에까지 들어다 드리지 않아도 되겠습니까? 네일 씨."

순간 라이의 눈이 화등잔만 해졌다. 라이는 얼굴을 홱 돌려 방금 전까지 자신이 두목이라고 착각하고 있었던 네일의 얼굴을 다시 한 번 더 살펴봤다.

'헉, 이 사람이 네일이라고? 영감이라더니! 이게 무슨 영감이얏!'

"들어 줄 필요 없어. 내가 자네와 함께 있는 모습을 다른 사람이 보는 게 더 문제야."

"그건 그렇습죠."

당황한 라이가 볼 수 있었던 것은 여기까지였다. 네일이 커다란 푸대자루 속에 그를 집어넣어 버렸던 것이다.

"여기 있네. 은화 25개. 세 보게."

"예, 틀림없군요."

"다음에도 물건이 생기면 꼭 연락해 주게."

"물론입니다, 네일 씨. 제가 네일 씨 외에 다른 사람에게 물건을 넘기는 걸 한 번이라도 보신 적이 있습니까?"

네일은 라이가 들어 있는 푸대자루를 어깨에 이고 두목의 거처를 나왔다. 거처 앞에는 그가 몰고 온 짐마차가 한 대 매여 있었다. 그는 습관적으로 주위를 한번 쓱 둘러봤다. 도둑길드의 본거지가 있는 곳답게 평소에도 인적이 거의 없는 곳이다. 하지만 그럼에도 불구하고 그가 라이를 푸대자루 안에 집어넣는 수고를 아끼지 않은 것은, 짐마차 안에 있는 사람들이 납치된 거라는 게 들통났다가는 끝장이었기 때문이다.

네일은 감자 자루를 마차에 옮겨 싣듯 태연자약하게 움직였다. 놀랍게도 짐마차 안에는 라이가 담겨 있는 것과 유사한 형태의 푸대자루 6개가 더 있었다. 즉, 납치되어 온 아이들이 여섯 명씩이나 더 있었던 것이다.

네일은 라이를 푸대자루 사이에다가 던져두는 것으로 만족하지 않고, 끈으로 그들과 함께 꽁꽁 묶어버렸다. 몸과 다리 부위를 말이다. 이렇게 해놔야 어느 한 녀석이 마차를 발로 차서 밖에다가 신호를 보내는 사태가 벌어지지 않는다. 어쨌건 아이들은 모두 다 제대로 된 신분증명이 없는 불법노예들이었기 때문에, 최대한 조심해야 할 필요가 있었던 것이다.

그렇게 한 다음, 영감은 푸대자루들을 누가 보지 못하도록 그 앞에 야채나 잡다한 생활용품 등으로 가려서 눈가림을 했다. 노예시장으로 가려면 성문을 통과해야 하는 만큼, 혹 검문을 당할 경우도 신경을 써야 했기 때문이다. 물론, 지금 성문에서 당직을 서는 경비원은 이미 그가 예전에 구워삶아 놓은 놈이기는 했지만.

따그닥, 따그닥…….

변경지역의 도시들이 그러하듯 바레인 시 역시 높직한 성곽으로 둘러싸여 있었다. 그 때문에 성문을 통하지 않고는 출입 자체가 불가능하다.

"어이, 오늘은 자네가 근무인가 보지?"

"안녕하십니까, 네일 씨. 오늘도 브레가 시에 가시는 모양이죠?"

이곳 사람들은 네일을 운송업자로 알고 있었다. 강도, 산적, 몬스터 등등……. 안전한 성을 벗어나기만 하면 워낙에 위험요소들이 많다 보니 각 도시 간에 물류를 운반하는 것도 꽤나 어려운 일이었다. 그렇기에 네일처럼 은퇴한 용병들이 이런 종류의 사업을 하는 경우가 많았다. 네일이 겨우 40대 후반 정도밖에 안 되는 나이임에도, 두목이 그를 영감이라고 부른 이유가 바로 그것이었다. 용병으로서 그 정도 나이까지 살아남는 것은 정말 쉬운 일이 아니었으니까.

"그렇다네. 먹고 살아야 하니 어쩔 수 있나?"

"들리는 소문으로는 브레가 시 근처에서 강도에게 털린 사람이 있는 모양이던데, 조심하십시오."

"걱정 말게. 나도 현역에 있을 때는 꽤나 날리던 사람이었으니까 말일세."

"근데 마차에 실린 화물은 뭡니까?"

네일은 마차 안쪽에 손을 넣어서는 커다란 햄 한 덩어리를 꺼내 경비병에게 슬쩍 건네주며 말했다.

"이번에 가져가는 화물의 태반은 이걸세. 자, 자네도 맛이나 한번 보게. 맛이 아주 훌륭하다네."

색상이나 향기로 보아, 꽤나 품질이 좋은 햄이었다.

"이거 번번이 감사하기는 합니다만, 부탁받은 물건인데 이렇게 주셔도 괜찮습니까?"

"괜찮아. 일전에도 말했지만, 식품의 경우 몬스터라든지 쥐새끼라든지…, 뭐 이런저런 이유로 약간의 손실이 생기는 것 정도는 눈감아 주는 게 관례니까 말이야."

"그럼 감사히 받겠습니다."

경비병은 마차 안쪽을 확인해 보지도 않고 종이에다가 뭔가를 대충 쓱쓱 적은 다음, 네일에게 말했다.

"그럼 잘 다녀오십시오."

"그래, 자네도 수고하게."

일반적인 경우 성문을 통과하는 마차는 경비병이 반드시 안을 살펴본다. 혹시 불법적인 물건을 반출하거나, 혹은 반입하지 않는지 확인하기 위해서다. 라이는 거기에 희망을 걸고 있었다. 그런데 오가는 대화를 엿듣다 보니, 아예 조사를 할 생각조차 없지 않은가.

라이는 악착같이 옆으로 기어갔다. 아이들과 함께 몸이 묶여 있었기에 그게 쉬운 일은 아니었지만, 옆의 아이가 은근슬쩍 도와줬기에 가능했다. 라이는 유일하게 자신의 몸에서 비교적 자유롭게 움직일 수 있는 부위인 머리로 마차 벽을 쿵쿵 박아댔다. 그리고 그 반응은 곧이어 밖에서 들려왔다.

"햄 외에 뭘 실으셨기에, 저렇게 버드럭거리는 겁니까?"

그러자 막 마차를 몰고 성문 밖으로 나가려고 하던 네일의 능청스런 대꾸가 들려온다.

"한번 볼 텐가? 돼지 2마리를 묶어놨다네. 똥 싼다고 어제부터 먹이를 주지 말라고 그렇게 일렀건만, 아직도 찔끔찔끔 싸대는 걸 보면 내 말을 듣지 않은 모양이야. 젠장, 똥냄새가 햄에 배면 큰일인데……."

돼지 똥냄새가 난다는데 일부러 마차에 들어가서 살펴볼 사람이 누가 있겠는가. 더군다나 돼지가 그리 신기한 동물도 아닌데 말이다.

경비원은 마차 안을 볼 생각도 없는 듯 네일 곁에 서서 말했다.

"살아 있는 것 치고는 꽤 조용한 편이네요."

"당연하지. 운반하던 도중에 돼지가 쓸데없이 꿀꿀거리거나 지랄을 하면 큰일 나게? 몬스터 놈들이 돼지고기를 얼마나 좋아하는데. 그래서 아예 재갈을 물려놓고 마차에 실었지. 에휴, 그냥 때려잡아서 소금에 절여 운반하지. 서로가 고생스럽게 왜 이렇게 살아 있는 놈을 고집하는 건지…, 쯧쯧."

"수고가 많으시네요. 그럼 조심해서 다녀오십시오."

"그래, 자네도 수고하게. 나중에 술이나 한잔 하세."

"그거 좋죠."

성문을 통과한 네일은 느긋한 표정으로 마차를 몰았다. 길 가다가 만나는 거의 모든 사람들에게 인사까지 건네면서. 네일처럼 불법적인 일을 하는 사람들의 경우, 의도적으로 주위 사람들과 잘 지내는 경우가 많다. 왜냐하면 그렇게 해놔야, 주변에서 애들이 사라졌다고 해도 자신을 의심하지 않을 테니까.

하지만 인적이 없는 곳에 도착하자마자, 그의 가식적인 태도는 흔적도 없이 사라졌다. 그는 겉에 묶었던 줄을 풀고, 애들에게 뒤집어 씌워 놨던 푸대자루를 벗겼다. 그러자 하나씩 드러나는 아이들의 얼굴들. 여자아이 5명에, 남자아이 둘이다. 그는 아이들의 입을 틀어막고 있던 재갈을 풀어주며 으르렁거렸다.

"아까 어떤 새끼가 소리를 냈어? 내가 경고했지! 쥐죽은 듯 조용히 있으라고 말이야. 어떤 놈이야?"

안 그래도 무서운 얼굴에다가 눈까지 희번뜩거리며 협박을 하니, 그야말로 공포스러웠다. 하지만 아이들은 아무도 입을 열지 않았다.

"오냐, 말을 안 한단 말이지? 좋아, 네까짓 것들이 실토하지 않고 얼마나 견디는지 두고 보기로 하지."

푸대자루는 벗겨졌지만, 아직 아이들 개개인을 묶어놓은 줄은 풀어주지 않았다. 그렇기에 애들은 저마다 마차 바닥에 쓰러진 채 끙끙댈 수밖에 도리가 없었다. 마을 주변을 벗어날 때까지 애들이 소변을 본다든지 하는 사태를 미연에 방지하기 위해 네일은 물도 먹이지 않았다.

밧줄로 꽁꽁 묶여 피도 잘 통하지 않다 보니 팔다리에 감각조차 느껴지지 않는다. 더군다나 배고픔뿐만 아니라, 지독한 갈증까지…….

그때 한 여자아이가 더 이상 두려움을 참지 못하고 실토했다.

"제 앞쪽에 묶여 있는 애가 그랬어요. 나는 안 그랬어요. 제발 용서해 주세요."

한 애가 입을 열자, 모두들 언제 침묵을 지켰냐는 듯 자신이 한 게 아니라고 떠들어대기 시작했다. 푸대자루까지 뒤집어쓰고 있었던 만큼, 범인을 본 사람은 아무도 없다. 라이도 얼른 주변 애들의 눈치를 살피며 자신의 무죄를 주장했다.

"이것들이 정말! 다들 안 했다니, 그게 말이 돼? 브레가에 도착할 때까지 꽁꽁 묶여 있어 볼래!"

그 말에 겁을 집어먹고 엉엉 울며 조잘대는 여자애들을 보며, 네일은 용의선상에서 여자아이들을 지워버렸다. 저 정도 간덩이로 어찌 그런 짓을 했겠는가. 그렇다면 사내놈 둘 중 하나라는 말인데…….

"너냐?"

"아, 아닙니다, 네일 씨. 저, 저는 절대로……."

덩치 큰 사내놈은 너무 놀라 말까지 더듬고 있다. 흠, 저렇게 작은 간뎅이로는 그런 짓을 할 리가 없지.

"그렇다면 네 녀석이로군. 못 먹어서 비쩍 마르다 보니, 간뎅이만 부은 모양이지? 응?"

네일은 쓰러져 있는 라이를 지근지근 밟았다. 물론 큰 상처는 입지 않도록 적당히. 일주일 후, 좋은 가격에 팔려면 물건에 하자가 생겨선 곤란했기 때문이다.

"이 개새끼, 오늘부터 한동안 음식은 물론이고 물 한 방울 먹이지 않겠다. 너희들도 이 녀석에게 아무것도 나눠주지 마. 알겠느냐? 만약 그런 짓을 하다 들키면 반쯤 죽여버릴 테다."

인상을 왈칵 일그러트리며 소리치는 네일의 말에 아이들은 두려움에 떨며 황급히 대답했다.

"예."

이번엔 라이를 노려보며 으르렁거렸다.

"또다시 그런 개 같은 짓을 하면, 이번처럼 굶기는 것 정도로 끝내지 않을 거다. 알겠냐?"

라이는 얼른 고개를 끄덕였지만 그렇다고 절대 탈출을 포기한 것은 아니었다. 상황이 불리하면 눈치를 보며 기회를 기다린다. 이것이 라이가 세운 탈출 원칙이었던 것이다.

그 후로도 라이는 틈만 나면 탈출을 시도했지만, 단 한 번도 성공하지 못했다. 네일은 지금껏 수없이 많은 노예를 다뤄본 전문가였다. 더군다나 라이의 경우 처음부터 요주의 인물로 찍힌 상태. 탈출하는 라이의 수법이 점차 발전했지만, 그만큼 주위의 감시 또한 삼엄해졌다.

*　　*　　*

배추를 수확하게 되면, 그것을 수집상들이 거둬들여 경매장에 내놓듯, 노예의 거래 또한 그와 유사했다. 전쟁이 벌어졌다든지 하는 이유로 노예가 대량으로 발생하지 않는 한, 노예를 처음 사들이는 사람은 전국 방방곡곡을 돌아다니며 노예를 수집하는 수집상들이다.

물론 이들이 노예 거래만 하는 것은 아니다. 돈 될 만한 것들은 몽땅 다 취급하는 잡상인으로서, 그 거래 품목에 '사람'도 포함된다고 보는 게 옳았다. 즉, 노예 거래는 부업인 셈이다.

수집상들은 구매한 노예를 광산촌 따위와 같은, 고되고 힘든 일 때문에 사람들이 가려 하지 않는 곳을 찾아가서 팔아넘긴다. 노예를 원하는 소비자와 직거래를 하는 편이 마진이 좋기 때문이다.

하지만 수집상들이 돌아다니는 곳은 변방이었다. 즉, 노예를 사서 부릴 만큼 돈이 많은 부자들은 거의 없다는 말이다. 때문에 수요가 그다지 많지 않은 만큼, 그들은 노예를 원하는 소비자를 찾기 힘들어지면 울며 겨자 먹기로 중간상인에게 노예를 저렴한 가격에 넘기는 수밖에 도리가 없었다.

중간상인부터가 노예 거래를 전업으로 뛰는 자들이다. 그들은 수십, 혹은 수백 명 단위로 노예를 모아서 각종 경로를 통해 노예를 필요로 하는 시장까지 운반한다. 운송료가 꽤 많이 들지만, 노예의 가치 또한 훨씬 더 높게 뛰는 만큼 절대로 밑지는 장사는 아니다.

수집상으로부터 노예를 사들여 그것을 운반하고, 경매장에서 판매하기까지 그 과정을 몽땅 다 혼자서 처리하는 대규모 중개상도 간혹 있긴 했지만, 대부분은 그렇지 못했다. 특히 해상 운송의 경우, 선장이나 선주들이 개별적으로 노예 거래를 하는 경우가 허다했다.

몇 차례나 국경을 건너고, 또 육로에서 해로, 그리고 또다시 육로로 운송되어 오는 기나긴 여정. 주인이 바뀔 때마다 조금이라도 더 돈을 많이 받기 위해 경매를 하기도 했지만, 경매장에도 수수료를 줘야 하는 만큼, 대부분 단골인 거래처에 적당한 가격에 넘겼다.

산 넘고 물 건너서, 소비자들이 넘쳐나는 대도시에까지 운반되어 오면 노예의 가격은 산지 가격의 5배 이상으로 불어나게 된다. 그쯤에서 소비자에게 팔려가는 경우가 거의 대부분이었지만, 일부 선택받은 노예들은 그렇지 않았다. 일종의 재교육 과정을 거쳐 더욱 높은 몸값으로 가치를 불리게 되는 것이다.

아무것도 할 줄 모르는 여자 노예의 가치와 요리를 능숙하게 할 줄 아는 여자 노예의 가치는 10배 이상 차이가 난다. 그런 만큼 어린 노예가 들어왔을 때 그 아이들 중에서 외모가 뛰어나고, 총명한 녀석들을 골라 재교육을 시키는 사업 또한 성황리에 운영될 수밖에 없었다. 제대로 키워내기만 하면 엄청난 부가가치를 획득할 수 있기 때문이다.

그런 노예 양성소(養成所)를 운영하는 사람으로서 이 바닥에서는 꽤나 알아주는 실력자 중 한 명이 바로 테귤러였다. 마치 옆집 아저씨 같은 푸근한 인상을 하고 있는 중년 사내. 살까지 투실투실 쪄서 더욱 인심 좋게 생긴 외모를 하고 있었지만, 노예상들은 잘 알고 있었다. 겉모습과는 달리, 이 뚱보의 속마음이 뱀처럼 교활하고 냉혹하다는 것을. 이미 이 방면에는 악명이 자자한 인물이었던 것이다.

"어서 오십시오, 테귤러 씨. 오늘은 어쩐 일이십니까?"

"새로운 물건들이 들어왔다고 해서 왔네."

정확히 말하면 어제 도착했다. 그리고 예정대로였다면 지금쯤 통관작업이 끝났으리라. 테귤러는 이 시점에 찾아와서 쓸 만한 노예들은 몽땅 다 뽑아서 가버렸다. 그것도 매우 저렴한 가격으로. 하지만 노예상으로서는 판매를 거부할 수가 없었다. 그러기에는 상대가 너무 거물이었던 것이다.

"일부러 이곳까지 찾아오셨는데 이거 죄송해서…, 아직 검역(檢疫)을 마치지 못했기에 보여드릴 수가 없습니다."

그 말에 테귤러는 고개를 갸웃하며 물었다.

"이상하군. 어제 도착한 게 아니었나?"

어제 도착했다면 지금쯤이면 검역과정이 끝나 있어야 정상이다. 다른 노예상이라면 몰라도, 그는 지금까지 단 한 번도 이런 적이 없었기 때문이다.

"그게…, 피치 못할 사정이 있었습니다."

"사정이 있었다니, 어쩔 수 없지. 그럼 나는 이만 가보겠네."

사람 좋은 미소를 지으며 주저없이 일어서는 테귤러. 하지만 그런 모습을 보며 노예상은 부르르 몸을 떨었다. 놈이 윗선에다가 대고 몇 마디 말만 해도, 이번에 수입한 노예들의 통관 허가가 언제 떨어질지 알 수가 없게 되는 것이다. 테귤러는 웃으며 일어섰지만, 이 방면에서 그가 왜 악명을 떨치고 있는지 노예상은 정확히 알고 있었다.

노예상은 황급히 테귤러를 따라 나오며 사정했다.

"고정하십시오, 테귤러 씨. 검역이 끝나는 대로 바로 연락을 드리겠습니다."

일견 비굴하게까지 느껴지는 노예상의 대응에 테귤러는 발걸음을 멈췄다.

"자네가 그렇게까지 말한다면 어쩔 수 없지. 그래, 쓸 만한 놈들이 있던가?"

"저도 아직 실물을 본 건 아닙니다만, 서류상으로 봤을 때 테귤러 씨가 흥미를 가지실 만한 아이는 몇 있는 것 같더군요. 검역이 끝나는 대로 따로 관리해 두도록 하겠습니다."

제3부두는 노예선들이 접안하는 부두였다. 외국에서 수입되어 들어오는 노예들의 검역 때문에 노예선들만의 전용부두를 정해놓은 것이다. 노예상의 사무실은 제3부두가 훤히 내려다 보이는 위치에 자리 잡고 있었다. 테귤러는 부두 쪽으로 시선을

돌렸다. 부두에는 꽤 많은 노예선들이 정박해 있었다.

어쩌면 한꺼번에 배들이 밀려들어오면서 검역이 지연되고 있는 것일지도 모른다.

"그러고 보니 요즘 노예선들이 꽤 많이 들어오는 것 같더군. 내 위쪽에 말해 두지. 자네 배의 검역을 최우선적으로 해주라고 말일세."

"감사합니다, 테귤러 씨."

선수에 말 조각상이 붙어 있는 돛대 3개짜리 대형 범선이 바로 노예상의 배였다. 청소를 하느라 갑판 위를 분주히 움직이고 있는 선원들의 모습이 조그마하게 보인다.

그때 테귤러의 눈에 꽤나 색다른 광경이 들어왔다. 사무실에 들어가기 전에 무심코 봤을 때는 못 보고 지나쳤었는데, 지금 보니 돛대에 사람이 하나 매달려 있었던 것이다. 그런데 그가 보기에도 매달려 있는 사람의 몸은 정상이 아니었다. 마치 뼈다귀를 연상시킬 정도로 비쩍 마른 것이, 흑마법사들이 소환한다는 스켈레톤 같았다.

제법 먼 거리였기에 자신이 제대로 본 것인지 확신할 수 없었다. 테귤러는 품속에 손을 넣어 작은 망원경을 꺼냈다. 망원경으로 자세히 확인해 보니, 자신이 본 게 틀림없었다. 매달린 노예의 몸은 정상적인 게 아니었다.

"혹시 전염병이라도 들어온 건가?"

전염병이라는 말에 노예상의 두 눈이 휘둥그레졌다.

"예? 전염병이라니, 그게 대체 무슨 말씀이십니까?"

"저쪽을 보게. 아까는 몰랐는데, 저기에 비쩍 마른 노예를 하나 매달아 놨지 않은가. 귀중한 상품을 굶겨서 저렇게 만들어 놨을 리는 없고……."

노예상은 잠시 망설이더니, 할 수 없다는 듯 털어놨다.

"전염병은 아니니 걱정하실 필요는 없습니다. 생각을 해보시면 아실 겁니다. 병에 걸린 노예를 돛대에 매달아 놓을 이유가 없지 않겠습니까."

"그건 자네 말이 맞는 것 같군. 그런데 무슨 일이기에 저렇게 매달아 놓은 건가? 그러고 보니 채찍질이라도 한 모양이지? 등판에 핏자국이 있는 걸 보면 말일세."

"이런 말씀 드리기 부끄럽습니다만, 글쎄 저놈이 탈출을 시도했지 뭡니까."

통관작업 도중에 노예가 탈출을 시도한다는 것은 사실상 불가능했다. 쇠사슬로 꽁꽁 묶인 데다, 이동할 때는 여러 명의 감시를 받게 되니 말이다.

그런데도 놈이 탈출을 감행했다는 말은 어딘가 헛점이 보였다는 뜻이다. 즉, 안전을 위해 취해야 할 단계들 중 하나 이상을 무시했다는 것이 되는 것이고. 그렇기에 노예상은 한사코 그걸 감추려고 했던 것이다.

"말이 나온 김에 말씀드립니다만, 저 녀석이 탈출하는 바람에 검역이 중단되었습니다. 녀석을 붙잡았을 때는 이미 검역관이 돌아가 버린 후라서……. 다시 검역을 해달라고 요청은 해놨습니다만, 대기하고 있는 배가 워낙 많다 보니 한 며칠 걸릴 것 같습니다."

"으흠~, 그렇게 된 것이로군."

순간 테귤러는 흥미가 동하는 것을 느꼈다. 설마, 항구에 배가 도착한 첫날의 혼란을 틈타 탈출을 시도하는 놈이 있을 줄이야. 꽤나 행동력이 있는 교활한 놈임에 틀림없었다. 테귤러는 다시 한 번 망원경으로 노예의 모습을 찬찬히 살펴봤다. 성인은 아니었다. 순간 테귤러의 심장이 두근거리기 시작했다. 아직 어린놈이라면 키워 볼 만한 가치가 있었던 것이다.

그때 고개를 푹 숙이고 있던 노예가 머리를 치켜들었다. 노예의 얼굴을 확인하는 순간, 테귤러의 눈에는 급격하게 실망감이 어렸다. 나이가 어린 것은 사실이지만, 그의 기대만큼 어리지는 않았던 것이다. 최소한으로 잡는다고 해도 14살은 넘어 보였다. 교육시키기에는 너무 늦은 나이였다.

하지만 녀석의 눈빛 하나만큼은 마음에 쏙 들었다. 반항적으로 번쩍이고 있는 차가운 눈빛! 전혀 기가 죽은 놈의 눈빛이 아니었다.

꽤나 흥미가 동하기는 했지만, 노예상에게 말하지는 않았다. 괜히 말해봐야 가격만 올라갈 테니까. 그렇기에 그는 짐짓 딴전을 피웠다.

"아주 제대로 매질을 해놨군."

"예. 하지만 통할지 의문입니다. 비리비리하게 생긴 것에 비해, 아주 지독한 독종이라고 하더군요. 제대로 팔 수나 있을지 걱정입니다. 지금까지 녀석을 손보려고 했던 사람이 꽤 있었던 모양인데…….”

노예상의 걱정은 당연한 것이었다. 노예가 지녀야 할 최고의 미덕은 순종(順從)이 아니겠는가. 저렇게 기가 센 노예를 사겠다는 사람은 아마 없으리라.

"어쨌건, 검역이 끝나고 나면 기별이나 넣어 주게."

"염려 놓으십시오, 테귤러 씨."

테귤러가 노예상을 다시 찾은 것은 그로부터 3일이 지난 후였다. 원래는 전날 연락이 왔었는데, 마침 일이 있어서 가지 못하고 하루가 지난 후에 달려온 것이다.

"어서 오십시오, 테귤러 씨."

잠시 환담이 오간 후, 테귤러는 물건을 먼저 보기를 원했다.

"이 아이들입니다. 외모는 물론이고, 혈통도 괜찮은 아이들로 골라놨습니다."

물론 정말 괜찮은 애들 몇 명은 뒤로 빼돌려 놓은 상태였다.

테귤러는 노예상이 건네주는 서류를 뒤적거리며 살펴봤다. 그의 입꼬리가 슬며시 위로 올라가 있는 것을 보면, 노예들의 신상내력이 꽤나 만족스러운 모양이다.

"서류상으로는 꽤 괜찮구먼."

이때 여자노예 하나가 살며시 걸어 들어와서는 공손히 인사하며 노예상에게 보고했다.

"아이들이 준비되었습니다."

"평소처럼 한 명씩 들이라고 할까요?"

"그렇게 해주게. 그리고 자네는 볼 일을 보러 가보게. 나중에 일이 끝나면 부르도록 하지."

"예, 알겠습니다."

잠시 후, 여자노예가 아이를 한 명씩 테귤러가 있는 방으로 데리고 들어왔다. 아이들은 테귤러에게 잘 보이기 위해 모두들 깨끗하게 씻겨서 잘 입혀놓은 상태다. 여느 부잣집 아이들에 비해 전혀 모자람이 없어 보일 정도로 귀엽고 기품이 흐르는 아이들이다.

테귤러는 방에 들어온 아이들을 꼼꼼히 살펴봤다. 옷을 벗겨서 몸매를 살펴보는 것은 기본이다. 혹시 채찍 자국 같은 게 있는지 확인하려는 것이다. 상류층에 납품해야 하는 노예의 몸에 보기 흉한 흉터가 있어서는 가치가 떨어지기 때문이다.

그리고 아이들의 지능이나 성격을 알아보기 위해 이런저런 질문을 해댔다. 어떤 질문은 지금 상황과는 완전 별개의 뜬금없는 것이기도 했고, 또 어떤 질문은 아이들의 감정을 자극하는 그런 것이기도 했다. 아이들의 반응을 보기 위함이었다.

노예들을 모두 살펴본 테귤러는 만족스러운 듯 노예상에게 말했다.

"이번에 들어온 아이들의 품질은 꽤 괜찮군."

"감사합니다, 테귤러 씨."

"나는 이 정도 가격이라고 판단했네만, 자네는 어떻게 생각하나?"

테귤러가 건네주는 서류. 처음에 노예상이 그에게 건네줬었던 아이들의 신상내력이 적혀 있던 서류였다. 테귤러는 그 서류 아래쪽에 각각의 가격을 써냈다. 그걸 본 노예상의 인상이 왈칵 일그러졌다.
"이, 이건 너무 적습니다. 조금만 더 쓰시지요, 테귤러 씨."
"총액 624골드 24실버. 꽤 후하게 써냈다고 생각했는데……."
"조금, 조금만 더……."
아마 딴놈이 와서 이딴 소리를 했다면 두말할 것도 없이 곧바로 내쫓아 버렸을 것이다. 하지만 상대가 테귤러인 만큼 그럴 수가 없었다. 여기서 장사 접을 생각이 아니라면 말이다.
한동안의 실랑이와 우는 소리가 오고간 후에야 금액이 결정되었다. 650골드로. 물론 그것도 상품의 질에 비한다면 굉장히 싸게 판 것이다.
노예상은 우울한 표정으로 묻는다.
"아이들은 언제 보내드리면 되겠습니까?"
"내일 아침에 보내주게."
"예, 테귤러 씨."
테귤러는 짐짓 생각났다는 듯 말했다.
"참, 일전에 돛대에 매달려 있던 녀석 말일세."
"예."
"그 녀석도 볼 수 있겠나?"
테귤러의 말에 노예상의 안색이 헬쑥하게 바뀌었다. 마치 똥 씹은 듯한 그런 구린 표정 말이다.
"예? 설마, 그 노예가 마음에 드셨습니까?"

"마음에 든 것은 아니고, 확인해 볼 게 있어서 그런다네. 왜 그러는가?"

"그런 놈을 누가 찾을까 싶은 차에 검투장에서 노예가 필요하다고 하길래 팔아버렸는뎁쇼."

비록 테귤러가 비양심적인 날강도이기는 했지만, 노예를 보는 안목은 대단히 뛰어났다. 그런 그가 관심을 가질 만한 노예를 똥값에 처분해버렸다니. 노예상으로서는 너무나도 원통해서 기절하고 싶은 기분이었다.

그에 비해 테귤러는 노예상이 말한 검투장이라는 말을 도저히 이해할 수 없었다. 그런 비쩍 마른 애를 검투장에서 쓰겠다고 샀다니. 청소? 그런 일을 시키기에는 몸 상태가 썩 좋아 보이지 않았는데.

"검투장에?"

"예. 이번에 거창한 쇼를 할 예정인데, 거기에 쓸 노예들이 필요하다고 해서요."

쇼에 쓴다는 말에 테귤러는 감 잡았다. 그는 아쉽다는 듯 중얼거렸다.

"허어, 검투장에서 소비하기에는 아까운 녀석이었는데……."

테귤러가 관심을 보이는 것은 고급 노예들이다. 그런 노예를 5골드도 안 되는 헐값에 넘겨버렸으니, 노예상은 울 듯한 표정이다.

"그렇게 쓸 만한 놈이었습니까? 하, 하지만 그놈은 지금까지 테귤러 씨께서 구입해 가신 상품들과는 꽤 거리가 있는 녀석이었는뎁쇼."

"그건 나도 알고 있네. 그 때문에 자네한테 그날 말하지 않은 거고. 첫째로 나이가 너무 많았고, 둘째로는 몸 상태가 썩 좋아 보이지 않았거든."

테귤러는 자신이 어제 와보지 않은 것을 아쉽게 생각했다. 그랬다면 제대로 살펴볼 수 있었을 텐데.

물론 지금이라도 늦지는 않았다. 정말로 테귤러가 그 아이를 원했다면 검투장에 사람을 보내어 데려올 수도 있었다. 검투장에서 원하는 것은 머릿수였지, 꼭 그 아이가 필요한 것은 아니었으니까. 그 아이를 대신할 노예만 건네주면 그만이었던 것이다.

하지만 테귤러는 그만뒀다. 이미 검투장으로 팔려간 녀석을 이리로 데리고 오려면 시간이 꽤 걸리니까. 더군다나 그 아이를 꼭 사겠다는 마음도 없었다. 이리로 데리고 와서 살지 안 살지 판별해야 하는 것이다. 그럴 바에야 차라리 깨끗하게 포기하고 돈 될 만한 다른 애를 찾는 게 시간상으로 훨씬 이익이리라.

모든 일을 마무리 지은 뒤 노예상의 사무실을 나와 마차를 타고 집으로 돌아가던 길에 테귤러의 눈에 현란한 포스터 한 장이 눈에 띄었다. 무시무시하게 생긴 괴수가 커다란 몽둥이로 사람을 잔인하게 때려죽인 후, 뜯어먹고 있는 그림이었다. 그리고 그 밑에 쓰여 있는 글자들.

지상 최고의 몬스터 쇼!
이 이상의 자극적인 볼거리는 없다!

인간으로서는 상상할 수 없는 포악함! 잔인함! 그리고 괴력!
오감만족(五感滿足)!
절대로 후회하지 않으실 겁니다.

일순 테귤러의 눈에 경멸이 어린다.
"쓰레기 같은 새끼들! 저딴 볼거리를 만들 생각을 하다니. 검투장에서 노예를 왜 사갔는가 했더니, 별 쓰레기 같은 수작을 부리고 있었군."
테귤러는 마치 못 볼 걸 봤다는 듯 거친 동작으로 커튼을 쳐 마차의 창문을 가려버렸다. 적어도 그는 저런 말초적인 자극으로 돈을 벌지는 않았으니까.

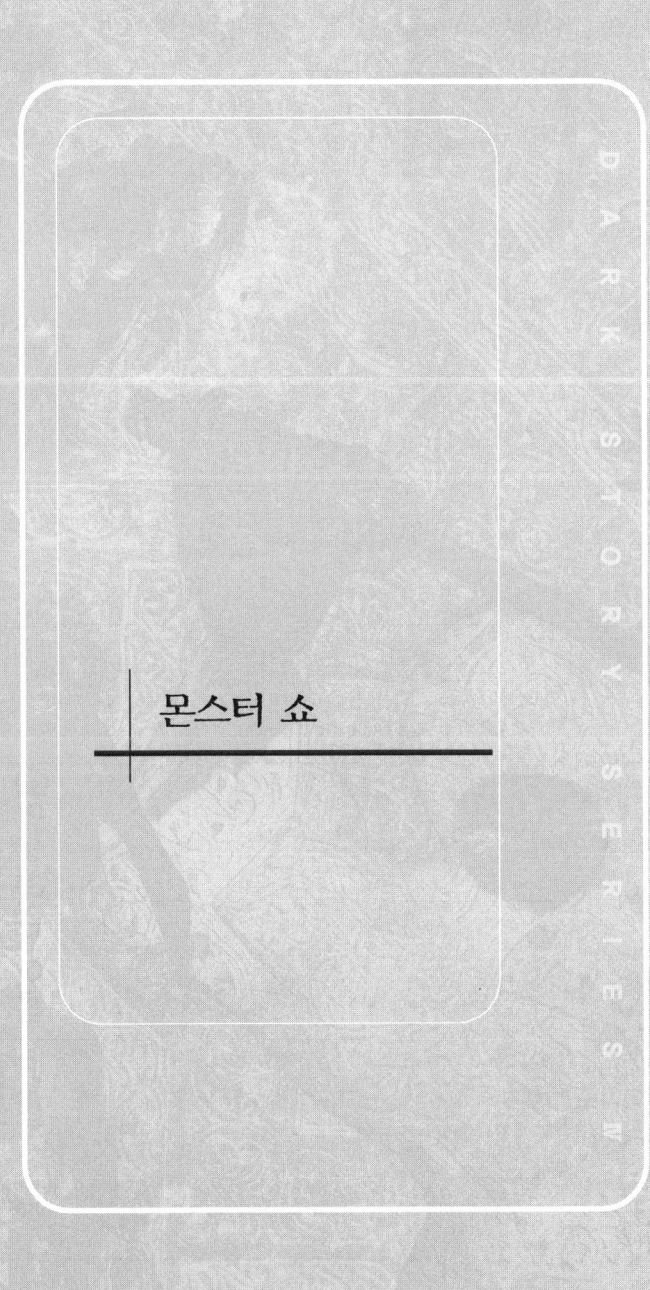

몬스터 쇼

29

희망이라는 이름

여기저기에 걸려 있는 횃불이 타오르고는 있었지만, 전체적으로 실내는 아주 어두웠다. 여기가 어딘지도 그들은 몰랐다. 그저 험악한 인상의 사내들의 지시에 따라 움직이다 보니, 여기까지 오게 된 것이다.

"이번에는 4명! 4명 준비해!"

어딘가에서 들려오는 소리. 그에 따라 건장한 사내들은 쭈그리고 앉아 있는 노예들 중에서 4명을 일으켜 세웠다. 그 전에도 여러 명이 이런 식으로 밖으로 끌려 나갔는데, 필요로 하는 사내의 기준은 정해져 있지 않은 모양이다. 앙상하다 싶을 정도로 비쩍 마른 몸매의 라이가 포함되어 있음에도, 다른 사내로 바꿀 생각을 전혀 안 하는 것을 보면 말이다.

그들이 끌려간 방은 대장간과 비슷한 모양새를 하고 있었다. 라이가 그 방이 오크의 감옥과 비슷하다는 생각을 했을 정도였으니까. 어두운 실내, 망치와 모루 같은 여러 장비들…….

"순서대로 이리로 와. 손 내밀어."

건장한 사내 중 하나가 노예들의 손과 발을 구속하고 있던 구속구를 벗기기 시작했다. 수갑을 찬 손을 모루에 올리도록 한 후, 짤막한 정처럼 생긴 도구를 가져다가 수갑의 이음쇠가 끼워져 있는 구멍에다가 댔다. 그런 다음 쇠망치로 몇 번 때리자, 이음쇠가 뽑혀 나가면서 수갑이 떨어져 나갔다. 똑같은 순서로 족쇄 또한 풀려나갔다.

구속구를 풀어준 뒤, 그들은 한쪽에 쌓여 있는 농기구들 중에서 4개를 집어들고 왔다. 곡괭이, 삽, 낫 등등. 그것들을 아무런 말도 없이 다짜고짜 노예들에게 내민다. 무슨 뜻으로 자신들에게 농기구를 주는지 알 수가 없었기에 노예들이 멈칫거리고 있자, 사내 중 하나가 짜증을 버럭 냈다.

"빨리빨리 받아, 이 새끼들아! 주면 받아야 할 거 아냐."

'삽을 주는 걸 보면, 여기는 농장인가?'

그때 저쪽 방에서 목소리가 들려왔다.

"준비 끝났나?"

"예, 조련사(調練師)님."

"끝났으면 이리로 데리고 와."

이동한 방에는 조련사라고 불린 건장한 사내와 함께 갑옷으로 중무장한 무사 4명이 서 있었다. 혹시, 노예가 저항이라도 하면 처리하기 위해서다. 무사들은 노예들을 자리에 앉도록 했다.

"여기에 순서대로 얌전히 앉아."

그때 '우와와' 하는 괴성이 들려왔다. 그리고 잘 들리지는 않았지만, 누군가가 떠들어대는 소리도 들려온다.

"사내놈들 준비는 끝났는데, 계집은 왜 안 오는 거야?"

조련사의 목소리에는 짜증이 묻어 있다. 그는 연결되어 있는 옆방으로 걸어갔다. 그곳에는 늘씬한 몸매의 미녀들이 순서대로 앉아 있었다. 그녀들의 복장은 다들 달랐다. 농민처럼 소박한 옷을 입은 여자, 갑옷을 입은 여자, 아름다운 옷으로 모양을 잔뜩 낸 여자 등등…….

"로라, 순서 됐으면 이리로 와야 할 거 아냐."

조련사의 질책에 허름한 농민 복장을 하고 있는 한 여자가 발딱 일어선다.

"잘해봐, 얘."

"얘, 거기에 기름은 듬뿍 발랐지?"

주위 여자들의 말에 순간 얼굴이 빨개지는 로라.

"예, 예……."

"그럼 재미 많이 봐. 호호훗."

"잡담은 그만하고 빨리 안 와?"

조련사는 로라라고 불린 여자에게도 농기구 하나를 건네준 후, 노예들과 합류시켰다.

"준비 끝났습니다."

"자, 모두 일어섯!"

무사들은 노예들을 붙잡아 옆방으로 이동시켰다. 옆방에 와서야 라이는 이곳의 정체를 알 수 있었다. 커다란 철창문 밖으로 보인 것은 높은 벽과 그 위에 앉아 있는 수많은 인파들이었다. 그렇다. 이곳이 바로 말로만 듣던 검투장(劍鬪場)이었던 것이다.

"철창문 열어!"

몬스터 쇼 173

곧이어 철창문이 위로 열렸고, 무사들은 노예들을 밖으로 내몰았다.

"우와아아!"

노예들의 등장에 관중들은 환호성을 질러댔다. 지금까지 이런 경우는 단 한 번도 당해본 적이 없는 노예들이었기에, 모두들 잔뜩 주눅이 들어 있다. 경기장의 여기저기에는 핏물이 잔뜩 묻어 있었다. 그것만 봐도 자신들이 곧이어 어떤 꼴을 당하게 될지 능히 짐작할 수 있는 상황인 것이다.

이때, 사회자의 목소리가 들려왔다.

"예, 초라한 농민들이 나오고 있습니다. 변방의 농민들은 참으로 어렵게 살고 있죠. 탐욕에 가득 찬 욕심 많은 영주에게 엄청난 세금을 납부해야 하며, 동시에 목숨을 위협하는 몬스터들과 싸워서 살아남아야 하거든요. 하지만 영주의 군대가 도와주러 오지 않는 한, 농부들만의 힘으로는 몬스터들 중에서도 가장 약한 축에 낀다는 고블린조차도 상대하기 힘든 게 사실입니다. 자, 저기를 보십시오. 농부들의 목숨을 호시탐탐 노리는 고블린이 모습을 드러냈군요."

그 말이 끝나자마자 반대쪽 철창문이 열리며 모습을 드러내는 고블린 한 마리. 흉악하게 생긴 데다가 온몸에 실오라기 한 올 걸치지 않고 있다 보니 더욱 야만적으로 보였다. 그리고 농부들과 달리 놈은 무기를 지니고 있었다. 활과 약간의 화살, 그리고 허리에는 도끼까지 하나 차고 있다.

원래 고블린이 주로 애용하는 무기는 독침이다. 조잡한 활 따위에 비했을 때 그것이 훨씬 더 위협적인 게 사실이었고, 그럼에도 불구하고 놈이 활을 가지고 있는 것은 독침은 너무 작아서 관중들에게 잘 보이지 않기 때문이다.

사회자의 목소리는 마법으로 인해 경기장 깊숙한 곳까지 울려 퍼졌다. 사회자는 먼저 고블린이라는 몬스터에 대해 자세히 소개했다. 그 크기라든지, 녀석이 뭘 먹는다든지, 뭐 그런 소소한 것들을 말이다.

이곳은 마도왕국이라 불리는 알카사스 왕국이다. 오랜 세월 태평성대를 누려온 덕분에 태어나서 지금껏 단 한 번도 몬스터를 보지 못한 시민들이 부지기수였다. 그렇기에 몬스터들이 나오는 쇼를 한다는 선전에 경기장 안은 관객들로 꽉꽉 들어차 있는 상태였다. 물론 동물원에도 고블린이나 오크, 트롤 따위가 전시되어 있긴 했지만, 놈들의 흉폭성은 구경할 수조차 없기 때문이다.

"자, 이제 고블린이 농부들을 어떻게 요리하는지 구경해 보도록 하시지요."

고블린은 이런 쇼에 여러 번 나와본 듯 했다. 그렇지 않았다면 이 많은 관중들이 함성을 질러대는 것만으로도 주눅이 들어서 아무 짓도 하지 못했을 테니까. 하지만 놈은 침착하게 먹잇감을 어떻게 요리할지 궁리하는 듯 했다. 교활하게 생긴 눈으로 노예들을 노려보며 시뻘건 혓바닥으로 슬쩍 입술을 적신다.

고블린이 활을 가지고 있는 것을 보자마자, 라이는 슬그머니 몸을 움직여 다른 노예의 뒤편에 자리 잡았다. 그것 외에는 화살을 피할 방법이 없었으니까.

쉭!

고블린이 화살을 쏘는 것을 본 사람은 거의 없었다. 그만큼 놈의 움직임은 재빨랐다. 노예들 중에서 가장 덩치가 좋은 사내가 갑자기 풀썩 무릎을 꿇는다. 그의 배에는 화살이 깊숙이 박혀 있었다.

잠시 아무런 반응이 없었다. 너무나도 순간적으로 벌어진 일이라 어떻게 된 일인지 관중들은 이해하지 못했던 것이다. 하지만 곧이어 정신을 차린 사회자가 외쳤다.

"저 놀라운 고블린의 움직임을 보십시오. 저런 고블린 떼와 숲에서 마주친다면 얼마나 공포스럽겠습니까."

그제서야 관중들은 환호했다. 노예의 죽음을 보며 평소 숨겨두었던 야만과 잔혹성이 그 모습을 드러내고 있었다.

"우와아아!"

순식간에 노예의 숫자는 3명으로 줄어들었다. 고블린이 가지고 있는 화살은 1발, 일부러 화살을 적게 준 것이다. 나머지는 도끼로 쪼개 죽이라는 뜻이리라.

겉모습은 사람과 비슷하게 보일지라도 몬스터들의 신체구조는 인간과 완전히 다르다. 고블린은 사람보다 작았지만, 힘은 웬만한 장정들보다 훨씬 셌다. 두뇌를 사용하기 적합하도록 진화한 사람과 달리, 놈들의 육체는 동물에 더욱 가까웠기 때문이다. 작고 가벼운 몸에 강한 근력. 그렇기에 일반인이 예상하는 것 이상으로 고블린의 움직임은 재빨랐다. 그런 재빠른 몸놀림으로 화살을 쏴대니 피할 재주가 없는 것이다.

쉭!

또다시 파공성이 울려퍼지자 겁에 질려 떨고 있던 노예 하나가 화살에 맞고 쓰러졌다. 고블린은 자신에게 가장 위협이 된다고 판단된 목표부터 먼저 죽인 것이다. 이윽고 화살이 다 떨어지자, 놈은 미련 없이 활을 내던지고는 허리춤에 매여 있던 도끼를 뽑아들었다. 이제 남은 사람은 둘. 비쩍 마른 놈과 여자였다. 여자는 놈에게 주어지는 보너스였다. 남자들을 몽땅 다 해치운 다음, 강간하라는.

곧이어 즐길 수 있을 쾌락에 대한 기대감에 녀석의 성기가 부풀어 올랐다. 난생 처음 보는 고블린의 짐승 같은 성기에 관중석의 여자들은 괴성을 지르고 난리도 아니었다.

"자, 이제 고블린이 여자를 차지하기 전까지 한 명이 남았을 뿐입니다. 인간형의 몬스터는 여자들을 겁탈하기도 한다는데, 오늘 고블린은 어떤 선택을 할까요? 여자를 잡아먹을까요? 아니면 강간하려고 할까요? 정말 기대가 되는군요."

순간 결투장을 지켜보던 관중들의 눈빛이 붉게 날아올랐다. 몬스터가 여자를 강간하는 모습을 실시간으로 구경할 수 있는 기회, 흥분하지 않을 수 없는 것이다.

'여자를 차지한다'는 사회자의 말에 라이는 여자 뒤로 슬쩍 몸을 옮겼다. 그제서야 그는 고블린이 여자를 공격하지 않는다는 것을 깨달은 것이다. 고블린은 흡사 쥐를 어떻게 때려잡을까 고민하는 고양이처럼 여유롭기 짝이 없다. 한 발자국, 한 발자국 다가오는 고블린. 욕정에 달아오른 시뻘건 눈동자가 무시무시하게 번쩍인다.

암컷은 고블린이 주는 위압감에 질려 꼼짝도 못하고 있는 상태였다. 수컷을 죽이자니, 암컷이 걸리적거린다. 지금까지 이렇게 암컷을 앞으로 내세워 그 뒤에 숨는 수컷은 본 적이 없었다. 그런 만큼 고블린은 지금 고민하고 있었다. 수컷을 어떻게 공격할 것인지를.

좀 더 살피며 하나 남은 사내를 관찰했어야 했지만, 욕정에 눈이 먼 고블린은 성급하게 움직였다. 여자를 돌아서 움직여야 했기에 녀석의 움직임은 그리 빠르지 못했다. 그리고 그것이 바로 라이가 노리던 기회였다.

여자와 즐기기 위해서는 다치게 해서는 안 된다. 그렇기에 놈의 공격방향은 제한적일 수밖에 없었다. 그리고 그것은 다년간 검술을 익혀온 라이에게 있어서 죽여달라는 소리나 마찬가지였다.

퍽!

"끄르르르……."

라이는 고블린의 도끼날을 피하며 삽날을 창처럼 해서 놈의 목을 깊숙이 찔렀다. 단 한 방이었다. 그 한 방으로 놈은 목에 치명적인 상처를 입었다. 폭포수처럼 흘러내리는 피. 녀석은 비명도 제대로 지르지 못하고, 입으로 연신 피거품을 토해내며 꺽꺽거린다. 급기야 천천히 앞으로 무릎을 꿇는 듯하더니, 쓰러져 버리는 고블린.

"헉헉……."

고블린의 목에서 터져나온 피를 고스란히 덮어써 버린 라이. 얼굴 여기저기에 핏방울이 튀어 있었지만, 닦을 생각도 하지 못했다. 라이의 얼굴은 새파랗게 질려 있었다. 힘이 들어서 그런 것은 아니다. 그렇다고 공포에 질린 것도 아니다. 난생 처음 몬스터를 죽인 충격에 떨고 있었던 것이다.

비릿한 피냄새, 갑자기 속이 뒤집어지는 것만 같다.

"우우욱!"

라이는 한동안 구토를 멈출 수가 없었다.

"우우우~~, 때려치워라!"

"저 새끼, 죽여버렷!"

몬스터가 여자를 겁간하는 장면을 기대하며 지켜보고 있던 관중들은 라이를 향해 야유를 보냈다. 어떻게 저런 나약한 놈이 몬스터와 싸워 이길 수 있단 말인가.

포스터에 쓰여져 있던 글처럼 관중들은 몬스터와 여자 노예 간의 엽기적인 섹스를 구경하고 싶었다. 하지만 그 모든 걸 저 거지 같은 노예가 망쳐놨으니 화가 날 수밖에 없었다. 품고 있었던 기대심이 깨지자 그보다 더욱 강한 실망감이 관중들을 휩쓸었다.

"이, 이럴 수가…, 크흐흐흑. 나의 사랑하는 루이스가……."

몬스터 쇼 단장은 오열하지 않을 수 없었다. 그동안 관객들에게 얼마나 많은 사랑을 받아온 귀염둥이였는데, 이렇게 비명횡사를 할 줄이야.

"어떻게 할까요?"

"어떻게 하긴 뭘 어떻게 해? 그놈을 당장 이리로 끌고 와! 내가 직접 녀석의 멱줄을 따줄 거다. 루이스! 네 원수를 내가 꼭 갚아주마."

몬스터 쇼 단장이 화가 머리끝까지 나서 길길이 날뛸 만도 했다. 살아 있는 고블린 한 마리가 얼마나 비싼데. 저 먼 변방에서 산 채로 잡아다가 여기까지 수송해 와야 하는 만큼, 그 가치는 저런 싸구려 노예 따위와는 비교조차 하기 힘들 정도였다. 게다가 쇼에 내보내기 위해 엄청난 시간과 돈을 들여 훈련까지 시켜 놨으니 말이다.

"그러지 마시고 다음 순서에 내보내는 게 좋지 않겠습니까? 노예도 한 명 절약할 겸 말입니다. 안 그래도 루이스가 죽어 손해가 큰데, 이렇게라도 손해를 줄이는 게 좋지 않겠습니까."

조련장(調練長)의 말이 마음에 들었는지 단장은 고개를 주억거리며 외쳤다.

"그래, 그게 좋겠군. 그래, 죠지. 너만 믿는다. 루이스의 원수를 꼭 갚아다오."

단장은 사랑하던 루이스의 복수를 오크 죠지가 갚아줄 거라고 굳게 믿었다.

단장의 허락을 받은 조련장은 고개를 깊숙이 숙이며 대답했다.

"그렇게 처리하도록 하겠습니다, 단장님."

*　　*　　*

"생각지도 못한 불의의 사고로 인해 쇼가 엉망이 된 점은 여러분께 진심으로 사죄드립니다. 차후에는 이런 일이 벌어지지 않을 것을 굳게 약속드립니다. 왜냐하면 다음 순서는 절대로 이런 사고를 허용하지 않는 강자니까요. 자, 다음 순서는 여러분께서 고대하시던 오크, 오크가 되겠습니다. 오크의 얼굴 형상이 돼지와 비슷하다고 해서 얕보는 분이 계신데, 절대로 그렇게 생각하시면 안 됩니다. 생긴 것과는 달리 대단히 흉폭스런 몬스터니까요."

사회자가 진행을 하는 가운데 철창문이 열리며 이번에는 5명의 노예들이 주춤주춤 걸어 나왔다. 그 전과 다른 점이 있다면, 이번에 투입된 노예들은 모두 다 무장을 갖추고 있었다는 점이다. 그리고 5명 중에서 가장 뒤쪽에 서 있는 여자는 몸매의 굴곡이 확연히 드러나도록 교묘하게 재단된 에로틱한 갑옷을 입고 있었다.

유방을 가리는 가슴판을 황금색 철판으로 불룩하게 만들어 놓아, 보는 이의 눈길을 자극했다. 섹시한 여전사의 등장에 관객들은 휘파람을 불며 소리를 지르는 등 난리도 아니었다.

여자와 함께 나온 4명의 전사들 중에서, 라이를 제외한 나머지는 이곳에서 자신들에게 무슨 일이 벌어질 것인지 아직 모르고 있었다. 그렇기에 그들은 주위에서 질러대는 함성에 영문을 몰라 주눅이 들어 있기는 했지만, 아직 공포심까지는 느끼지 않고 있었다.

환호하는 관중들을 둘러보며 사회자는 만족스럽다는 듯 웃음을 흘리며 입을 열었다.

"저 북쪽의 황량한 대지를 여행하는 순례자들이 있었습니다. 그들은 튼튼한 갑옷과 잘 벼린 칼로 무장을 갖추고 있었지요. 하지만 그들의 앞에 용맹스런 오크족의 대족장 큐란이 나타났습니다."

그 순간 철창문이 열리며 오크 한 마리가 모습을 드러냈다. 오크 또한 고블린과 마찬가지로 몸에 아무것도 걸치고 있지 않았다. 울퉁불퉁 솟아 있는 야만스런 근육이 놈의 무시무시한 힘을 보여주는 듯 했다. 앞서 나온 고블린과는 비교조차 될 수 없을 정도로 체격이 월등했다.

키도 훨씬 클 뿐만 아니라, 상체가 대단히 잘 발달되어 있어 보는 이로 하여금 엄청난 위압감을 줬다. 더군다나 오크가 쥐고 있는 무기는 피가 군데군데 묻어 있는 커다란 나무 몽둥이였다. 그리고 그 점이 놈의 야만성을 더욱 돋보이게 해주고 있었다. 오크를 바라보던 관중들의 눈에 강한 열기가 피어올랐다. 저 강인한 육체가 보여줄 야만적인 도살, 그리고 강간을 향한 강렬한 기대감 때문이리라.

"우와와와!"

관중들이 사방에서 열기 어린 괴성을 질러대고 있었지만, 오크는 전혀 주눅 들지 않았다. 오히려 놈의 눈동자는 살육에 대한 기대감으로 번쩍거리고 있었다. 평소 인간들에게 사육당하며 느껴오던 치욕! 그것을 분풀이할 수 있는 기회가 다시금 찾아온 것이다.

오크는 자신감 있게 성큼성큼 걸음을 옮겨 거리를 좁혀왔다. 예상대로 호비트들은 두려움에 질려 주춤주춤 뒤로 물러섰다. 하지만 놈들은 아직까지도 자신들이 죽을 처지인지 모른다. 그렇기에 놈들의 눈에 공포는 떠올라 있었지만, 짙은 절망감은 어려 있지 않았다.

'췍! 한 놈 때려죽여 놓으면 그 다음부터가 더욱 재미있지.'

피에 대한 갈구. 오크는 혀로 입술을 핥았다.

제일 앞쪽으로 밀려나온 호비트가 첫 번째 먹이였다. 호비트는 검 한 자루를 들고 있긴 했지만 전혀 다룰 줄 몰랐다. 놈은 두려움에 질려 그저 검을 앞으로 내뻗으며 위협을 하려 했다.

하지만 그건 오크가 바라던 것이었다. 오크의 몽둥이가 크게 휘둘러지는 순간, '캉' 하는 소리와 함께 검이 두 토막이 나서 떨어져 나갔다. 그리고 다음 순간, 오크의 몽둥이는 호비트의 투구를 박살내며 그 속에 감춰져 있던 두개골을 박살내고 있었다. 자로 잰 듯한 능숙한 손놀림이다.

퍽!

"크으윽!"

끔찍한 소리와 함께 호비트가 풀썩 주저앉는가 싶더니, 앞으로 고꾸라졌다.

"우와아아! 최고다!"

"그래! 그거야!"

순간 경기장이 뒤집어질 듯한 관중들의 함성.

"쿠오오오오!"

오크는 두 팔을 번쩍 위로 치켜들고 괴성을 질러 관중들의 함성에 답하는 여유까지 보여줬다. 이것만 봐도 오크가 얼마나 많이 검투장에 섰었는지 알 수 있을 것이다.

피를 보고 흥분한 오크는 쓰러진 호비트의 손을 잡아들었다. 오크가 뭘 하려는 것인지 알 수 없었던 관중들은 눈이 동그래가지고 호기심 어린 시선으로 바라봤다. 시체의 손을 한입 크게 베어 무는 오크. 무시무시하게 솟아 있는 날카로운 이빨들 사이로 시뻘건 핏물이 주르륵 흘러나온다. 그 모습을 지켜보던 사회자가 흥분한 모습으로 몸을 벌떡 일으키며 소리쳤다.

"예, 정말이지 무시무시한 모습을 보여주는 대족장 큐란이군요. 전사들은 하필이면 큐란이 배가 고파 성질이 곤두서 있을 때 주위를 지나가는 우를 범한 것 같습니다."

팔을 한입 뜯어먹는 것으로 오크는 식사를 멈췄다. 한 번 뜯어먹는 거야 신선한 충격을 줄 수 있을지 몰라도, 그게 계속되면 혐오감을 줄 수 있다. 그렇기에 오크는 지시받은 대로 다음 목표물을 향해 움직였다.

자신들이 지급받은 무기와 방어구가 어느 정도 성능을 지니고 있는지는 이미 동료가 몸으로 알게 해줬다. 검은 겉만 번쩍거릴 뿐, 주철로 되어 있어 잘 깨졌고, 날은 전혀 갈려 있지 않았다. 얇은 철판으로 만들어 놓은 투구는 몽둥이질 한 번에 찌그러지고 말았다. 그 외에 다른 방어구들도 상태는 마찬가지였다.

한 발 한 발 다가오는 살기 어린 오크. 기절초풍할 지경이었지만, 도망칠 곳도 없다. 노예들은 두려움에 질려 본능적으로

서로 간의 거리를 더욱 밀착시키고 있을 뿐이다.

하지만 라이는 달랐다. 놈의 방심을 유도하기 위해 일부러 방어자세를 취하지 않고, 오크를 자세히 뜯어보며 약점을 찾고 있었던 것이다. 이대로 죽을 수는 없었으니까.

라이는 오크 동굴에 붙잡혀 살았던 적이 있다. 그렇기에 다른 사람들이 봤을 때 오크라면 다 똑같이 보였겠지만, 그의 눈에는 다르게 비치고 있었다. 겉보기에는 엄청난 근육질을 자랑하는 야성적인 오크였지만, 라이는 놈이 꽤나 늙었다는 것을 한눈에 알아챘다. 사람의 나이로 친다면 50대 중반쯤 되었으리라.

그건 라이에게 썩 좋지 않은 상황이었다. 늙어서 근력은 떨어졌을지 몰라도, 놈의 머릿속에는 수없이 많은 전투경험이 새겨져 있을 게 뻔하니까.

'아냐, 어쩌면 의외로 전투경험이 적을 수도 있어. 오래전에 붙잡혀 와서 이런 생활을 계속해 왔다면 말이지. 제발 그렇기만을 빌어야지.'

라이는 긍정적으로 생각하기로 했다.

퍽! 퍽!

"으아아악!"

라이가 오크의 약점을 찾고 있는 동안에 오크는 남자 둘을 더 때려죽였다. 그건 싸움도 아니었다. 그저 일방적인 도살이었을 뿐. 오크는 겁에 질려 벌벌 떠는 사람들을 향해 최대한 잔인하게 몽둥이를 휘둘러 머리통을 박살낸 것이다.

이제 남은 사람은 라이와 전사 복장의 여자뿐이었다. 그 전처럼 여자를 이용하는 수밖에 도리가 없었다. 라이는 여자와의 거리를 가늠하기 위해 힐끗 바라봤다. 그리고 깨달을 수 있었다. 여자 또한 이런 일에 오크 못지않게 이골이 나 있다는 것을. 첫 번째로 나왔던 여자와는 달리, 이번 여자는 두려움에 질려 있지 않았다.

꺅꺅 비명을 지르며 놀란 듯 행동하고 있었지만, 그녀의 눈동자는 두려움보다는 오히려 오크의 살인에 흥분하고 있는 것처럼 보였다. 남자들이야 관중들의 쾌락을 위해 모두 다 죽여버릴 소모품들이었지만, 여자는 얘기가 달랐다. 형편없는 추녀들을 사와 세워놓아서는 관중들이 좋아하지 않는다.

그렇기에 여기에 출현하는 여자들은 모두 다 늘씬한 몸매를 자랑하는 미녀들이었다. 지금 당장 노예시장에 내다 팔아도, 꽤나 후한 값을 받을 수 있는. 그런 만큼 그녀들은 살육의 대상에서 애초부터 제외되어 있었다.

라이는 돌연, 여자를 향한 분노가 치밀어 올랐다. 저 밖에서 광기에 어려 미친 듯 괴성을 질러대는 연놈들이야 그렇다 치더라도, 같은 노예인 주제에 처참한 살육을 보며 흥분하고 있다니.

라이는 방금 전에 죽은 녀석이 들고 있던 얄팍한 방패를 얼른 주워들었다. 이 또한 겉만 요란스럽게 만들어 놓은 것이기는 했지만, 그래도 아예 없는 것보다는 나았다. 방패 사용 방법을 전혀 몰랐던 전 주인은 한 방에 팔뼈가 부서졌지만, 자신은 아버지로부터 방패를 어떻게 쓰는지 그 요령을 배웠으니까.

남자 노예가 황급히 방패를 주워드는 것을 보면서도 오크는 여유만만했다. 이제 남은 것은 저 한 놈. 저놈만 처참하게 죽여 버린 다음, 계집을 강간하면 오늘의 일과는 끝인 것이다. 저놈은 어떻게 요리해 줄까? 오크는 섬뜩하게 미소 짓는다.

"췩췩!"

오크는 정공법으로 나가기로 했다. 방패를 가졌다면, 원하는 대로 방패를 공격해 주면 되는 것이다. 저 방패로 자신의 공격을 막아낸 놈은 지금껏 단 한 놈도 없었으니까.

하지만 오크는 급히 공격을 멈춰야만 했다. 남자놈이 갑자기 계집을 붙잡아서 자신의 몽둥이 앞으로 떠밀었기 때문이다. 하마터면 암컷을 고깃덩이로 만들어 버릴 뻔했다. 화가 난 오크가 계집을 옆으로 밀어젖히며 다시금 공격을 시작하려고 할 때, 놈은 자신의 가슴어림을 꿰뚫고 들어와 있는 검을 볼 수 있었다. 보면서도 도저히 믿어지지 않았다.

'취이익! 이게 도대체 언제 들어온 거지?'

검의 날은 갈아놓지 않았지만, 끝부분은 뾰족했다. 설마, 그걸로 공격하는 놈이 있을 줄이야.

하지만 오크는 버텼다. 고블린은 카운터 펀치 한 방에 명을 달리했지만, 오크는 버텨냈던 것이다. 잘 갈린 칼이 아니었기에 치명상을 입히기에는 깊이가 조금 부족했던 모양이다.

"취이이익!"

피가 줄줄 흘러내리고 있는 오크의 가슴과, 머리끝까지 화가 나 있는 놈의 얼굴을 번갈아 바라보며 라이는 후회했다.

'가슴을 노린 게 실수야. 고블린처럼 목을 노렸어야 했어.'

오크는 라이의 검을 왼손으로 꽉 움켜잡았다. 진짜 검이었다면 그렇게 하지 못했겠지만, 이 검은 날이 없었다.

캉!

오크가 힘을 주자 검은 간단하게 쪼개져 버렸다. 라이는 부러진 검을 오크의 얼굴에 집어던지며 황급히 뒤로 물러났다. 오크는 여유 있게 검을 피한 다음, 손아귀에 쥐고 있던 검날을 라이를 향해 집어 던졌다. 라이는 방패로 그걸 막는 한편, 이미 죽은 노예들이 떨어뜨려 놓은 검을 찾아 그쪽으로 몸을 날렸다.

"우와와아~~."

또다시 검을 손에 쥐는 라이. 그와 동시에 관객석에서는 우뢰와도 같은 함성이 터져나왔다. 관객들의 입장에서 봤을 때 대결은 정말이지 손에 땀을 줄 정도로 흥미진진하게 흘러가고 있었던 것이다.

오크는 머리끝까지 화가 난 모양이다. 괴성을 질러대더니, 무시무시한 공격을 퍼붓기 시작했다. 그 공격을 요리조리 피하며 도망치는 라이. 여자를 방패막이로 썼으면 좋겠지만, 방금 전에 오크가 신경질적으로 밀어버린 탓에 여자는 땅바닥에 처박힌 채 아직까지도 뻗어 있었다. 아마도 기절해버린 모양이다.

요리조리 도망친다고 쳤지만, 라이는 곧이어 깨닫지 않을 수 없었다. 커다란 덩치에 어울리지 않게 놈의 몸놀림이 빠르다는 것을. 몸놀림에서 우위를 점하지 못하는 이상, 체력이 조금이라도 남아 있을 때 부딪치는 게 나았다.

라이는 일부러 시체에 발이 걸리는 척 비틀거렸다. 이런 호기를 놓칠 오크가 아니다. 놈은 전력을 다해 공격해 왔다.
 캉!
 라이는 간신히 오크의 공격을 막아냈다. 아니, 정면으로 막았다면 다른 노예들처럼 팔목 뼈가 부숴져 버렸겠지만, 그는 방패에 각을 줘서 공격을 살짝 흘려버렸던 것이다. 흘려버렸는데도 불구하고 팔이 저릿저릿할 정도로 강한 충격을 받아야 했다.
 과연 오크의 근력은 대단했다. 하지만 라이는 그 충격을 이를 악물고 참은 다음, 회심의 일격을 날렸다.
 오크는 반격이 들어올 수 있을 거라고는 전혀 예상조차 하지 못했기에 전혀 방비가 되어 있지 않았다. 그도 그럴 것이 상대는 무게중심조차 잃어 비틀거리는 놈이 아니었던가.
 푹!
 "크르륵?"
 라이의 검끝은 오크의 목을 관통해 들어가 숨골(延髓)를 꿰뚫어 버렸다. 오크는 도저히 믿을 수 없다는 듯 라이를 바라보는 듯 하더니, 곧이어 눈이 하얗게 뒤집히며 뒤로 넘어가 버렸다.
 쿵!
 "이런 씨팔! 이번에도 또냐? 때려치워라!"
 "죽여버렷!"
 "우우우~~, 미녀와 몬스터의 썸씽(something)이라는 건 도대체 어디로 간 거냐? 내 돈 돌려줘!"
 그와 동시에 사방에서 쏟아지는 야유. 삐쩍 마른 노예가 잘 싸운 것은 사실이었지만, 그렇다고 해서 몬스터와의 섹스를 그

몬스터 쇼 189

냥 날려버릴 만큼은 아니었다. 물론, 노예들이 어떤 무기를 가지고 목숨을 걸고 싸웠는지 그 사실을 알았다면 관객들의 반응이 조금은 달라졌을지도 모르지만 말이다.

그런 관중들의 반응과는 달리 한 중년 사내의 눈빛은 약간의 흥분으로 가볍게 떨리고 있었다. 그는 몬스터를 이용한 이런 경기장에 오는 것을 무척이나 혐오하는 사람들 중 하나였다. 하지만 거래처의 귀족이 이런 쇼를 무척이나 좋아한다는 정보에, 어쩔 수 없이 접대를 하기 위해 같이 온 것이다.

처음 비쩍 마른 노예가 고블린을 잡았을 때까지만 해도 그의 눈빛은 심드렁하기만 했다. 운이 좋았을 거라고 생각했기 때문이다. 아니, 여자를 방패로 삼는 듯한 노예의 추잡스런 행동에, 혐오감까지 들었었다. 하지만 그런 노예가 오크까지 잡게 되자 중년 사내는 자리에서 벌떡 일어서지 않을 수 없었다.

잘 훈련된 병사 두어 명이면 충분히 오크를 상대할 수 있다. 하지만 그건 제대로 된 장비를 갖추고 있을 때의 얘기다. 이곳 경기장에서 노예가 쓰는 장비는 겉만 번지르르 했지, 거의 양철판과 같다는 것을 그는 익히 알고 있었다.

쉽게 말해 노예가 든 무기는 닭 한 마리 잡기 힘들 정도로 날이 무디고 어설프다는 말이다. 그건 그 역시 이쪽 계통의 일을 하고 있기에 알고 있는 사실이었다. 게다가 노예는 자신이 보기에도 뼈밖에 남지 않았을 정도로 비쩍 말라 있었다.

중년 사내는 떨리는 흥분을 가라앉히기 힘들다는 듯 침을 꿀꺽 삼켰다. 오랫만에 보는 쓸 만한 월척이었기 때문이다.

"어, 어떻게 저런 놈을 이런 경기장에서 막 쓰고 버릴 생각을……?"

"이런 빌어먹을! 포스터에 적힌 대로 하란 말이야! 그걸 보러 여기까지 왔구만."

옆 자리에서 기대가 무너지자 실망감에 욕설을 퍼붓고 있던 귀족은, 갑자기 경기장을 바라보며 뭐라 중얼거리는 중년 사내를 의아하다는 듯 보며 물었다.

"왜 그러시오?"

"아닙니다, 갑자기 급한 볼일이 생각나서요. 죄송하지만 잠시 자리 좀 비우겠습니다."

중년 사내는 귀족의 대답을 들을 생각도 없다는 듯 자리에서 벌떡 일어나 어디론가 달려갔다. 이미 중년 사내의 머릿속에는 자신이 접대를 하고 있다는 생각 따위는 바람결에 날리는 연기처럼 흔적도 없이 사라지고 없었다.

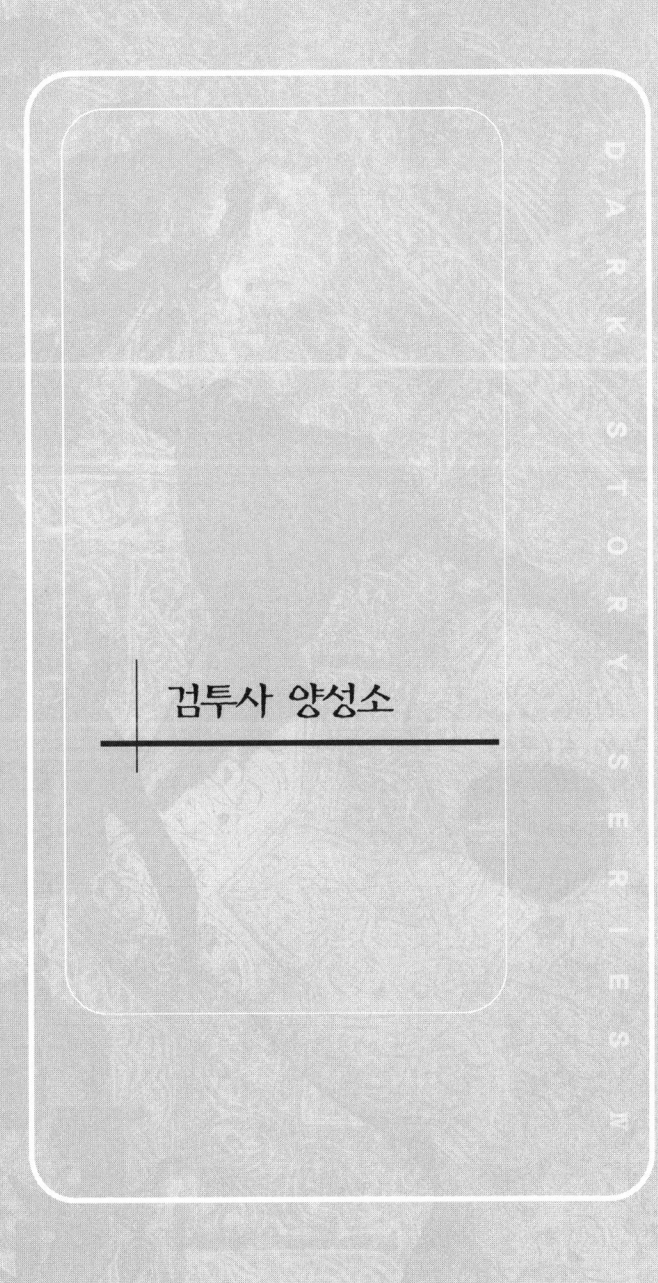

검투사 양성소

29

희망이라는 이름

몬스터 쇼 단장은 기절할 지경이었다. 고블린에 이어 이번에는 오크까지. 저렇게 잘 훈련된 놈은 돈을 바리바리 싸들고 간다고 해도 구입할 수가 없었다. 야생 몬스터나 다름없는 놈들을 고가에 구입하여, 지금까지 훈련시키는 데 들어간 수많은 돈과 시간, 그리고 노력이 단 한순간에 물거품이 되어버린 것이다.

"크흐흑, 죠지, 너마저……. 이럴 수가 있나. 이런 개새끼! 그 새끼, 이리로 끌고 와. 내가 직접 죽여 버릴 거야!"

길길이 날뛰는 단장에게 조련장이 다급히 조언했다.

"막간극이 끝나고 난 다음 순번은 헤럴드입니다. 설마 놈이 트롤까지 이길 수 있겠습니까?"

그래듀에이트급이 아닌 한, 혼자서 트롤을 상대한다는 것은 거의 불가능하다는 게 지금까지의 정설이었다.

"그래도 혹시 모르잖아. 안 돼! 헤럴드까지 잃을 수는 없어. 헤럴드까지 잃으면 나는 파멸이야, 파멸이라구."

"너무 걱정하지 마십시오. 그동안은 어떻게 운 좋게 이겼는지 몰라도 헤럴드에게는 불가능합니다. 트롤에게 있어서 저 정도 상처 따위는 전혀 문제도 되지 않으니까요. 이제 관객들에게 보여주는 겁니다. 고블린과 오크를 무찌른 용맹한 전사가, 트롤을 상대로 얼마나 나약하게 부서지는지를 말이죠."

그제서야 정신을 차린 단장이 약간 진정된 어조로 질문을 던졌다.

"헤럴드가 놈을 이길 수 있을까?"

"염려 놓으시라니까요. 완전히 토막을 쳐놓을 겁니다."

이때, 밖에서 단원이 단장을 부르는 소리가 들려왔다. 단장은 탁자 위에 놓인 단검을 집어들며 살기 어린 어조로 외쳤다.

"그 새끼를 데려왔냐?"

"아뇨. 그게 아니라 단장님을 뵙기를 청하는 사람이 있습니다. 커밍스라고 하던데요."

단원의 말에 단장은 분노 어린 어조로 쏘아댔다.

"커밍스고 나발이고, 지금 다른 사람 만날 기분 아니라고 전해."

그때 단원을 슬쩍 옆으로 밀치며 건장한 중년 사내가 안으로 들어왔다. 아마도 이 사내가 단장을 만나고 싶다고 요청한 커밍스이리라.

"아니, 단장님께서는……."

"제가 직접 말씀드리도록 하죠."

커밍스는 단장에게 인사를 건네며 말했다.

"저는 커밍스라고 합니다. 분위기를 보아하니, 귀하의 노예가 사고를 친 것 같더군요."

단장은 신경질적인 어조로 대꾸했다.

"잘 알면서 그런 걸 묻는 이유는 뭐요?"

"그 노예를 저에게 파시는 게 어떻겠습니까. 트롤 우리에 던져 넣어버리는 것보다는 저한테 파시는 게 훨씬 이익이실 텐데요."

"그런 소리 마쇼. 나는 내 귀염둥이들의 복수를……."

하지만 단장의 말은 거기에서 끝났다. 커밍스가 그의 말을 끊었던 것이다.

"삼십 골드 드리죠."

일순 단장의 눈이 휘둥그레졌다.

"사, 삼십 골드라고요?"

30골드면 상당한 금액이었다. 전장에서 싸우는 실력 있는 용병들의 월급이 10골드 정도였으니까 말이다.

"예, 30골드. 원하신다면 지금 바로 현금으로 드릴 수도 있습니다."

상대가 저렇게까지 나오는 것을 보면, 조금 시간을 끌면서 차분히 생각해 보는 게 옳았다. 하지만 하루아침에 귀염둥이들을 둘씩이나 잃은 단장에게 그런 이성은 손톱만큼도 남아 있지 않았다.

"좋소. 팔지요. 지금 당장 팔겠습니다."

보다 못한 조련장이 옆에서 급하게 끼어들었다.

"단장님, 조금만 더 여유를 가지고 생각해 보신 다음에 결정을 내리셔도……."

"됐네. 더 이상 생각해 볼 것도 없어. 노예문서하고 매매증서 가져와!"

매매증서에 서명을 하려던 단장은 문득 떠올랐다는 듯 커밍스에게 물었다.

"그런데 그런 놈을 사다가 어디에 쓰시려고 그러십니까?"

커밍스도 이쪽 계통에서 잔뼈가 굵은 능구렁이였다. 복수심에 미쳐 있는 단장의 속을 모를 리가 있겠는가.

"아, 예. 이번 검투경기의 전야제에 쓰려고 합니다."

"전야제라면…, 그 로프췰트 전투를 형상화 했다는?"

로프췰트 전투는 알카사스 왕국 초기에 벌어졌던 야만족과의 전쟁이었다. 그때의 대승리를 기념하기 위해, 이번 검투경기의 전야제에 당시의 전투를 재현한다고 했다.

"예. 그런데 야만족으로 써먹을 만한 노예를 구하는 게 쉬운 일이 아니라서 말입니다. 제대로 싸울 줄도 모르는 놈들을 야만족으로 쓰자니 전투장면이 재미가 없을 테고, 그렇다고 훈련 잘된 놈들을 쓰자니 값이 비싸고……. 그런 의미에서 보면 저놈이 딱이라는 거죠. 안 그래도 죽이실 거라면 저한테 넘기십쇼. 확실하게 명줄을 끊어 드리겠습니다. 될 수 있으면 아주 처참하게."

순간 단장의 얼굴이 활짝 밝아졌다.

"호오, 그 조건이 꽤나 마음에 드는군요. 예, 좋습니다."

단장은 30골드를 받고 매매증서에 서명을 했다. 그러면서 그는 무슨 일이 있더라도 이번 검투경기의 전야제만큼은 필히 참석해야겠다고 다짐했다.

라이를 전야제의 제물로 쓰겠다는 커밍스의 약속은 순전히 뻥이었다. 확실하게 죽여 버리겠다는 약속을 해줘야 팔 것 같았기에, 그렇게 둘러댄 것뿐이다.

"나는 커밍스라고 한다. 네 이름은…, 라이라고?"

"예."

성은 물어보지도 않았다. 신분이 낮은 사람들은 성이 없는 경우가 대부분이었으니까. 그렇기에 상대가 이름을 밝힐 때, 성을 말하지 않으면 구태여 물어보지 않는 게 예의였다.

"나는 검투사(劍鬪士) 양성소를 운영하고 있다. 너는 검투사가 뭔지 알고 있냐?"

물론 어느 정도는 알고 있었다. 물론 그게 영웅담 같은 걸 듣다 보면 나오는 간략한 내용 정도라는 게 문제였지만. 그렇기에 라이는 짐짓 고개를 가로저으며 대꾸했다.

"아뇨."

"너는 이미 검투사의 세계에 한 발자국 내디뎠다. 수많은 관중이 지켜보는 가운데서 벌이는 대결. 무기가 단순한 만큼, 서로 간의 실력은 적나라하게 드러나지. 승자와 패자가 판가름 나는 순간에 들려오는 관중의 환호성을 들어본 적이 있느냐?"

"……."

라이는 아무 대꾸도 하지 않았다. 괜히 대꾸를 해봐야 매를 벌 뿐이라는 것을 경험을 통해 충분히 체득했으니까. 하지만 커밍스는 라이의 얼굴 표정을 살펴본 다음 말을 이었다.

"물론 너는 야유밖에 받은 게 없지. 하지만 관중들이 네가 들고 싸운 무기가 얼마나 형편없는 것이었는지, 그리고 네가 입고 있던 갑옷이 얼마나 조잡한 것이었는지를 알고 있었다면 얘기는 달라졌을 게다."

라이는 조심스럽게 질문했다.

"주인님께서는 알고 계셨습니까?"

"물론이다. 이 업계에서 밥 먹은 지 어언 20년이 넘었으니까. 흥행사업을 하는 자들은 관중들의 흥미를 돋우기 위해서는 별의별 짓을 다 하게 되지. 몬스터가 노예를 강간하는 걸 관중들에게 보여줄 생각을 다 하다니, 쓰레기 같은 놈들! 하지만 저런 추잡스런 것들과 나는 다르다. 나는 오로지 검투경기만을 추구한다. 검투사의 격돌! 몬스터와 달리 인간에게는 오랜 세월 갈고닦은 기술이라는 게 있다. 그걸 수많은 관중들 앞에서 보여주는 거다. 어때? 멋있지 않느냐?"

커밍스는 검투사가 어떤 직업인지를 자세하게 설명했다. 특히 검투사의 수입에 대해서. 노예라고 하지만 검투사는 수입이 꽤 많았다. 승리를 거두면 사기 진작을 위해 주인이 수당을 지급해 줬다. 그리고 검투경기에 걸려 있는 상금의 1%는 법적으로 검투사의 몫이었다. 그런 돈들을 차곡차곡 모아서 결국 자신의 자유를 살 수도 있었다.

문제는 실력 있는 검투노예라면 그 몸값 또한 엄청나기에 주인에게 지불해야 하는 돈의 액수도 증가한다는 딜레마가 있긴 했지만 말이다.

"어때? 농장이나 광산 같은 데 팔려가서 죽도록 일해 봐야 노예에서 해방될 가능성은 눈곱만큼도 없다. 하지만 검투사는 다르다. 쓸데없는 짓만 안 한다면, 언젠가는 자유를 살 수 있거든.

그건 내가 보장하마. 내가 데리고 있는 교관도 한때는 검투노예였다. 지금은 내 일을 도와주고 있지만 말이다."

꽤나 그럴듯한 제안이었다. 그렇기에 라이는 커밍스의 제안을 승낙하는 수밖에 없었다. 그 외에 다른 대안이 있는 것도 아니었고 말이다.

커밍스의 집무실. 가구라고는 거의 없는 아주 소박한 공간이었다. 커밍스는 사무실에 도착하자마자 여자노예에게 음식을 몇 가지 내오라고 일렀다. 식사시간이 조금 지난 상태였기에, 지금이 아니라면 한 끼 건너뛸 수밖에 없었기에 라이에게 베푼 친절이었다. 그리고 자신도 식사를 해야만 했고.

"체면 차릴 필요 없다. 배고플 때는 그저 먹는 게 최고지. 자, 먹거라."

"예, 주인님."

식사를 하며 커밍스는 라이의 식사하는 모습을 주의 깊게 살펴봤다. 노예가 노예로 존재하기 위해 꼭 필요한 서류가 바로 노예문서다. 노예의 혈통에서부터 시작하여, 어떻게 노예가 되었는지를 자세히 기록해 놓은 문서였다.

하지만 라이의 노예문서에는 상당부분이 공란으로 비워져 있었다. 변방 약소국의 시골마을에서 말 도둑질을 하다가 현장에서 체포되어, 그곳 시장의 재량으로 노예로 판매되었다는 것이 적혀 있는 내용의 전부였다.

노예문서만으로 판단한다면 라이는 뒷골목 출신임에 틀림없어 보였다. 아버지도, 어머니도 누군지 알 수 없는……. 하지만 그의 예상과 달리, 배가 꽤나 고팠을 텐데도 라이는 허겁지겁 먹지 않고 비교적 천천히 예의바르게 먹고 있었다.

'뒷골목 출신치고는 꽤나 가정교육을 철저히 받았군.'

이때, 커밍스의 호출을 받은 교관이 도착했다. 커밍스가 기르는 검투사들을 훈련시키는 책임자가 바로 이 교관이다.

"찾으셨습니까, 소장님."

"그래, 이번에 구입한 새 식구일세. 천부적인 싸움꾼이니 자네가 잘 지도해 보도록 하게."

교관은 라이의 꾀죄죄한 몰골을 본 뒤 소장의 말을 믿을 수 없는 모양이었다. 싸움꾼이라고 하기에는 비쩍 마른 것이 신체가 너무 허약해 보였기 때문이다.

"이런 말씀드리기는 송구합니다만, 몸 상태가 썩 좋아 보이지 않는데요?"

"몸 상태가 좋지 않은 게 무슨 대순가? 녀석은 아직 어려. 한 4~5년 공을 들인다면 쓸 만한 검투사로 키울 수 있지 않겠나. 자네 실력이면 충분할 거라고 생각해서 사온 녀석인데 말이야."

"아, 그렇게 길게 보시고 계시다면 문제없습니다. 훌륭한 검투사로 키워 놓겠습니다."

"그래, 부탁하네."

"최선을 다하겠습니다, 소장님."

교관은 라이를 훈련장으로 데리고 갔다.

라이를 교관에게 인계한 지 채 2개월도 되지 않아, 커밍스는 교관의 요청을 받고 훈련장을 방문해야만 했다.

"어서 오십시오, 소장님."

"무슨 일인가?"

커밍스는 멋진 예복을 빼입고 있었다. 거기에다가 평소와 달리 서두르는 것으로 보아, 아마도 높은 사람과의 약속이 있는 모양이었다.

"바쁘신데 뵙자고 청한 게 아닌지 모르겠습니다."

"아닐세. 그 정도 시간은 있다네. 그래, 무슨 일인가?"

"저기를 보십시오."

교관은 격투장 쪽을 가리켰다. 그곳에는 중무장한 검투사 2명이 치열한 접전을 벌이고 있는 중이었다. 그것도 진짜 무기를 들고 말이다. 검투사들은 관중들의 인기를 얻어야 하는 존재들인 만큼, 과도한 무장은 삼가하고 있었다. 아니, 오히려 몸 여기저기의 맨살을 드러내어 야성미를 과시하는 단촐한 갑옷을 선호한다. 그렇다 보니 접전을 벌이고 있는 두 명 중 한 명의 몸매가 비쩍 말라 있다는 것을 쉽게 알아볼 수 있었다.

"설마…, 라이인가?"

"제대로 보셨습니다."

2개월 동안 영양가 풍부한 식사와 함께 강도 높은 훈련을 받다 보니, 라이의 몸은 꽤 많이 좋아져 있었다.

"녀석이 제법 잘 적응하고 있다는 보고는 받았다네. 그런데, 나한테 긴히 하고자 한 말은 뭔가?"

"저 움직임을 보십쇼."

잠시 바라보던 커밍스의 표정이 묘하게 바뀌었다.

"참, 그러고 보니 저 녀석은 자네한테 맡긴 지 겨우 2개월밖에 안 된 놈이지 않나?"

검을 가르친 지 겨우 2개월. 완전히 생초보인 상태다. 그런데 그런 놈이 저렇게 격렬하게 싸운다는 게 가능이나 한가? 그것도 진검(眞劍)으로 말이다.

"놈은 숨기려고 했지만, 제 눈을 속일 수는 없죠. 한두 해 검술을 배운 놈이 아닙니다."

"그래서 저렇게 해놓은 건가?"

"놈이 전력을 다하게 하려면 저 수밖에는 없으니까요. 설마, 자신의 진면목을 숨기겠다고, 칼을 맞을 수는 없지 않겠습니까."

커밍스는 머리를 긁적거리며 중얼거렸다.

"그것 참……."

라이는 숨긴다고 숨긴 것이겠지만, 상대는 이 방면에서 전문가였다. 그렇기에 교관은 일부러 진검승부를 시킨 것이다. 죽기 싫으면 전력을 다하라고 말이다.

"길드에서 키운 놈일까?"

용병길드, 도둑길드, 암살자길드 등등……. 별의별 합법, 비합법적인 길드들이 왕국에는 많이 있다. 그런 길드에서 키운 놈이 아닐까 하는 우려를 하는 것이다. 하지만 교관은 고개를 가로저으며 대답했다.

"한 번 쓰고 버릴 놈이라면, 고급 수법 한두 개 정도만 가르쳐서 그것만 철저히 숙달시킵니다. 그것만 해도 충분하니까요. 하지만 놈은 그렇지 않습니다. 기본기를 아주 탄탄하게 익혔더군요."

"흐음……."

"소장님께서는 저놈을 검투경기에 내보내실 생각이잖습니까? 경기장을 찾는 높은 분들도 많습니다. 저놈이 자칫 사고라도 치는 날에는 소장님께서 곤란을 겪으실 수도 있습니다. 검투장에 내보내기에 앞서 놈의 과거를 짚고 넘어가는 게 안전하지 않을까 하여 소장님께 보고드리는 겁니다."

커밍스는 고개를 주억거리며 찬성했다.

"자네 의견이 옳은 듯 하군. 하지만 녀석이 제대로 실토할까?"

커밍스의 말에 교관은 씨익 미소 지으며 되물었다.

"그렇다면 예전에 썼던 그 방법을 쓰는 것은 어떻겠습니까?"

"그 방법이라니?"

"기억을 통째로 봉인해 버리는 것 말입니다."

과거, 그는 경쟁파 쪽에서 침투시킨 녀석의 기억을 통째로 봉인해 버린 다음 팔아 치워버린 전례가 있었다. 하지만, 그때는 놈을 그냥 팔아버린 것으로 끝내버렸지만, 지금은 얘기가 다르지 않은가. 기억을 봉인해 버린다면 검술에 대한 기억까지도 모두 다 잃어버릴 텐데.

"내가 녀석에게 필요로 하는 게 검술인데, 그건 좀 문제가 있지 않을까? 기억을 잃어버린다는 말은, 곧 검술도 기억하지 못하게 된다는 말이 될 텐데……."

"물론 그렇습니다. 하지만 저 녀석처럼 오랜 세월 고련을 쌓은 경우는 얘기가 틀리죠. 기억을 잃더라도 몸이 그걸 기억하고 있으니까요. 당장은 써먹지 못하겠지만, 한 2~3년 정도 수련시킨다면 원상회복시킬 수 있을 겁니다."

"그런가? 그렇다면 지금 당장 신관에게 달려가서 기억 봉인을 부탁해야겠군."

"기억을 선택적으로 날려버릴 수 있는지 그것도 좀 알아보십시오. 검술에 대한 기억을 남겨둘 수만 있다면, 녀석을 재교육시키는 시간이 그만큼 짧아질 테니 말입니다."

"알겠네. 그것도 물어보도록 하지."

쇠뿔도 단숨에 빼랬다고, 커밍스는 곧바로 훈련장을 떠나 평소에 가깝게 지내던 신관을 찾아갔다. 환한 표정으로 자신을 맞이하는 신관에게 커밍스는 심각한 표정으로 말을 건넸다.

"한 가지 상의드릴 게 있어서 찾아뵀습니다."

"심각하신 표정을 뵈니, 나쁜 일이 아니길 빕니다, 형제님."

"나쁜 일은 아니구요. 실은, 제가 아끼는 노예가 하나 있는데 말입니다. 사실 이러이러한 일이 있었는데……."

커밍스는 이렇게 서두를 꺼냈다. 신관이 기억봉인 마법을 사용하는 것에 대해 동의하도록 가급적이면 녀석의 과거를 비참하게 그렸다.

"과거의 기억이 녀석을 괴롭히는 모양입니다. 한없이 괴로워하는 녀석을 보면, 혹시 목이라도 매달지 않을까 걱정이 돼서……."

얘기를 모두 들은 신관은 안타까운 듯 말했다.

"허어, 그것 참 큰일이로군요."
"혹시 과거의 기억을 봉인해 버릴 수는 없겠습니까?"
잠시 고민하던 신관이 입을 열었다.
"기억을 봉인한다는 것은 그리 어려운 일이 아닙니다. 문제는 봉인한 후겠지요. 일정 시점의 기억을 통째로 잃어버린다는 것은, 커다란 후유증을 동반할 수가 있습니다. 특히, 정신 쪽의 마법은 잘못되었을 때 상당한 후유증을 앓을 수 있거든요."
"아무리 잘못된다고 해도 지금보다야 낫겠지요. 사실 지금도 자살하지 않을까 걱정이 되는 처지니까요. 그건 그렇고, 기억의 봉인이 그리 어렵지 않은 일이라면, 혹시 그 아이가 익히고 있는 검술에 대한 기억은 그냥 놔두실 수는 없을까요? 검술 실력이 아주 훌륭한 아이라서……."
"그건 유감스럽게도 제 실력으로는 안 되겠군요, 형제님. 선택적으로 기억을 삭제하는 것은 대단한 고난이도의 작업이랍니다. 드로아의 대신전에 계시는 분들이라면 모를까, 제 실력으로는 어림도 없습니다."
커밍스는 선택적 기억 봉인이 힘들다는 신관의 말에 내심 실망했지만, 그걸 드러내지는 않았다. 검술에 대한 기억이 사라진다고 해도 몸에 익히고 있어 다시 2~3년 정도 재교육하면 된다는 교관의 말을 믿고 있었기 때문이다.
"그렇다면 그냥 기억봉인만이라도 부탁드립니다."
"제 믿음이 워낙에 미천하여, 오차가 좀 심할 수도 있는데 그래도 괜찮겠습니까?"

"오차라니요?"

"알기 쉽게 예를 들어 설명한다면, 지금부터 2년 전까지의 기억을 봉인한다고 가정한다면, 제가 지닌 능력으로는 그게 2년이 될지 3년이 될지, 혹은 4년이 될지 알 수가 없다는 말입니다."

"아, 무슨 말씀인가 했네요. 그건 아무래도 상관없습니다. 죽으려고 하는 사람부터 살려놓고 봐야 하지 않겠습니까."

"그럼 형제의 집으로 언제 가면 되겠습니까? 편한 시간을 알려주십시오."

기억봉인 마법

29

희망이라는 이름

"이 아이입니다, 신관님."

그로부터 며칠 뒤, 신관을 집으로 초대한 커밍스는 라이를 향해 짐짓 부드러운 미소를 보여주며 말했다.

"여기에 앉거라, 라이. 신관님께서 네 고통을 덜어주실 게다."

고통을 덜어줄 거라는 말에 라이의 눈이 휘둥그레졌다. 그렇다면 노예 신분에서 풀어준다는 뜻인가? 그런데 자신에 대한 권리는 커밍스의 것인데, 왜 신관이? 라이로서는 커밍스의 말을 이해할 수가 없었다.

물론 커밍스도 라이의 대꾸를 바라고 한 말은 아니었다. 신관이 들으라고 한 얘기였으니까. 하지만 아무것도 모르는 라이가 헛소리를 나불거려 산통을 깰 우려가 있었다. 그렇기에 그는 라이가 대꾸를 할 여유조차 주지 않았다. 그는 곧바로 신관에게로 시선을 돌리며 부탁했다.

"그럼 부탁드립니다, 신관님."

"예, 자 가만히 앉아 계십시오, 형제님."

신관은 앉아 있는 라이의 뒤편에 섰다. 신관의 손은 라이의 머리 위에서 우아하게 움직이며 주문의 수순을 밟아갔다. 주문이 점차 길어질수록 그의 손에서 뿜어나오는 빛의 강도는 조금씩 강해졌다.

"리멤브런스 실(Remembrance Seal;기억봉인)!"

신관의 주문이 완성되는 순간, 그의 손에서 뿜어져 나온 빛이 라이의 머릿속으로 파고 들어갔다.

"자, 어떠십니까? 형제님."

라이는 눈을 멀뚱거리며 고개를 갸웃했다.

"신관님께서는 혹시 저한테 무슨 치료마법이라도 구사하신 겁니까? 저는 별로 아픈 데도 없는데요……."

라이의 대답에 신관의 안색이 일그러졌다.

"이분이 누구시죠?"

신관의 질문에, 라이는 왜 그런 뻔한 질문을 하느냐는 듯 심드렁한 태도로 대꾸했다.

"제 주인님이시죠."

"주인님의 이름이 뭔지 기억하고 계십니까?"

"커밍스님이십니다."

"주인님이 하시는 일은 뭔지 아시나요?"

"검투사 양성소를 운영하고 계시다고 알고 있습니다."

한동안 여러 가지 질문을 던지던 신관은 커밍스에게 말했다.

"이상하군요. 신성마법이 듣지를 않습니다. 분명히 마법은 성공했는데……."

커밍스는 곧바로 손을 들어 신관이 더 이상 말을 하지 못하도록 막은 다음, 라이에게로 고개를 돌려 말했다.

"신관님께서 네게 치료마법을 베푸신 거다. 네가 요즘 많이 힘들어 한다고 내가 부탁드렸거든. 자, 이제 여기 일은 끝났으니, 훈련장으로 돌아가 보거라."

"예, 주인님."

라이가 돌아가고 난 다음, 커밍스는 신관에게 물었다.

"방금 하신 게 무슨 말씀이십니까? 마법이 실패했다는 겁니까?"

"이런 경우는 저도 처음 당해보기에 뭐라고 말씀을 드릴수가 없는데……. 뭔가가 마법을 방해했다고밖에는……."

커밍스는 일순 그 말을 이해할 수 없었기에 고개를 갸웃했다.

"마법을 방해했다고요?"

"예. 현 상황에서는 그렇게밖에는 말씀드릴 수가 없군요. 어쩌면 마법을 방해하는 특별한 마법도구를 지니고 있는 건지도 모릅니다."

"노예 따위가 그런 귀중한 걸 지니고 있을 리가……."

여기까지 말하던 커밍스는 급히 입을 다물었다. 그러고 보니 뭔가를 가지고 있을 가능성도 있다는 게 떠올랐던 것이다. 녀석의 정체 자체가 왠지 조금 수상쩍은 부분이 있는 게 사실이었으니까. 하지만 아무리 생각해 봐도 녀석이 자신을 목표로 접근해 온 것은 아니지 않은가. 자신이 달려가서 억지로 사왔지.

'딴 놈을 목표로 잡았었는데, 우연히 내가 먼저 구입해 버린 건가? 아니면 경기장에서 사고를 일으켜 그 일을 나한테 뒤집어씌우겠다는 것인가?'

마법이 통하지도 않는데 신관을 계속 자신의 집에 머무르게 할 수는 없는 노릇이다. 그는 실례되지 않을 정도의 금액을 신관에게 건넸다. 신관이 돈을 바라고 이리로 온 것은 아니겠지만, 그래도 다음에 또다시 부려먹으려면 잘 보여 둘 필요가 있었다.

신관을 보내자마자 그는 교관을 호출했다.

"찾으셨습니까, 소장님."

"그 녀석이 몸에 걸치고 있는 것들 중에서 뭔가 수상쩍은 게 없던가?"

"수상쩍은 거라뇨? 그런 걸 숨기면서 지낼 수 있는 환경이 아니라는 것을 소장님께서도 잘 아시지 않습니까. 제가 장담하건데, 불알 두 쪽 빼고는 아무것도 가질 수 있는 게 없습니다."

커밍스는 고개를 갸웃하지 않을 수 없었다.

"거참 이상하네. 그럴 리가 없는데 말이야."

이때, 여자노예가 나긋한 걸음걸이로 다가와 손님의 도착을 알렸다.

"마인 테귤러라는 분께서 주인님을 뵙기를 청하고 계십니다."

여자노예의 말에 커밍스는 고개를 갸웃하지 않을 수 없었다. 마인 테귤러. 이쪽 업계에서는 꽤나 전설적인 인물이다. 어린 노예를 교육시켜 부가가치를 창출한다는 데 있어서는 서로가 비슷했지만, 그 분야는 완전히 달랐다. 테귤러는 상류층을 상대로 하는 최고급품만을 취급했다. 하지만 그에 반해 커밍스가 취급하는 주된 품목은 검투장용 노예였다.

취급 품목이 다른 만큼, 지금까지 단 한 번도 커밍스는 테귤러를 만난 적이 없었다. 그런데 왜 그가 나를 찾아왔다는 것일까? 하지만 궁리하느라 시간낭비를 하고 있을 여유는 없었다. 오랫동안 기다리게 하기에는 테귤러는 너무나도 거물이었으니까.

"어서 안으로 드시라고…, 아니지. 내가 직접 나가보는 게 좋겠구나."

사람 좋아 보이는 소탈한 미소를 만면에 짓고 있는 중년인. 꽤나 살집이 있음에도 불구하고 미련해 보이지 않는 것은, 그만큼 원판이 잘 생겼기 때문이리라.

"바쁘신데 찾아뵌 것은 아닌지 모르겠소."

"아닙니다. 자자, 자리에 앉으시지요. 이렇게 뵙게 되어 영광입니다, 테귤러 씨."

서로 간에 인사가 오고간 후, 테귤러는 곧바로 용건을 꺼냈다. 그만큼 커밍스가 만만하다는 뜻이리라.

"이번에 구입하신 노예가 있다고 들었소이다. 라이라고 하는……."

"아, 검투장에서 구입한 그 녀석 말씀이시군요."

"예. 그 아이를 저에게 넘겨주실 수는 없으시겠소?"

굉장히 무례한 요구였지만, 커밍스는 감히 따지지 못했다. 그만큼 테귤러는 이곳 시에서 차지하고 있는 영향력이 큰 인물이었기 때문이다.

"검투 노예는 취급하지 않으신다고 알고 있었습니다만."

"물론 검투용 노예는 취급하지 않소. 하지만 호위용 노예는 키우고 있지요. 나는 그 아이를 호위용으로 키워볼까 생각했소."

노예를 호위로 쓰면 유리한 점이 아주 많다. 특히 비밀유지에 있어서 말이다. 그렇기에 호위 노예의 가격은 아주 비싼 편이었다. 그리고 노예의 실력이 높을수록, 그 가격은 기하급수적으로 증가했다.

호위 노예의 가격이 비싼 걸 뻔히 알면서도, 커밍스는 호위용 노예 시장에 감히 뛰어들 엄두도 내지 못하고 있었다. 상류층 인물을 밀착해서 호위해야 하는 만큼 무예도 뛰어나야 했지만, 상류층의 예절 또한 확실하게 몸에 배도록 만들어놔야 했기 때문이다. 커밍스는 무예라면 몰라도, 예절은 자신이 없었던 것이다.

"그 아이는 타고난 검투사입니다. 귀족들 호위나 한다고 처박혀 있기에는 그 재능이 아깝지요. 제 대답은 거절입니다."

방에 들어와서 처음으로 테귤러의 낯빛이 변했다. 어느새 사람 좋은 미소는 사라지고, 탐욕에 가득 찬 얼굴이 드러났다. 테귤러는 심히 불쾌하다는 듯 짜증 어린 어조로 위협했다.

"크흠! 내 청을 거절하는 건 귀하의 신상에 썩 이롭지 않다는 것을 잘 아실 텐데? 40골드 드리겠소. 두 번 권하지는 않겠소. 이번에는 잘 생각해서 대답하는 게 좋을 거요."

30골드 주고 놈을 사왔으니, 40골드에 판다면 10골드는 이익인 셈이었다. 하지만 라이의 가치가 겨우 40골드밖에 안 되는 것이었다면, 테귤러 같은 거물이 직접 달려와서 협박을 하고 있을 리 없지 않은가.

커밍스는 치밀어 오르는 분노에 주먹을 꽉 움켜쥐었다. 하지만 더 이상의 행동은 하지 못했다. 여기서 'NO'를 한다면 한순간의 기분이야 좋을지 몰라도, 얼마 지나지 않아 자신은 폭삭 망하게 될 게 뻔했으니까. 그만큼 이 도시에서 테귤러의 위치는 절대적인 것이었다.

잠시 고민하던 커밍스는 억지로 입을 열었다.

"그, 그 정도라면 고, 공정한 것 같군요. 테귤러 씨."

화가 치밀다 보니 목소리마저 떨린다. 그 떨림을 테귤러도 눈치 챘을 것이다. 씨익 미소 짓는 걸 보면 말이다. 하지만 그에 대해 가타부타 말은 하지 않았다.

"여기 있소. 녀석에 대한 서류 일체를 넘겨받고 싶소."

이미 준비해 왔는지, 그는 품속에서 작은 돈주머니 하나를 꺼내 탁자 위에 툭 하고 던졌다. 그러면서 그는 말을 이었다.

"지금 당장!"

라이를 테귤러에게 넘겨줘 버렸다는 말에 교관은 굉장히 아쉬워했다.

"아니, 소장님. 저놈을 테귤러 같은 악당에게 넘겨주시다니······."

커밍스는 한숨을 푹 내쉬었다. 놓친 고기가 더 크게 느껴지는 법이다. 하지만 놈은 놓친 게 아니라, 잡아놓은 걸 뺏긴 게 아닌가. 커밍스로서는 미칠 지경일 것이다.

"나도 잘 알고 있으니, 더 이상 말하지 말게."

"하, 하지만……."
"됐어. 어쩌면 녀석은 테큘러에게 갈 운명이었는지도……."
여기까지 말하던 커밍스는 갑자기 이마를 탁 치며 외쳤다.
"그렇구나! 바로 그거였어."
"예? 그건 무슨 말씀이십니까? 소장님."
커밍스는 혹시 주위에 엿듣는 자가 없는지 슬쩍 둘러봤다. 있는 거라고는 테큘러를 접대하느라 내왔던 다과(茶果)를 치우고 있는 여자노예뿐이었다. 즉, 아무도 없다는 말과 같은 뜻이다. 노예는 사람이 아니었으니까.
"라이 같은 녀석이 나한테 넘어왔다는 게 너무 이상하다고 생각하지 않나?"
"어쩌다 보면 그럴 수도 있죠."
커밍스는 고개를 가로저으며 부정했다.
"아니야. 그럴 수가 없어. 자네는 모르겠지만 무슨 짓을 해놨는지 녀석에게는 신관의 기억봉인 마법이 전혀 먹혀 들어가지 않았어. 그게 무슨 뜻인지 아나?"
교관은 깜짝 놀랐다. 그는 아직 기억봉인을 실행하지 않은 것으로 알고 있었던 것이다.
"아직 하지 않으신 게 아니라, 마법이 통하지 않았다는 겁니까? 아, 그래서 그때 녀석이 뭔가 이상한 걸 지니고 있는 게 아니냐고 물어보셨던 거군요."
"그래. 정말 수상하기 짝이 없는 놈이지. 그런데 오늘, 녀석을 테큘러에게 강탈당하고서야 깨달았어. 녀석은 테큘러를 목표로 어딘가에서 키워진 놈이라는 것을 말이야."
"암살자…, 라는 말씀이십니까?"
"그럴 가능성이 절대적이지."
"어쨌건 소장님의 원수는 그 녀석이 갚아주겠군요."
"그래, 그 망할 테귤러 놈만 사라져 준다면 이 도시도 좀 더 살 만해질 텐데 말이야."
라이를 테귤러에게 뺏긴 커밍스는 불타는 복수심에 이빨을 뿌드득 갈았다. 하지만 그로서는 더 이상의 행동은 할 수 없었다.

테귤러가 상류층에 납품하기 위해 키우는 호위용 노예의 절대 다수는 늘씬한 미녀들이었다. 미녀들은 무예의 수준이 그리 높지 않아도 서로 데려가려고 야단이었으니까. 최소한의 노력을 투자하여 최대의 이윤을 창출하는 데는 여자 노예만 한 게 없었던 것이다.
물론 그렇다고 해서 그가 남자 노예를 취급하지 않는 것은 아니었다. 이번 경우처럼 재능이 뛰어난 놈일 경우에는 중간매매만 해도 충분한 이익을 보장받을 수 있었다. 그가 중간매매만으로 만족할 수밖에 없었던 것은 그 정도 인재를 제대로 키울 만한 검법도, 또 교관도 보유하지 못하고 있었던 탓이다.
커밍스의 집무실이 소박함의 극치를 보여줬다면, 테귤러의 집무실은 호화스러움의 극치를 보여주고 있었다. 바닥은 물론이고 벽면, 천장까지도 아름다운 대리석으로 덮여 있었다. 그리고 차가운 돌의 느낌을 완화해 주는 아름다운 그림과 조각상들,

가구들도 모두 다 최고급품들뿐이다.

테큘러를 시중들기 위해 문가에 서서 대기하고 있는 여자노예들. 몸매도 늘씬할뿐더러, 두 명 다 보기 드문 미모를 지니고 있었다. 더군다나 거의 반나체에 가까울 정도로 간소한 옷차림만을 하고 있다. 테큘러를 찾아온 손님들 중에서는 여자노예를 보고 한눈에 홀딱 빠져가지고는 즉석에서 거금을 지불하고 사간 사람까지 있었을 정도다.

하지만 테큘러의 사무실에 들어선 무술교관은 그녀들에게는 눈길조차 주지 않았다. 그녀들은 팔기 위해 전시해 둔 상품들로서, 모두 다 순결한 처녀들이었다. 멋모르고 찝쩍거렸던 놈들치고 단 한 명도 살아남은 놈은 없었다. 그들의 처리에 직접 관여까지 했던 무술교관이 그걸 모를 리가 없었다.

"타고난 전사의 기질이 엿보이는 놈이라고 하던데, 자네가 데리고 있어 보니 과연 그렇던가?"

테큘러의 물음에 무술교관은 신중한 어조로 대답했다.

"뭔가 좀 수상쩍은 부분이 있습니다, 소장님."

"수상쩍은 부분?"

테큘러의 무술교관은 과거 용병으로 꽤나 이름을 떨쳤던 인물이다. 고급검술을 익히지 못했다는 한계로 인해 그래듀에이트에 이르지는 못했지만, 그 실력에 있어서 그리 뒤처지는 인물은 아니라는 말이다. 그런 인물이 커밍스가 알아낸 사실을 모르고 지나칠 리가 없었다.

"흐음…, 이미 검술을 익혔다는 말이지? 그것도 꽤나 깊은 수

준까지."

"예. 제 느낌으로는 틀림없습니다. 녀석은 일부러 자신의 실력을 숨기고 있습니다."

잠시 궁리하던 테귤러. 그는 신음성을 터뜨리며 중얼거렸다.

"크흠…, 암살자라는 말이로군."

"십중팔구는 그렇습니다."

"어떤 놈이 보냈을까?"

"커밍스란 놈일 게 뻔하지 않습니까. 명령만 내려 주십시오. 그놈을 당장……."

이 시대 대부분의 세력가들이 그러하듯, 테귤러 또한 사병(私兵)들을 키우고 있었다. 물론 대놓고 도심지 내에서 무장한 병력을 대량으로 키우는 것은 곤란했기에, 용병대라는 형식을 빌리고 있었지만 말이다.

테귤러는 손을 슬쩍 들어 교관의 말을 막았다.

"경거망동할 사안은 아닐세. 그렇게 대놓고 암살자를 넣는 경우가 있던가? 더군다나 커밍스에게서 놈을 내가 뺏어왔지 않나. 아마, 뛰어난 인재라면 내가 곧장 달려들 줄 알고, 어떤 놈인가가 함정을 판 것일 게야."

자신이 하고 있는 노예사업의 폭은 대단히 넓었고, 원수진 놈들 또한 그만큼이나 많았다. 도대체 어떤 놈이 암살자를 보낸 것인지 짐작도 되지 않을 정도다. 하지만 테귤러의 입가에는 여유 있는 미소가 피어올랐다.

"크크, 겨우 암살자 따위로 나를 죽일 수 있을 거라고 생각했다니…, 가소로운 것들."
"녀석을 어떻게 처리하는 게 좋겠습니까?"
"당연히 죽…….."
여기까지 말하던 테귤러는 급히 말을 바꿨다.
"아니, 그것보다 더 좋은 게 있군."
테귤러가 사용하려는 방법은, 우연히도 커밍스가 쓴 방법과 똑같았다. 물론 거기에 초대된 신관의 질은 테귤러 쪽이 한 등급 높았다. 그는 대신관을 끌어들였던 것이다. 물론 종파는 달랐지만…….

"허어, 그것 참 이상하군요. 이럴 리가 없는데…….."
기억봉인 마법을 두 번씩이나 썼음에도 불구하고 먹혀 들어가지 않자, 대신관은 라이가 뭔가 신성마법을 막는 특별한 마법도구를 지니고 있을 가능성이 크다고 주장했다.
의심 많은 테귤러는 그 자리에서 라이의 옷을 남김없이 벗겨 버리는 짓까지 서슴지 않았다. 하지만 찾아낸 것은 하나도 없었다. 정말이지 귀신이 곡을 할 노릇이었다.
"아무것도 없는데요, 대신관님."
테귤러의 말에 대신관은 난감하다는 듯 중얼거렸다.
"허어, 그것 참……."
이때, 옆에서 그런 모습을 지켜보고 있던 교관이 끼어들었다.
"혹시 몸속에 숨긴 게 아닐까요?"
"참, 그러고 보니 그럴 수도 있겠네. 몸속에 그런 걸 집어넣고

꿰매 버리면 감쪽같을 테니까."
 교관은 라이의 몸을 샅샅이 훑어봤다. 하지만 아무리 꼼꼼히 살펴봐도 그 어느 곳에서도 꿰맨 흔적 따위는 찾아낼 수 없었다. 그러자 이번에는 손으로 직접 몸을 더듬기 시작했지만 그것도 실패였다. 몸 전체를 이 잡듯 주물렀는데도 불구하고, 그 어떤 이물감도 느껴지지 않았던 것이다.
 "아무런 흔적도 없는데요, 대신관님."
 대신관으로서는 난감할 수밖에 없었다. 자신의 실력이 떨어져 제대로 마법을 발휘하지 못한 것으로 비쳐질 수 있었기 때문이다.
 잠시 상념에 잠겨 있던 대신관은 곧 한 가지 방법을 생각해 냈다.
 "잠깐 비켜보시구려. 다른 마법을 써보게."
 대신관은 기억봉인이 아니라, 다른 마법을 써봤다.
 "불의 힘으로 세상을 정화해 주소서. 화이어!"
 대신관의 주문이 끝나자마자 허공에 시뻘건 불덩어리 하나가 둥실 떠오르더니 라이에게로 달려들었다. 난데없는 불벼락에 라이는 기절초풍하지 않을 수 없었다.
 "으아아악!"
 순식간에 라이의 온몸에 불길이 옮겨붙었다. 그 모습을 본 대신관은 난처하지 않을 수 없었다. 자신은 지금까지 라이가 뭔가 마법도구를 사용하여 자신의 마법을 막았다고 주장했었는데, 라이의 살이 노릇하게 익어버렸으니 무안하지 않을 수 없었던 것이다.

"마, 마법이 통하는군요."

대신관은 급히 치료마법을 시전하여 라이의 상처를 회복시켜 주었다.

그리고는 대신관은 황급히 둘러댔다.

"아마 특이체질인 모양입니다. 보십시오. 다른 마법은 몽땅 다 먹혀 들어가지 않습니까?"

테굴러는 뚱한 표정으로 대꾸했다.

"대신관님의 의견을 무시하는 것은 아닙니다만, 특이체질만으로 이 현상을 설명하기에는 조금 억지가 있는 듯 싶습니다만……."

난감한 표정으로 입술을 곱씹던 대신관은 뭔가 생각났다는 듯 급히 말했다.

"그러고 보니 다른 신의 가호를 받고 있을 수도 있겠군요. 저 아이를 총애한 어떤 신이, 자신을 떠받드는 저 아이의 이성이 사라지는 것을 막아주는 것이겠지요."

암살자로 들어왔을 가능성이 큰 놈이 신의 가호를 받는다는 것은 말도 안 되는 소리였다. 하지만 대신관에게 대놓고 그렇게 따질 수는 없었다.

"고위 신관도 아닌데, 신의 가호를 받는 일이 있을 수 있습니까? 저 아이는 신관도 아니고, 한낱 노예일 뿐인데 말입니다."

"글쎄요. 이래서 어찌 한낱 인간이 깊고 깊은 신의 뜻을 알 수 있겠느냐 하는 말이 나온 것이 아닐런지요."

이러쿵 저러쿵 하면서 시간을 보내다가 돌아갔지만, 대신관이 와서 해준 일이라고는 하나도 없었다. 아니, 한 가지는 있었다. 녀석의 기억을 봉인시킬 수 없다는 것을 알려준 것 말이다.

"끄응, 저놈을 어떻게 하지?"

"그냥 죽여버리는 게 좋지 않겠습니까? 그편이 뒤끝도 깨끗하고 말입니다."

교관의 말에 테귤러는 머리를 긁적거리더니 대꾸했다.

"뒤끝이야 그쪽이 깨끗하겠지만, 나는 생돈 40골드를 날리게 된다는 게 문제지."

"고문을 해볼까요?"

"고문을 한다 해서 놈이 실토할까?"

말은 그렇게 했지만, 고문도 안 하고 그냥 넘어가 버릴 정도로 어수룩했다면 테귤러는 지금의 이 엄청난 부를 이룩하지 못했을 것이다. 교활한 두뇌와 재빠른 행동력! 그게 오늘의 그를 있게 해준 원동력이었으니까.

"녀석을 다시 이리로 데려와."

"옛, 소장님."

테귤러의 호출을 받은 라이는 그가 거주하는 집의 호화로움에 벌어진 입을 다물지 못했다. 대신관에게 기억봉인 마법을 받기 위해 처음에 불려왔을 때는, 워낙 긴장했던 탓에 눈에 들어오지 않았던 것이다. 하지만 이제는 어느 정도 마음의 안정을 되찾은 상태였다. 빠르게 현 상황에 적응하는 것, 어쩌면 라이가 가지고 있는 가장 큰 장점 중 하나가 그것일지도 몰랐다.

"이쪽으로 와."

자신을 안내하는 여자노예. 거의 벌거벗은 거나 다름없는 옷차림을 하고 있기에 뒤따라가는 게 곤욕스러울 지경이었다. 엉덩이가 적나라하게 드러나 있다 보니, 눈을 어디다가 둬야 할지 난감했다.

"여기야. 잠깐만 기다려."

여자노예는 문을 두드린 후 말했다.

"주인님, 라이를 데리고 왔습니다."

"들어오라고 해라."

"예."

문을 살짝 열어주며 여자노예는 말했다.

"들어가 봐."

라이가 그녀의 젖가슴 앞을 살짝 스치며 들어가는 그 순간, 여자노예는 짓궂은 어조로 라이의 귀에 대고 속삭였다.

"내 엉덩이 예뻤어?"

라이의 얼굴은 속마음을 들킨 것 같아 시뻘겋게 달아올랐다. 이렇게까지 얼굴이 화끈거린 것은 난생 처음이었다. 저 앞에 주인이 앉아 있는 만큼, 급히 마음을 진정시키려고 노력했지만 아무 소용이 없었다.

'이런 빌어먹을! 난 죽었다.'

테굴러의 집에 있는 여자노예는 크게 두 종류로 나눌 수 있었다. 그가 쓰기 위해 놔두고 있는 노예와 판매용 노예다. 사용하기 위해 놔둔 노예의 경우, 테굴러가 특별히 허락을 내려 하룻

밤을 즐기는 경우도 있었다. 하지만 허락도 받지 않고 그녀들을 건드렸다가는 경을 치게 된다.

그녀들도 그러한데, 판매용은 더 말할 나위도 없다. 어떻게 잘 숨겼다고 해도, 판매가 되고 난 다음에는 반드시 들통이 나게 마련이다. 처녀라고 해서 프리미엄을 듬뿍 지불하고 구입해 간 고객이, 그녀가 처녀가 아니라는 것을 확인하는 순간 가만히 있을 리 없기 때문이다.

여자노예를 건드렸다가 실종된 남자들에 대한 얘기를 이미 수없이 들었던 라이였기에, 인상을 왈칵 찌푸렸다. 자신이 여자노예에게 수작을 걸었다고 주인이 오해라도 하면, 내일 떠오르는 해를 다시는 못 볼 수도 있었기 때문이다. 삶에 대한 집착이 유독 강했던 라이였기에, 이런 사소한 것조차 쉽사리 넘어갈 수 없었던 것이다.

'이런 젠장, 미치겠네.'

시뻘건 얼굴로 다가오는 라이를 보며 테귤러가 고개를 갸웃하는 순간, 라이는 푹 꿇어앉으며 애걸했다. 살아남기 위해서는 어쩔 수가 없었다.

"저, 저는 절대로 흑심을 품지 않았습니다. 믿어 주십시오, 주인님."

순간 테귤러는 씁쓸한 미소를 지었다. 라이를 이리로 데리고 온 여자노예가 장난을 쳤다는 것을 눈치 챘기 때문이다.

"나도 잘 안다. 그 아이가 너를 보고 장난을 쳤다는 것을 말이야. 자, 이쪽으로 앉거라. 오늘 참 여러 가지로 일이 많았지? 대신관께서 너를 괴롭힌 거라고 착각하면 곤란하기에 불렀단다. 자, 마음껏 들도록 해라. 배고프지 않느냐?"

테귤러가 손으로 가리키는 탁자 위에는 먹음직스런 음식들이 잔뜩 놓여 있었다. 고기 종류만 해도 4종류나 되는 데다, 각종 과일들, 향기로운 빵, 그리고 바삭한 과자들까지……

영양적인 균형은 잘 갖춰져 있었지만, 맛하고는 무관한 음식들만 먹어왔던 라이였다. 저 음식들 안에 독약이 들어 있으면 어떠하랴. 그로서는 도저히 향기로운 음식의 유혹을 뿌리칠 수가 없었다.

정신없이 식탁 위에 놓인 음식들을 먹고 있는 라이를 음흉한 눈빛으로 힐끗 바라보는 테귤러. 그는 라이의 잔에 포도주를 듬뿍 따라주며 말했다.

"너무 급하게 먹으면 체하지. 자, 목도 축여가며 천천히 들도록 해라."

"예, 감사합니다, 주인님."

"대신관께서 너에게 행한 것은 너의 육체적 능력을 좀 더 활성화시키기 위한 비법이었다."

"그, 그렇습니까?"

"누가 뭐래도 너는 요 근래 입수한 노예들 중에서 눈에 띌 정도로 뛰어난 인재니까 말이야. 그건, 그렇고…, 너같이 뛰어난 인재가 어떻게 노예가 된 거지? 노예문서를 보면, 말을 훔치다가 체포되었다고 되어 있던데 말이야."

이웃집 아저씨처럼 푸근한 테귤러의 인상이 빛을 바라는 순간이었다. 더군다나 불쌍해서 못 견디겠다는 듯한 저 눈빛. 이미 포도주까지 한잔 들이킨 후라, 언제나 신중했던 라이조차 홀딱 넘어가고 말았다.

"저는 절대로 도둑질 같은 건 하지 않았습니다. 그러니까, 그게 어떻게 된 일인가 하면……."

라이는 집을 떠난 후에 일어났던 일들에 대해서 몽땅 다 얘기했다. 오크에게 잡혀 1년 동안 개고생을 했던 것부터 시작해서, 납치되어 여기까지 팔려온 모든 과정들을 말이다.

"저런, 어린 나이에 그런 고생을 했다니. 참으로 안됐구나."

"그렇게 말씀해 주시니 정말 감사합니다. 제발 저를 풀어주십시오."

"글쎄. 그 부분에 대해서는 지금 바로 말해주기가 곤란하구나. 나로서도 너를 구입해 오는 데 막대한 돈을 지불한 상태라서 말이지."

이런저런 얘기를 나눈 후, 테귤러는 라이를 숙소로 돌려보냈다.

그러자 지금껏 옆방에서 엿듣고 있던 무술교관은 라이가 돌아가자마자 테귤러의 방으로 들어왔다.

"녀석의 말을 믿으십니까?"

방금까지 짓고 있던 인자한 미소는 어느새 사라지고 없었다. 테귤러는 싸늘하게 대꾸했다.

"전혀."

"그렇다면 고문을 하시지 않고, 왜 그냥 돌려보내셨습니까?"

"녀석의 눈을 봤지. 자네는 옆방에 있었기에 녀석의 눈을 보지 못했겠지만, 나는 놈의 표정을 주의 깊게 살펴봤다네. 녀석은 자신이 한 말을 진실이라고 믿고 있는 것 같았어."

"그런 연극은 누구라도 할 수 있지 않습니까?"

그 말에 테귤러는 고개를 가로저으며 말했다.

"아니야. 자네는 이상하지 않나? 녀석에게 정신계 마법이 통하지 않는다는 것을 말이야. 녀석의 정신은 이미 누군가가 손을 본 게 틀림없어. 그러면서 다른 사람이 정신계 마법을 쓰지 못하도록 아예 막아버린 것이겠지. 그랬기에 대신관조차도 어쩔 수 없었고 말이야."

말을 듣던 무술교관은 감탄사를 내뱉었다.

"역시 소장님이십니다. 겨우 그런 단편적인 사실들만을 가지고 진실을 꿰뚫으시다니. 그렇다면 녀석에게는 고문을 해봤자, 전혀 먹혀 들어가지 않겠군요."

"대신관조차도 두 손을 들 정도로 철저히 정신을 통제해 놓았으니 그럴 가능성이 크겠지."

"그러면 어떻게 하시는 게 좋겠습니까?"

"녀석의 노예문서를 보면 의심스러운 부분이 너무 많아. 적혀 있는 것이라고는 노예가 된 후의 것들이지, 그 전의 기록들은 거의 공란으로 되어 있거든. 아무래도 내가 알지 못하는 거대 단체에서 뭔가를 획책하려다 일이 잘못되어 이곳까지 흘러들어 온 게 아닌가 하는 생각이 들어."

테귤러가 계속 암살자에 초점을 맞추고 있는 건, 워낙에 그런 일이 비일비재했기 때문이다. 테귤러 또한 그점을 이용하여 미녀 호위노예를 비싼 가격에 팔아먹고 있는 것이고 말이다.

"그렇다면 저희들이 데리고 있기에는 너무 위험하지 않을까요? 자칫 엉뚱한 일에 휘말릴 수도 있으니 말입니다."

"물론이지. 이럴 때는 좋은 방법이 있어. 최대한 놈을 빨리 팔아버리는 거야. 물론 적당한 가격을 받고."

테귤러는 라이에 대한 처리를 이미 결정을 내렸는지, 문가에서 조용히 고개를 숙인 채 대기하고 있던 여자노예에게 지시를 내렸다.

"가서 말리스 선생을 모셔오너라."

"예, 주인님."

테귤러는 자신이 고용하고 있는 수련마법사(Mage : 3~4 사이클급 마법을 익힌 마법사)인 말리스에게 부탁했다.

"붉은 전갈(Red Scorpion) 용병단에 통신을 연결해 주게."

"예."

용병단에는 외부인이 접촉할 수 있는 공개된 통신채널이 한 개쯤은 있다. 고객들의 의뢰를 수월하게 접수받기 위해서라도 말이다. 붉은 전갈 용병단과의 마법통신이 개통되자, 테귤러는 상대편 마법사에게 전했다.

"저는 마인 테귤러라고 하는 사람입니다. 귀 용병단 단장님과의 통신을 원하는데, 전해주실 수 있으시겠습니까?"

"잠시만 기다리십시오."

그 말과 동시에 수정구는 시커먼 색으로 변해버렸다. 상대편 마법사가 화상 전송을 의도적으로 막아버린 것이다. 꽤나 오랜 시간 동안 먹통이던 수정구가 다시 훤하게 밝아졌다. 수정구 안에는 새로운 인물의 영상이 나타나 있었다. 강직한 모습의 건장한 사내였다.

"안녕하셨습니까, 단장님."

"그래, 이번에는 무슨 일인가?"

"예. 이번에 꽤 괜찮은 아이가 하나 들어와서 말입니다. 혹시 구입하실 의향이 있으신가 해서 연락을 드렸습니다."

단장은 차갑게 대꾸했다.

"계집 노예라면 더 이상 들을 필요도 없네."

"제가 팔려고 하는 아이는 사내아입니다. 이제 갓 16세로서, 타고난 무재(武才)라고 하더군요. 귀족 집안에 호위노예로 빈둥거리며 살다가 죽게 하기에는 너무 아까운 아이라서 단장님께 먼저 소개시켜 드리는 겁니다."

"흐음……."

좋은 물건을 탈취하는 데 있어서는 물불을 가리지 않는 악당이었지만, 물건을 파는 데 있어서는 꽤나 신뢰도가 높은 인물로 평가받고 있는 게 테귤러였다. 판매처는 왕국의 상류층이다. 따라서 속이는 것보다는 제대로 된 가격에 넘겨 신용을 쌓는 편이 장기적인 안목에서 훨씬 이득이었기 때문에 그렇게 해온 것이다. 등치는 것은 하층민만으로도 충분했으니까.

"싫으시다면 어쩔 수 없지요. 다른 사람을 알아보는 수밖에……."

"잠깐. 가격은 어떻게 되나?"

"150골드입니다."

150골드라면 엄청난 거액이었다. 아주 뛰어난 용병을 1년 동안 고용할 수 있는 금액이었고, 기가 막힌 미모를 지닌 묘인족 1마리를 구입할 수 있는 금액이기도 했다.

"녀석의 실력이 그렇게 좋나?"

"제가 보증하겠습니다. 2~3년 정도면 충분히 본전은 뽑으실 수 있을 겁니다. 더군다나 나이까지 어린 만큼, 제대로 된 검술을 가르친다면 한 단계 업그레이드까지 시키실 수 있지 않겠습니까?"

하지만 단장은 호락호락하지 않았다.

"흐음…, 꽤 구미가 당기는 건 사실이군. 하지만 그런 인재를 나한테 건네려고 하는 이유는?"

"단장님도 아시다시피, 저로서는 그 아이에게 제대로 된 검술을 가르칠 능력이 없으니까요. 그 아이의 미래를 두고, 오랜 시간 고심해 본 후 내린 결단입니다. 이렇게 썩혀버리기에는 너무 아까운 아이거든요."

단장은 잠시 고민하더니 눈늑 입을 열었다.

"그쪽으로 내 대리인을 보내겠네."

"잘 생각하셨습니다."

그 말을 끝으로 수정구는 시커멓게 변해버렸다. 저쪽에서 통신을 끊어버린 것이다.

* * *

대신관이 라이의 기억을 봉인한답시고 그의 정신세계를 뒤흔들어 버린 바로 그날 밤. 라이는 난생 처음 보는 이국적인 분위기의 여인을 꿈속에서 만났다. 햇볕에 살짝 그을린 것 같은 피부, 검은 머리, 검은 눈동자, 그리고 붉은 입술. 가장 특이했던 점은 지금껏 단 한 번도 본 적이 없는 이상한 옷차림이었다.

 몸에 쫙 달라붙게 재단한 얇은 천으로 제작된 옷이었는데, 그녀의 가녀린 몸매와 참으로 잘 어울렸다. 잘은 모르겠지만, 지금껏 자신이 만나본 여자들 중에서도 그녀가 가장 아름답지 않을까 하는 생각이 들었다.

 화려한 미모에서는 테귤러의 집에서 본 여자노예들에 비해 떨어졌지만 그녀에게서는 상큼한 뭔가가 있었다. 여자를 거의 겪어보지 않은 그였기에 뭐라고 표현하기는 힘들었지만, 매력적인 뭔가가…….

 어쨌건 그 여인은 누군가와 대화를 나누고 있었다. 모습은 보이지 않았지만, 대화 상대는 사내인 모양이다. 사내의 목소리가 간간이 들려오는 것을 보면. 하지만 그들이 무슨 대화를 나누고 있는지는 알아들을 수가 없었다. 생전 처음 들어보는 이국의 언어.

 곧이어 여인은 흙바닥에 특이한 자세로 주저앉았다. 다리를 이상하게 꼬고 앉은 것이다. 그리고는 지그시 눈을 감았다. 그런데 특이한 것은 그녀의 겉모습뿐이 아니라, 그녀의 몸속에서 일어나고 있는 일까지도 또렷하게 느껴진다는 점이었다.

 뭔가 이상한 기운이 그녀의 아랫배 근처에서 서서히 형성되기 시작했다. 그 기운은 처음에는 미약했지만, 곧 엄청난 속도로 커지기 시작했다. 처음에는 한곳에서만 그 세력을 키워나간 기운은, 그 규모가 일정 수준 이상으로 증가하자 서서히 움직이기 시작했다. 아주 천천히 그녀의 몸속을 한 바퀴 돌면서 움직이는 기운.

한 번으로 그치지 않았다. 몸 전체를 돌아 원위치로 돌아온 기운은, 쉬지 않고 다시금 밖으로 움직였다. 그런데 이상한 것은 기운이 여인의 몸속을 한 바퀴 돌 때마다, 조금씩 덩어리가 불어난다는 점이었다. 그리고 그 속도도 점점 더 빨라지기 시작했다.

기운의 덩어리가 여인의 몸속을 한참 동안 회전했을 때, 갑자기 그녀의 머리 위에 마치 안개 같기도 하고, 구름 같기도 한 괴이한 덩어리가 조금씩 생겨나오기 시작했다. 처음에는 고통스러워하는 듯 하던 여인도 그 기운이 정수리 위쪽에 모습을 드러내기 시작한 이후로는 눈에 띄게 평온을 되찾았다. 그리고 시간이 지날수록 괴이한 덩어리는 점점 더 커졌고, 또 좀 더 색이 짙어졌다.

꽤나 오랜 시간 그 자세를 유지하던 여인은, 머리 위에 응축되어 있던 안개 같은 것을 코로 쑥 빨아들이더니 번쩍 눈을 떴다.

그리고 갑자기 장면이 바뀌었다. 그녀는 검을 들고 검술 수련을 하고 있었다. 촌장네 기사들도 검형(劍形)을 연습하는 경우가 왕왕 있었기에, 그런 모습을 보는 게 새삼스러울 것도 없었다. 하지만 그녀의 모습은 기사들의 검술 수련과는 완전히 달랐다. 기사들의 수련은 땀방울이 먼저 떠오른다. 그 자신도 아버지로부터 검형을 배워 익혔기에 몸에 배게 수련을 하려면 얼마나 많은 땀방울을 흘려야 하는지 익히 알고 있었다.

하지만 그녀의 검술 수련은 고된 땀방울과는 거리가 멀었다. 마치 무희가 검무를 추듯, 그 동작이 부드럽고 우아하기만 했다. 더군다나 이국적인 느낌의 얇은 천으로 된 옷은 검을 휘두를 때마다 몸에 착착 감기고 있었기에, 그녀의 늘씬한 몸매가 더욱 적나라하게 드러나, 보고 있는 그의 눈을 황홀하게 해주고 있었다.

만약 그것만으로 끝났다면 라이는 그녀가 검을 수련하는 것이 아닌, 그저 춤을 추고 있었다고 생각했을 것이다. 라이는 어느 순간부터 그녀의 검무가 뭔가 이상하다는 것을 깨달았다. 그녀의 검에서 붉은 빛이 흘러나오고 있었던 것이다. 노을과 같은 그런 붉디 붉은 색깔의 빛이. 그리고 한순간 그녀가 곧게 뻗은 검끝에서 뿜어져 나온 그 붉은 빛이.

꽈꽈꽈꽝!

그 빛에 부딪치는 것은 모든 게 다 터져나가 버렸다. 흙도, 돌도, 나무도……. 말도 안 되는 그 모습을 입을 쩍 벌리고 바라보고 있던 라이는 고개를 설레설레 흔들었다. 그리고 그제서야 깨달았다. 지금 자신이 보고 있는 것이 바로 개꿈이라는 것을.

'그래, 맞아. 꿈이야. 꿈이 아니라면 어떻게 사람이 검을 들고 저런 짓을 할 수 있겠어?'

그렇게 중얼거리면서도 라이는 그녀의 아름다운 검무에서 눈을 떼지 못했다. 검무는 계속 반복되고 있었다. 한 번, 두 번, 세 번…….
 그때 갑자기 머리에서 딱 하는 소리와 함께, 엄청난 통증이 느껴졌다.
 "크윽!"
 어디선가 들려오는 끔찍한 사내의 목소리. 요 근래 자신의 단잠을 깨우고 있는 선배 노예의 목소리였다.
 "이 자식이 일어나라니까, 잠꼬대는. 빨리 안 일어나?"
 라이는 멍한 표정으로 중얼거렸다.
 "예? 예."
 "날이 밝았는데도 속 편하게 잘도 자는군. 빨리 씻어라. 곧 아침수련이 시작되니까."
 "예, 아이고 머리야."
 지금까지 이런 적은 단 한 번도 없었다. 누군가가 자신의 몸에 손을 대기만 해도 벌떡 일어났었으니까. 그만큼 라이가 긴장하고 있다는 뜻이었다. 그런데 오늘은 미적거리다가 머리통을 맞기까지 했다. 집 떠난 이후로 이렇게 푹 잔 적은 단 한 번도 없었는데……. 너무 깊게 잠든 탓인가? 뭔가 몽롱한 기분마저 들었다.
 "그러고 보니, 대신관이 내 몸의 육체적 능력을 활성화시켰다고 했지? 그것 때문에 이렇게 깊은 잠이 든 건가? 아차차. 이러고 있을 틈이 없지. 빨리 씻으러 가야지."

호색한 주인

29

희망이라는 이름

그로부터 일주일 정도가 지났을 즈음, 라이는 테귤러의 부름을 받고 그의 집무실로 달려갔다. 집무실에는 콧수염을 멋지게 기른 손님 한 명이 테귤러와 대화를 나누고 있었다. 사내가 입고 있는 옷은 아주 고급이었고, 떡 벌어진 어깨를 지닌 그의 몸에 아주 잘 어울렸다.

하지만 그런 점잖은 모습과는 달리 테귤러와 대화를 나누는 도중에도 연신 문 앞쪽에 서 있는 여자노예를 훔쳐보는 것이, 여자를 꽤나 밝히는 게 분명했다.

"주인님의 부르심을 받고 왔습니다."

"이리로 오너라."

테귤러는 낯선 사내에게 라이를 소개했다.

"이 아이라네."

사내는 라이를 붙잡고 몸 여기저기를 더듬었다. 아니, 정확히 말하면 주물렀다. 종아리는 물론이고, 허벅지까지도……. 누가 보면 변태라고 오해할 만한 장면이었지만, 알고 보면 그게 아니었다. 노예의 몸 상태를 확인하려는 것뿐이었으니까.

지금껏 이리저리 팔려 다녔던 라이다. 강제로 입을 벌리게 하

호색한 주인 241

여 치아 상태를 확인하는 것은 물론이고, 완전한 알몸 상태로 신체검사를 당한 적도 있었다. 그런 것에 비하면 이 정도면 거의 애교 수준이라고 봐도 무방하다.

"겉모습과는 달리 오크 소굴에 1년씩이나 잡혀 있었던 것 치고는, 그리 상태가 나쁘지 않군요."

그 말이 마음에 드는지 테귤러는 한껏 미소를 지으며 입을 열었다.

"물론이지. 나는 지금껏 신용 하나만을 지키며 장사를 해왔다네. 나 말고 누가 이렇게 시시콜콜한 정보까지 다 가르쳐 주며 노예를 판매하던가. 더군다나 내 말은 한 치의 거짓도 없는 진실이라네. 만약, 내가 알려준 노예의 정보에 단 한 치의 거짓이라도 있다면, 판매 금액의 2배를 배상해 주지. 지금껏 그렇게 해왔으니 말이야. 그건 자네의 상관께서도 잘 아실 게야."

"테귤러 씨의 말씀을 의심하는 것은 아닙니다. 다만, 상태가 생각보다 더 좋다는 거지요. 그건 그렇고 방금 전에 이 아이의 서류를 보니 꽤나 기본기가 충실하다고 적혀 있던데, 제가 직접 확인해 봐도 괜찮겠습니까?"

"좋을 대로 하게. 라이, 너는 빨리 나가서 대련 준비를 갖춘 뒤 기다리거라."

"옛."

라이가 명령에 따라 밖으로 나가려고 할 때, 테귤러가 갑자기 여자 노예 쪽으로 시선을 돌리며 엄한 어조로 질책했다.

"어허, 미사야! 손님의 잔이 비었지 않느냐."

질책 당한 미사라 불린 여자 노예는 황홀할 정도의 미소를 지으며 얼른 고개를 숙였다.

"죄송합니다, 나으리. 천녀(賤女)가 미처 확인하지 못하여……."

"핫핫, 괜찮습니다. 뭘 그런 걸 가지고……."

미사는 얼른 얼음에 재워놨던 술병을 꺼내 사내에게로 다가갔다. 술을 따르기 위해 그녀가 몸을 숙인 순간, 깊게 파인 옷 사이로 탐스런 젖가슴이 적나라하게 드러났다. 일순 사내의 눈이 화등잔만 하게 커졌다. 그의 숨결이 점차 거칠어지는 게 문 근처에 서 있던 라이에게까지 느껴질 정도였다.

아직 밖으로 나가지 못했던 라이는 미사가 사내에게 하고 있는 짓을 다 훔쳐볼 수 있었다. 이미 저 미사라는 계집의 장난질에 혼줄이 났었던 라이였다.

'못된 년, 사람을 가지고 놀고 있어.'

"나으리, 나갈 때 나가시더라도, 목이라도 시원하게 축이고 나가시지요. 밖은 너무 덥습니다."

술을 따른 미사는 은근슬쩍 사내의 옆자리에 자리를 잡고 앉았다. 그리고 애교 어린 콧소리를 내며 온몸을 완전히 밀착한 뒤 비벼대기 시작했다. 미사가 하고 있는 꼴을 훔쳐보던 라이의 시선에, 사내의 앞자리에 앉아 있는 테귤러가 잡혔다. 테귤러는 음흉한 웃음을 지으며 라이를 향해 손짓을 휘휘 내저었다. 빨리 밖으로 꺼지라는 뜻이다.

재빨리 밖으로 뛰어나온 라이는 저택을 나오자마자 훈련장을 향해 꽁지가 빠지게 달려갔다. 대련하기 위한 무기를 가지러 가기 위해서다. 교관에게 사정을 말하고 목검 2자루와 방패 2개를 빌린 라이는 저택으로 돌아올 때도 미친 듯 달려왔다.

'헉헉, 이미 손님이 밖으로 나와 있으면 어쩌지?'

이곳에 처음 왔을 때, 라이는 테큘러가 정말 좋은 사람인 줄 알았다. 하지만 며칠 지내는 동안 다른 노예들에게 들어보니, 전혀 그런 사람이 아니었다. 겉모습과 달리 그의 내심은 음흉한 데다가 잔인하기 짝이 없다는 것이었다. 그의 손에 맞아 죽은 노예가 한둘이 아니라는 말에 라이는 정신이 번쩍 들지 않을 수 없었다.

그런데 자신의 움직임이 늦어 만약 손님을 기다리게 한다면 테큘러가 가만히 있을까? 나중에 경을 치게 될 게 뻔했다.

헐레벌떡 달려 저택에 도착해 보니, 다행히도 손님은 아직 나오지 않은 상태였다. 미사 년이 손님을 제대로 붙잡고 있는 모양이다. 순간, 미사에게 고맙다는 생각이 뭉클 일어나는 라이였다.

"다음에 만나면 고맙다고, 말이라도 해줘야지."

하지만 라이의 그런 마음은 시간이 지날수록 짜증으로 바뀌기 시작했다. 아무리 기다려도 손님이 밖으로 나오지 않았던 것이다. 라이의 살갗이 뜨거운 햇빛에 벌겋게 익을 지경이 되었을 때쯤, 사내가 미사의 부축을 받으며 밖으로 나오는 게 보였다. 그의 발걸음은 휘청거리고 있었다.

'도대체 술을 얼마나 처먹인 거야?'

사내는 테큘러에게 가볍게 고개를 숙여 인사를 한 후, 라이가 있는 곳으로 걸어왔다.

"끄윽! 너는 지금 여기서 뭘 하고 있는 거야? 떠날 준비는 다 된 거냐?"

대련을 한다더니, 떠날 준비 운운하는 것을 보면 이미 거래가 성사된 모양이다. 즉, 라이가 밖에서 뜨거운 햇빛을 애써 참으며 기다린 것이 말짱 헛수고였다는 말이다. 짜증이 불끈 치솟았지만, 그걸 밖으로 드러낼 수는 없었다. 라이는 공손하게 새로운 주인에게 대답했다.

"준비는 이미 끝났습니다, 주인님."

사실 준비를 하고 자시고 할 것도 없었다. 노예인 라이에게 짐이라고는 자신의 몸뚱이 하나밖에 없었으니까.

'호오, 제법인데?' 하는 듯한 눈으로 잠시 라이를 바라보던 사내는 고개를 테귤러 쪽으로 돌렸다.

"별로 마신 것도 아닌데, 꽤 취기가 오르는군요. 제가 오늘 실례를 저지른 게 아닌지 모르겠습니다."

"실례라니, 그 무슨 당치도 않은 말인가. 하룻밤 묵어간다면 좋으련만, 뭐가 그렇게 급하다고 이렇게 서두르는지."

"흐흐, 저도 하룻밤 묵고 싶은 마음이 굴뚝같습니다만, 갈 길이 멀다 보니 테귤러 씨의 호의를 거절할 수밖에 없군요. 다음에 또다시 이런 기회가 온다면 필히 시간적 여유를 듬뿍 만들어서 오도록 하겠습니다."

'놀고들 있네. 허우대는 제법 그럴듯하더만, 알고 보니 완전히 호색한에 멍청한 놈이잖아.'

두 사람의 대화를 옆에서 조용히 듣고만 있던 라이는 속으로 이죽거렸다. 새로 주인이 된 저 멍청한 사내놈은 테귤러의 술수에 빠져, 이미 뼈까지 흐물흐물하게 녹은 상태였다. 아마 자신을 산다고 꽤나 바가지를 쓴 게 틀림없을 거라고 라이는 확신했다. 뭐, 바가지를 쓰건 말건 그게 무슨 상관이겠는가.

그렇게 사내를 내심 한심하게 생각하고 있던 라이였지만, 갑자기 다른 방향으로 생각이 돌려졌다. 그렇다.

'맞아! 그러고 보니 이건 내게 절호의 기회잖아. 술에 취한 저 상태라면 잘하면 도망칠 수도 있겠는데?'

자신을 산 사내가 멍청이든 아니든 그건 상관할 바가 아니다. 자신은 반드시 이 빌어먹을 상황에서 탈출을 해야 했으니까. 문제는 저 사내가 자신을 끌고 가기 위해, 어떤 종류의 구속구를 채우느냐 하는 것이었다.

'제발 좀 열쇠 있는 걸로 채워라.'

열쇠로 채우는 구속구라면 한적한 곳에서 저 주정뱅이를 기절시키고 열쇠를 뺏으면 된다. 그렇기에 라이는 신께 빌고, 또 빌었다. 제발 자신이 도망칠 수 있도록 한 번만 도와달라고…….

이때, 건장한 노예 하나가 쇠사슬 뭉치를 들고 왔다.

"나으리, 어떤 구속구를 채울까요? 여러 종류가 있으니 취향대로 선택하십시오."

"끄윽, 아닐세. 구속구는 무슨. 나 혼자서도 충분히 이런 놈쯤은 감당할 수 있다네. 끅!"

그 말을 듣는 순간 라이는 왈칵 눈물이 쏟아질 것만 같았다.

그렇게 간절히 바랬던 기회가 드디어 자신에게 찾아왔음을 느낀 것이다.

'신이시여, 정말 감사합니다. 드디어 제게 탈출할 기회를 주시는군요. 흑흑……'

라이가 감격해 하고 있을 때, 테귤러는 걱정스럽다는 듯이 사내에게 묻고 있었다.

"정말 구속구를 안 채워도 괜찮겠나?"

"아, 괜찮습니다. 어린놈이 까불어 봤자지요. 그건 그렇고, 오늘 대접 잘 받고 갑니다, 테귤러 씨."

그러면서 사내는 노예에게 자신의 말을 가지고 오라고 명령했다.

'마차가 아니라 말이라고?'

순간 라이의 눈빛이 반짝하고 빛났다. 그리고 그와 동시에 라이의 시선은 사내의 허리띠에 꽂혀 있는 단검을 힐끗 훑고 지나갔다. 단검의 위치를 정확히 확인하려는 것이다. 만약 말 뒤에 자신을 태운다면, 사내의 단검을 빼앗아 찔러버리면 만사 OK다. 물론 사내가 갑옷을 입고 있다고는 하지만, 갑옷으로 가려지지 않은 부분도 수두룩하니까.

하지만 라이는 눈치 채지 못했다. 술에 취해 비틀거리고 있는 사내의 입꼬리가 묘하게 올라갔다는 사실을. 그것은 절대 술에 취한 사람이 보일 수 없는 서늘하고 차가운 미소였음을.

곧이어 지시를 받은 노예가 사내의 말을 끌고 왔다. 잡털 한 올 없는 밤색 준마였다. 힘이 넘칠 것만 같은 당당한 체구. 말을

호색한 주인

본 후, 라이는 사내에 대한 평가를 수정하지 않을 수 없었다. 지금까지는 그저 겉멋만 잔뜩 든 바람둥이라고 생각했었다. 하지만 훌륭한 말을 보니, 말을 보는 안목 하나만큼은 꽤나 대단한 모양이다. 아니면 엄청난 부자이거나…….

'정말 멋진 말인 걸? 저걸 타고 달아나면, 감히 쫓아올 수 있는 놈이 없을 거야.'

"너 말은 탈 줄 아냐?"

"예."

사내는 라이의 대답에 잘됐다는 듯 그저 고개만 끄덕일 뿐이었다.

"흠, 그렇다면 잘됐군. 먼저 타라."

먼저 타라는 말에 라이는 내심 실망했다.

'젠장, 앞에 타면 기습공격을 하기가 힘든데.'

하지만 앞에 타라는데 어쩔 것인가, 타는 수밖에. 라이는 먼저 말에 올라탔다. 곧이어 사내가 올라와 라이를 꼭 껴안듯 자리를 잡았다.

"좋은 거래와 이렇게 절 환대해 주셔서 감사합니다, 테귤러 씨."

"핫핫, 겨우 그 정도 가지고 무슨 말을. 다음에는 충분한 시간 여유를 가지고 들러주게. 환대라는 것이 어떤 건지, 내 확실히 가르쳐 줄 테니 말일세."

"그날이 기다려지는군요. 그럼 안녕히 계십시오."

라이는 말을 타기 전에 사내의 뒤에 앉게 되기를 내심 기대했었다. 그리고 그렇게 될 것으로 믿고 있었다. 왜냐하면 하찮은 노예 따위를 어느 누가 안고 가려고 하겠는가. 가까운 가족이나 연인이면 몰라도, 보통은 뒤에 태우는 것이 일반적이었으니까 말이다.

 하지만 그런 예상을 깨고 앞자리에 앉고 보니 기습 공격을 하기만 난감해졌다. 물론 팔꿈치로 상대의 배를 가격할 수도 있겠지만, 그래 봐야 사내가 갑옷을 입고 있다 보니 큰 효과를 보기 힘들 듯 했다.

 '어떻게 하지? 어디를 어떻게 공격하면 좋을까?'

 사내가 숨을 쉴 때마다 지독한 술 냄새가 코를 찔렀다. 술 냄새를 계속 맡고 있다 보니, 자신까지 술을 먹은 것처럼 어지러워졌다. 하지만 그 와중에도 라이는 좋은 방법을 떠올리기 위해 안간힘을 썼다. 사내의 집에 도착하게 되면, 또 다시 이런 좋은 기회가 생긴다는 보장이 없었으니 말이다.

 한참을 고심하던 라이는 결국 마음을 굳혔다. 고삐를 뺏은 다음, 뒤에 있는 사내를 등으로 힘껏 밀어버리기로. 그러면 술에 취해 정신이 없는 사내는 뒤로 낙마하게 되리라. 말이 달리는 순간에 땅바닥으로 낙마를 하게 되면, 갑옷의 무게까지 더해져 아마 살아남기 힘들 게 분명하다.

 다그닥, 다그닥…….

 그 순간에도 경쾌한 울림을 만들며 달려가는 준마, 속보(速步) 정도였다.

 '이 자를 즉사시키려면 지금보다는 조금 더 속력을 내는 게 좋은데…….'

물론 지금보다 속력을 더 낸다고 해도, 아직까지는 사내를 죽일 생각이 없었다. 아직 시내를 벗어나지 않고 있었으니까. 사내를 죽이는 것은 인적이 없는 곳에서 해야만 했다.

테귤러의 저택은 중심가에서 벗어난 한적한 곳에 자리 잡고 있었다. 그런데 이상한 것은 말을 달릴수록 길을 지나다니는 사람들의 수가 점점 더 늘어나고 있다는 점이다. 즉, 새로운 주인은 중심가 쪽으로 이동하고 있는 중이었다.

외곽으로 빠질 것이라 생각했던 자신의 예상이 틀린 것은 아닌가 하는 생각에 라이가 내심 당황하고 있을 때, 뒤쪽에서 사내의 음성이 들려왔다.

"내게 아무것도 묻지 않는 것으로 보아하니 과묵한 성격인 게냐? 아니면 자신의 앞날에 관심이 없는 게냐?"

갑작스런 사내의 질문에 라이는 내심을 숨기며 조심스럽게 대답했다.

"그, 그게 무슨 말씀이신지……?"

"크크, 노예로 길들여진 놈이라면 재미없겠지만, 만약 그렇지 않다면 완전 애늙은이로군."

사내의 의도를 전혀 알 수 없는 말에 라이는 대답도 하지 못하고 잔뜩 긴장할 수밖에 없었다. 이때, 또다시 사내의 뜬금없는 목소리가 들려왔다.

"배 안 고프냐?"

"저는 괜찮습니다, 주인님."

물론 많이 고팠다. 수련을 하던 도중에 테귤러가 부른다고 해서 쫓아갔고, 또 사내가 대련을 한다고 해서 식사도 하지 못하고 마냥 기다려야 했으니까 말이다. 하지만 라이는 솔직하게 배고프다고 말하지는 않았다. 왜냐하면 지금까지 라이가 겪었던 세상은, 노예가 배가 고프다고 주인이 얼른 식사를 챙겨줄 만큼 정이 넘쳐 흐르는 곳이 아니었기 때문이다.

"배가 등가죽에 붙은 주제에, 괜찮기는. 마침 저기 괜찮은 식당이 하나 있군. 멀리 가야 하니 배를 든든히 채우고 가자."

식당 앞으로 다가가자 안에서 점원인 듯한 소년 하나가 후다닥 튀어나와 맞이한다.

"어서 옵쇼, 손님."

잽싸게 말고삐를 받아쥐는 소년에게 사내는 동전 몇 개를 던져주며 말했다.

"여물을 든든히 먹여. 콩을 듬뿍 넣어서 말이야."

"예, 손님."

뜻밖의 공돈이 생긴 것에 점원이 고개를 팍 숙이며 좋아라 하자, 사내는 피식 웃으며 식당 안으로 들어갔다. 그런데 얼마 전까지만 해도 꽤나 술에 취한 듯 보였는데, 지금 그의 걸음걸이는 전혀 술에 취한 것 같지가 않았다.

'설마 나를 시험하기 위해 취한 척 한 건가?'

라이는 사내의 뒤를 따라가며 좀 더 조심하는 게 좋겠다고 생각했다. 우선은 새로운 주인의 성격과 실력을 파악하는 게 먼저다. 탈출은 그 후의 일이다. 그동안 라이가 수없이 많이 탈출을 시도하며 경험을 한 바로는, 어설픈 탈출은 매만 번다는 것을 잘 알기 때문이다.

　사내가 입고 있는 고급 옷만을 봤을 때, 식당은 그런 사내가 들어갈 만한 고급 식당과는 거리가 먼 허름한 곳이었다.

　"어서 오세요, 손님. 어머, 그러고 보니 아침에 길을 물으셨던……."

　사내가 갑자기 왜 이런 허름한 식당으로 들어왔는지, 주문을 받기 위해 달려온 여점원을 보자 라이는 곧바로 이해했다. 이런 식당에서 일하고 있다는 게 믿어지지 않을 정도로 눈에 띄는 미인이었던 것이다.

　사내는 여점원을 향해 곧바로 한쪽 눈을 찡긋하며 수작부터 걸었다.

　"아침에 봤을 때부터 언니의 모습이 계속 눈에 아른거려 참을 수 없어서 찾아왔지. 혹시 시간 있어?"

　여점원은 새침한 표정으로 대꾸했다.

　"손님, 주문이나 해 주세요. 아직 고르지 못하셨다면, 나중에 다시 올게요."

　"거참, 딱딱하기는. 어디보자. 라이, 넌 뭘 좋아하냐? 아, 그리고 거기 멍하니 서 있지 말고, 앞자리에 앉거라."

　노예 주제에 주인과 같이 앉아 있을 수가 없어, 식탁 옆에 서 있던 라이는 고개를 저으며 말했다.

　"저는 아무거나 잘 먹습니다, 주인님. 그리고 전 서 있는 게 편합니다."

　"내가 앉으라면 앉아. 그리고 앞으로 날 주인님이라 부르지 말고, 올란도 씨라고 부르도록 해라."

지금까지 겪어왔던 주인들과는 전혀 다른 올란도의 말에 라이는 어쩔 줄 몰라 했다. 여태까지는 자신을 마치 돈덩어리나 벌레같이 취급하는 사람들만 만나봤기 때문이다. 그건 당연했다. 얼마 전에 경기장에서 고블린과 오크와 싸우며 이미 뼈저리게 느꼈지 않은가. 노예는 원래 그런 존재라는 사실을 말이다.

"어서 앉으라니까!"

그 말을 끝으로 올란도는 얼른 여점원 쪽으로 고개를 돌리고는 눈웃음을 치며 능글맞게 물었다.

"보다시피 일행과 같이 식사를 해야 하는데, 언니가 추천하고 싶은 요리는 뭐야?"

"메뉴판에 쓰여 있는 건 다 맛있어요. 그리고 저 바쁘거든요. 그러니 빨리 주문하세요."

"흠, 근데 메뉴판에 언니는 없네. 어떻게 안 될까?"

눈가를 반달 모습으로 만들며 음흉하게 말하는 올란도에게 여점원은 쌀쌀맞게 대꾸했다.

"미안하지만, 그건 파는 게 아니에요. 주문 안 하실 거면 저 가요."

"아, 아니야. 그럼 이거랑 이거……."

여점원에게 환심을 사려는 게 목적인지, 올란도는 두 사람이 먹기에는 꽤나 많은 음식을 시켰다. 그러자 여점원은 어이가 없다는 표정으로 올란도를 바라보며 물었다.

"설마, 그걸 다 드시겠다는 건 아니겠죠?"

"괜찮아. 꽤 먼 길을 가야 하거든. 그러려면 배가 든든해야지.

그리고 먹다 남으면 싸 가면 되니까 상관없어."

"그럼 자, 잠시만 기다려 주세요, 손님."

주문을 받은 여점원은 어이가 없다는 표정으로 잠시 올란도를 쳐다보다 주방을 향해 뛰어갔다. 그리고 그런 여점원의 뒷모습을 따라 올란도의 눈도 쉴 새 없이 움직였다. 주변 사람들의 시선이 신경 쓰일 만도 하련만, 올란도는 그런 건 아예 관심조차 두지 않고 노골적으로 군침을 흘리며 여점원의 가슴과 탱탱한 엉덩이를 쳐다보았다.

식당 안에는 꽤 많은 손님들로 득실거리고 있었는데, 문제는 대다수 손님들의 시선이 올란도와 비슷하다는 데 있었다. 쉽게 말해 여점원의 움직임을 따라 사내들의 엉큼한 시선 또한 함께 움직이고 있다는 것을 말이다.

잠시 후에 그걸 뒤늦게 눈치 챈 올란도는 인상을 팍 찡그리며 투덜거렸다.

"젠장, 그러고 보니 식당 안에 손님들이라고 앉아 있는 것들이 다 나 같은 사내놈들뿐이잖아. 어쩐지 이런 허름한 곳에 있을 만한 미인이 아니라고 생각했더니만, 주인놈의 수작에 당했군."

올란도가 연신 투덜거리며 불만을 토해내고 있을 때, 여점원이 쟁반 가득 음식을 들고 다가왔다.

"주문하신 음식 나왔습니다."

식탁 위에 차곡차곡 놓여지기 시작하는 음식들. 구운 닭, 빵, 파이, 스튜, 맥주 등등……. 주문을 받을 때 여점원의 두 눈이 휘둥그레졌을 만도 했다. 네다섯 명이 먹어도 남을 만큼 음식의

양이 많았으니까 말이다.
"그럼 맛있게 드세요."
뒤돌아서서 걸어가는 여점원의 살랑거리는 엉덩이를 홀린 듯 바라보던 올란도는 입맛을 다시며 맥주잔부터 집어들었다. 물론 맥주잔을 입으로 가져가면서도, 그의 눈은 여점원의 엉덩이로부터 벗어나지 않고 있었다. 하지만 그는 곧이어 인상을 팍 찡그리며 투덜거렸다.
"크으, 맥주 맛이 왜 이렇게 미적지근해? 저장시설이 꽝이로군."
투덜거리면서도 손은 먹음직하게 구운 닭을 향해 움직인다. 닭다리를 쭈욱 찢어 곧바로 입으로 가져가는 올란도.
"우물우물…, 쩝쩝……."
닭고기를 씹을수록 올란도의 얼굴이 점점 더 일그러졌다. 그는 입속의 음식을 억지로 꿀떡 삼키더니 욕설을 내뱉었다.
"이런 젠장. 이게 닭다리야, 고무 덩어리야? 왜 이렇게 질겨, 질기긴?"
손님이 와글거리는 것에 비해 음식 솜씨는 썩 좋은 식당은 아닌 모양이다. 하지만 계속 불평을 하면서도 올란도는 음식을 먹는 것을 멈추지 않았다. 모르는 사람이 봤다면 와구와구 음식을 먹는 모습만으로, 이곳 식당의 음식이 꽤나 괜찮은 것으로 착각할 정도였다.
"그런데 넌 왜 안 먹어? 먹기 싫어?"
자신에게 이렇게까지 허물없이 다가온 주인은 지금껏 단 한 명도 없었다. 마치 어렸을 적 같은 마을에 살았던 옆집 형과 같은 편안함과 친근감을 느낄 정도로 말이다.
"그, 그건 아닙니다."
"있을 때 먹어. 나중에 배고프다고 징징대지 말고."
올란도의 말을 어떻게 받아들여야 할지 고민하던 라이는, 일단은 그의 뜻에 따르기로 했다. 굶는 건 두렵지 않았다. 하지만 탈출을 하려면 체력이 있어야 할 테니, 먹기로 한 것이다.
탁자를 마주하고 앉아 있다 보니, 올란도의 행동 하나하나가 확실하게 눈에 들어온다. 멋진 옷에다가, 근사한 말. 라이는 새로운 주인이 처음에는 부잣집 아들일 거라고 판단했었다. 하지만 음식을 먹는 것을 보니, 그게 아니었다. 자신이 먹어도 억세고 맛없는 음식을, 그는 가리지 않고 잘 먹었다.
라이의 시선이 빠르게 올란도가 허리에 차고 있는 장검과 단검으로 향했다. 상당한 고급품이었다.
거친 음식도 잘 먹고, 자신의 경제력이 허락하는 한도 내에서 최고의 무기와 말을 소유하기를 원하는 집단을 라이는 이미 알고 있었다. 그건 바로 백작의 부하인 기사들이었다. 라이의 얼굴 표정이 떨떠름하게 변한다.
'기사라는 말인가? 젠장, 탈출하기가 쉽지 않겠네. 어쩐지 구속구를 안 채우더라 했더니, 다 이유가 있었어. 괜히 혼자 좋아했네.'
올란도의 평가를 빠르게 끝내고 나서야 라이는 음식을 먹기 시작했다. 올란도는 투덜거리며 음식을 먹고 있지만, 라이는 너무나도 맛있다는 듯 음식들을 입에 쓸어 넣고 있었다. 라이에게 있어서 음식은 배를 채울 수 있으면 됐지, 그 맛을 따진다는 건 사치였기 때문이다.

거의 1년이라는 세월을 오크 소굴에서 아무 양념도 안 한 고기만을 먹어야 했던 걸 생각한다면 이건 꿀맛이라고 해도 과언이 아니었다. 더군다나 요리 실력이 엉망인 아버지가 만든 개밥에 길들여져 있었던 라이의 입맛으로는 이 정도는 아주 맛있는 음식들이었던 것이다.

"맛있냐?"

"예, 주인님."

"핫핫, 주인님이 아니라 올란도라 부르라니까. 내가 소속되어 있는 곳은 붉은 전갈(Red Scorpion) 용병단이다. 나는 네 주인이 아니고, 단장님의 명령에 따라 너를 인수해오기 위해 파견되어 온 사람이지."

용병단이라는 말에 라이는 자신의 예상이 틀렸음을 알았다. 하지만 검투사나 용병이나 이름만 바뀌었을 뿐, 결국은 싸우는 노예로 팔린 것이다. 어렸을 적, 쫓기는 백작을 따랐던 아버지를 두었던 탓에 전쟁의 쓴맛이 뭔지를 톡톡히 겪어온 라이였다. 백작을 살리기 위해 얼마나 많은 기사들이 죽었는지 모른다.

그리고 간신히 정착한 야만의 대지에서는 몬스터들과 싸우다가 죽은 사람들도 많았다. 따라서 용병단의 노예로 팔렸다는 소리는 곧 목숨을 걸고 싸워야 한다는 말과 다름이 없었다.

"……."

자신의 말에 라이가 아무 대꾸도 하지 않자, 올란도는 나직하게 한숨을 내쉬며 입을 열었다.

"내가 이런 말을 한다고 어떻게 생각할지 모르겠지만, 우리 용병단에는 최소한 희망이라는 게 존재하지."

라이는 내심 콧방귀를 끼었다. 자신의 이름의 뜻이 바로 희망이라는 북방 계열의 토속어가 아닌가. 하지만 지금 자신의 꼴을 보면 어쩌면 절망이라는 단어를 희망으로 아버지가 잘못 알아들은 건 아닐까 하는 의구심마저 든다.

올란도는 라이의 얼굴 표정을 유심히 지켜보다 다시 입을 열었다.

"다른 곳이라면 평생 노예의 굴레에서 벗어나지 못하겠지만, 우리 용병단에서는 10년만 복무하면 자유의 몸이 될 수 있다."

"물론 목숨을 걸어야 되겠죠?"

라이의 질문에 올란도는 씁쓸하게 웃으며 고개를 끄덕였다. 그런 올란도의 모습이 라이에게는 무척 솔직하게 느껴졌다. 만약 온갖 미사여구로 자신을 현혹하려 했다면 콧방귀도 안 뀌었겠지만, 올란도는 그렇지 않았기 때문이다.

"네가 노예인 이상, 다른 선택권이 없다는 것은 나도 잘 알고 있다. 하지만 우리 용병단에서는 네가 하기에 따라 그 신분은 얼마든지 바뀔 수 있다는 것만은 말해두마."

그 말을 끝으로 올란도는 다시 음식을 먹는 데 열중했다. 하지만 그가 한 말의 파장은 제법 컸다. 라이의 머릿속이 무척 복잡해졌으니 말이다.

결국 두 사람은 음식을 절반도 먹지 못했고, 나머지는 싸가지고 나와야 했다. 식당을 나서며 올란도는 마음에 들지 않는 듯 투덜거렸다.

"에잇, 젠장. 입맛만 버렸네."

그러면서도 아직 미련을 버리지 못했는지, 계속 뒤로 돌아 여점원의 탱탱한 엉덩이를 쳐다본다. 결국은 저놈의 여종업원 때문에 선택한 식당이니, 자업자득인 셈인데 왜 그렇게 투덜거리는 것인지…….

"일단 시장으로 가자."

시장이라는 말에 라이는 내심 회심의 미소를 지었다. 시장바닥은 복잡하기 짝이 없을 것이다. 사람들로 북적거리는 혼란한 틈을 타 도망친다면? 하지만 라이의 생각은 더 이상 진행되지 않았다. 왜냐하면 곧이어 올란도의 얘기가 들려왔기 때문이다.

"식량부터 충분히 구입해야 해. 사막을 건너려면 최소한 일주일분의 식량은 있어야 하거든."

그 말을 듣는 순간 라이는 시장에서 틈을 봐 도망치려는 마음을 버렸다. 그러다 괜히 성 경비대에게 쫓기느니, 차라리 사막이라는 곳에서 기회를 엿보는 게 낫겠다는 생각이 든 것이다. 그랬기에 라이는 올란도의 뒤를 말 잘 듣는 개처럼 졸래졸래 따라다녔다.

식량을 충분히 산 올란도는 라이를 보며 씨익 웃은 뒤 말했다.

"자, 그럼 공간이동을 하러 가자."

공간이동이라는 말에 라이는 두 눈이 휘둥그레져서 급히 물었다. 원래 자신의 예상대로라면 이대로 성 밖으로 나가야 할 텐데, 뜬금없이 이상한 말을 하니 말이다.

"고, 공간이동이라고요? 그게 대체 뭡니까?"

"크크, 변방 태생이니, 잘 모를 수도 있겠구나."

어리둥절해 하는 라이의 모습이 재미있다는 듯 웃던 올란도는 자세히 설명해 줬다. 알카사스 왕국은 마도왕국이라고 불릴 만큼 왕국 내의 주요도시들에 영구적인 공간이동 마법진들을 설치해 놨다고 말이다. 그 마법진을 이용해서 병력이나 물자를 주요도시로 빠르게 이동시킬 수 있다.

그러면서 그는 전국에 걸쳐 공간이동 마법진을 쫙 깔아놓은 나라는, 이 대륙에 오직 알카사스밖에 없다면서 은근슬쩍 자랑을 늘어놨다. 라이는 왠지 자부심까지 느껴지는 그의 말투에 혹시 올란도의 국적이 알카사스가 아닐까 하는 생각이 들었다.

"저기다."

올란도는 길을 걷다 손가락으로 3층 규모의 파란색 건물을 가리켰다. 건물에 도착해 보니, 한쪽 방향으로 2개의 문이 나 있었다. 한쪽 문에는 '입구', 다른 한쪽 문에는 '출구'라고 쓰여 있었다. 그리고 출구 쪽에는 무장한 병사 10여 명이 서 있는 게 보였다.

올란도는 라이를 이끌고 입구라고 써진 쪽으로 걸어갔다. 통로 앞에는 탁자 하나가 놓여 있었고, 그곳에는 관리인 듯한 깐깐한 인상의 사내가 한 명 앉아 있었다.

"어디로 가십니까?"

"링카 성(城), 말 한 마리에 사람 둘."

관리인은 탁자 위에 올려놓은 두꺼운 책을 펼쳐서 이리저리 뒤적거리더니, 옆에서 푸른색 종이를 한 장 꺼내 뭔가 기록을 한 뒤 말했다.

"사람은 30실버, 말은 40실버입니다. 모두 2골드입니다."

"여기 있소. 2골드."

"감사합니다. 여기 있는 표를 가져가셔서 나중에 링카 성에서 보여주십시오."

그러면서 관리인은 '링카, 사람2, 말1, 총 2골드'라고 쓰던 파란색 종이를 건네줬다. 올란도는 말을 끌고 입구라는 글자가 써진 곳으로 들어가며 말했다.

"따라 오너라, 라이."

문을 열고 안으로 들어가자 100명 정도는 너끈히 서 있을 수 있을 만큼 넓은 공간이 나타났다. 바닥 전체가 이상한 문양과 글자로 빼곡히 채워져 있었는데, 아마 그것이 공간이동을 시켜 주는 마법수식인 모양이다.

라이가 마법진 안으로 들어오자 올란도는 주문을 외쳤다.

"링카, 이동!"

그와 동시에 주변이 뿌옇게 흐려지다가 암흑 속에 묻히는 것 같더니, 순식간에 또다시 뿌옇게 흐려지는 듯 하다가 원래대로 시력이 회복되었다. 뭔가 이동하는 것 같은 이질적인 느낌은 조금도 들지 않았다. 주변을 둘러봐도 변한 것은 전혀 없었다.

그런데도 올란도는 밖으로 나가자고 채근했다. 라이는 도저히 믿겨지지 않는다는 듯 다급히 물었다.

"벌써 링카 성에 온 거예요?"

"물론이지. 마법의 힘은 정말 경이롭거든. 내가 이런 마법진을 수십 번이나 타봤지만, 지금도 탈 때마다 이게 가능하다는 게 믿기지 않을 정도란다. 자, 나가자."

출구를 통해 밖으로 나온 후에야 라이는 깨달았다. 올란도의 말이 맞다는 것을. 번화한 모습은 마찬가지였지만 거리에 있는 건물들의 모습이 완전히 달랐던 것이다. 전의 도시는 화려함을 중시했다면 이곳의 건물들은 상당히 실용적으로 지어져 있었다. 그리고 무엇보다 뭔가를 잔뜩 실은 짐마차들이 거리를 바쁘게 오가고 있었다.

출구 앞쪽에는 여러 명의 무장한 경비병들이 서 있었다. 그들 중에서 지휘자인 듯 한 인물이 아는 척을 했다.

"여어, 이거 올란도 중대장님 아니십니까. 어디 갔다 오시는 모양이죠?"

"아니, 자네가 여기는 어쩐 일인가?"

올란도는 말고삐를 라이에게 넘기며 지시했다.

"인사 좀 하고 올 테니, 잠시만 여기서 기다리고 있거라."

"아, 예."

올란도는 환하게 미소 지으며 지휘관에게로 다가갔다.

"단장님의 지시로 몇 가지 처리할 일이 있어서 말이야."

서로 꽤 친한 모양이다. 쑥덕쑥덕 재미있게 얘기를 나누고 있는 걸 보면 말이다. 그들의 모습을 바라보며 라이는 내심 갈등

하고 있었다.

'지금 당장 도망칠까?'

'아냐. 바로 코앞에 경비병들이 우글거리고 있는데, 어떻게 도망을 쳐. 도망쳐 봐야 곧 잡힐 거야.'

'하지만 나한테는 말이 있잖아. 말을 타고 도망친다면······.'

'여기 지리도 제대로 모르는데 어떻게 도망쳐. 말을 타고 도망친다고 해봐야 독 안에 든 쥐 신세야.'

긍정적인 생각과 부정적인 생각으로 라이가 갈등하고 있는 동안에 두 사람의 대화는 끝나버렸다. 올란도는 라이에게로 돌아와 말고삐를 받아 쥐었다.

"자, 가자."

"예."

말을 타는 순서는 전과 똑같았다. 라이가 올란도에게 안기듯 앞쪽에 탔다. 말을 타고 가면서 도시 밖으로 벗어나기까지 꽤나 먼 길이었기에, 라이는 용기를 내어 질문을 던졌다.

"올란도님, 한 가지 여쭤볼 게 있는데, 괜찮으십니까?"

올란도는 혹시 예쁜 여자가 있나 싶어 주위를 연신 두리번거리면서도 부드러운 어조로 대답해 줬다.

"괜찮아. 물어봐."

"방금 전의 마법진 말입니다. 무장한 경비병들은 신분 조사를 위해 거기에 서 있었던 것이겠죠?"

"물론이지. 나야 그들과 안면이 있었기에 무사통과였지만, 다른 사람이었다면 신분증명서를 제출해야 하지."

"원래 마법진으로 이동하기 전에 신분검사를 하는 게 맞지 않나요? 만약 흉악범이 신분을 감추고 공간이동을 한 뒤 저들을 때려눕히고 도망쳐 버리면……."

라이의 물음에 올란도는 피식 미소 지으며 대답했다.

"그건 네가 잘 몰라서 그런 소리를 하는 거야. 공간이동을 한 직후에는 아무리 뛰어난 무사라고 해도 제대로 힘을 쓸 수 없어. 그리고 마법사도 마법을 쓸 수 없지. 왜냐하면 마법진을 그렇게 만들어 놨거든. 그러니까 그때가 신분검사를 하기에는 최적의 순간이라는 말이지."

"그렇다면 입구 쪽으로 달아나면요? 그쪽에도 문이 있지 않습니까?"

"당연히 문이 있긴 하지. 그런데 무슨 마법진을 구축해 놨는지는 모르겠지만 입구 쪽을 통해서는 밖으로 나갈 수가 없다. 그쪽으로 나가려고 하면 투명한 막 같은 것이 문을 가로막아 더 이상 밖으로 나갈 수 없게 되어 있거든."

"그, 그렇군요."

라이가 왜 이런 질문을 하는지 대충 짐작한 올란도는 빙글빙글 웃으며 말했다.

"너, 혹시 마법사를 만나본 적이 있냐?"

"아뇨."

"마법사란 족속들은 엄청나게 머리가 좋은 놈들이거든. 그런 놈들이 마법진을 설치하면서 아무 대비책도 마련……."

그때 올란도의 말이 갑자기 뚝 끊어졌다. 잠시 기다려 봤지만 더 이상 말이 없었기에 무슨 일인가 싶어 뒤로 돌아봤다. 올란도의 시선은 다른 쪽을 향해 있었다. 커다랗게 부릅떠진 눈, 분명 얼이 빠져 있었다.

무슨 일인가 싶어 라이가 그쪽으로 급히 시선을 돌려보니, 화려한 가마 하나가 지나가고 있는 게 보였다. 노예 8명이 매고 가는 커다랗고 화려한 가마. 일순 라이의 눈이 황당함으로 물들었다. 사람이 수레를 끄는 것도 아니고, 어깨에 매고 가다니. 저렇게 비효율적인 탈것이 있다는 것은 오늘 처음 알았던 것이다.

가마에는 투명할 정도로 하늘거리는 천이 주렁주렁 달려 있었고, 그 사이로 내부가 훤히 들여다보였다. 가마 안쪽은 꼭 침상처럼 꾸며놨는데, 요염하게 생긴 한 여인이 반쯤 눕다시피한 자세로 비스듬히 앉아 있었다. 참으로 고혹적인 모습이었다.

천천히 두 사람의 시야에서 멀어지는 가마. 그 모습을 입을 헤 벌리고 바라보고 있던 올란도는 이윽고 더 이상 볼 수 없다는 것이 아쉽다는 듯 한숨을 푹 내쉬더니 말했다.

"방금 그 여자 봤냐?"

"예? 예."

"저 정도 미인은 이 근처에는 정말 드문데……. 어느 집 여자지? 분명 처음 보는데……."

"여자를 정말 좋아하시나 봐요?"

"뭐 좋아한다기보다는…, 그래 그거야. 아름다운 꽃이 피어 있다고 치자. 그걸 아무도 봐주지 않고 그냥 지나쳐 버리면, 꽃의 입장에서는 무척 속이 상할 거 아니겠냐?"

"아항~, 그러니까 주인님께서는 꽃이 속이 상하지 않게 하기 위해, 그렇게 넋이 빠져서 보신다는 거군요?"

살짝 빈정거리는 말투가 느껴졌던 모양이다. 올란도는 라이의 뒤통수를 쥐어박았다.

"큭!"

"짜식이 좀 풀어줬더니 감히 맞먹으려 드네. 인생 선배가 말을 하면 그러려니 하고 받아들여야지."

순간 라이는 정신이 번쩍 들었다. 올란도의 왠지 모르게 풀린 듯한 분위기에 휩쓸려 마음을 놓고 있었던 것이다. 자신은 아직까지도 노예다. 그리고 어떻게 해서든 이 지옥 같은 상황에서 벗어나야만 했다.

"죄, 죄송합니다, 주인님."

"거참, 주인님이 아니라 올란도라고 부르라니까. 에잇, 네가 편한 대로 불러라. 어차피 용병대에 들어가게 되면 어느 부대에 소속될지 아직 모르지만, 용병대에서는 직속 상관이 아닌 한 그렇게 깍듯이 대할 필요는 없다. 그만큼 자유롭다는 말이지."

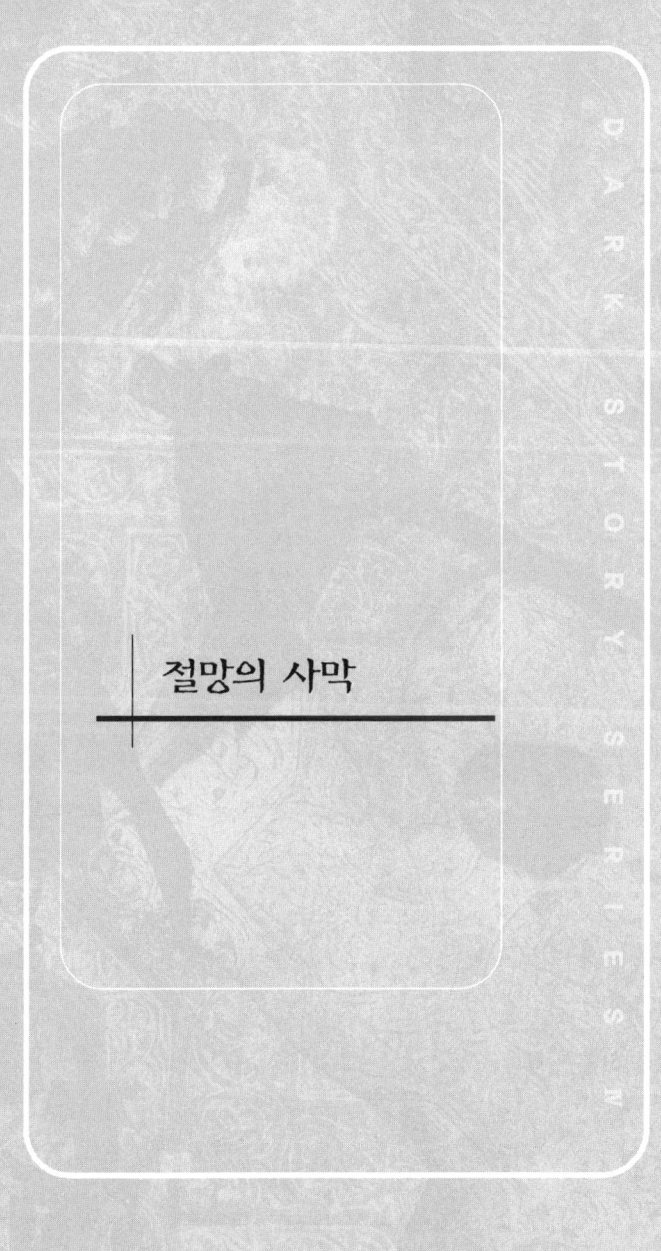

절망의 사막

29 희망이라는 이름

링카 성은 서쪽 대륙으로부터의 접경지역에 자리 잡고 있는 커다란 성이었다. 서쪽 대륙에서 생산된 희귀한 산물들이 사막을 넘어 들어왔고, 동쪽 대륙에서 생산된 물자들이 서쪽 대륙으로 팔려나가는 출구이기도 했다.

엄청난 물자가 끊임없이 들락거리는 만큼, 그것을 노리는 날파리들 역시 꼬이게 마련이다. 그렇기에 링카 성은 상업의 중심지이기도 했지만, 왕국 서쪽 방어선의 중추이기도 했다. 이 성에 주둔하고 있는 정규군만 해도 거의 1만에 다다를 정도였다.

라이는 이곳에서 사막을 건너온 대상(隊商) 무리를 구경할 수 있었다. 수백 마리에 달하는 엄청난 숫자의 괴상한 동물들. 그리고 그 동물들의 등 위에는 커다란 짐이 잔뜩 실려 있었다.

"저게 무슨 동물이죠? 정말 희한하게 생겼네요."

"저건 낙타라는 짐승이야."

"그런데 왜 저렇게 짐을 싣고 오는 거죠? 커다란 마차에다 실으면 훨씬 더 효율적일 텐데······."

"왜냐하면 사막에서는 마차를 쓸 수 없기 때문이지."

사막이 무엇인지 모르는 라이였기에 올란도의 말을 전혀 이해

없었다.

"왜 못 쓴다는 말입니까? 마차는 어디든지 달려갈 수 있는데. 아, 혹시 사막이라는 곳이 밀림처럼 나무가 촘촘히 우거져 있는 곳인가요? 그럼 마차가 지나다니지 못할 수도 있겠네요."

순간 올란도의 얼굴이 황당함으로 물들었다. 설마 사막이 뭔지도 모르는 무식한 놈이 이 세상에 존재할 거라고는 상상도 해보지 못했던 것이다.

"모래로 된 지역을 몰라? 온 천지가 모래로 뒤덮인……."

"죄송합니다만, 모래가 뭡니까?"

올란도는 더 이상 말을 잇지 못했다. 사막은 고사하고, 설마 '모래'라는 단어가 뭘 뜻하는지도 모르는 멍청이가 있을 줄이야. 모래가 뭔지도 모르는 놈에게 어떻게 사막이라는 지역을 설명해 줄 수 있단 말인가.

"에효, 말을 말자. 그냥 모래라는 게 있어. 그 모래라는 걸로 뒤덮여 있는 땅이 사막이고 말이야. 여기 성문 밖을 나가면 실컷 볼 수 있을 테니까, 그건 그때 가서 얘기하자."

"알겠습니다."

"어쨌거나 사막을 건너는 데는 낙타가 최고야. 그렇기에 저렇게 낙타 등에 물건들을 바리바리 싣고 움직이고 있는 거지."

"낙타보다 더 좋은 건 없습니까?"

"물론 있지. 하지만 가격대비 효과라는 게 있지 않느냐. 사막을 건너는 데 있어서 낙타보다 좋은 것도 많지. 하지만 그런 놈들은 희귀할뿐더러 가격 또한 엄청나게 비싸서 저렇게 많은 숫자를 동원할 수 없다는 게 문제지."

이해가 잘 되지 않았지만 라이는 그저 고개를 끄덕였다.

"아, 그렇군요."

"그 대표적인 게 바로 저놈이다."

말을 하던 올란도는 손가락으로 하늘을 가리켰고, 라이는 그 손가락이 가리키는 하늘을 쳐다봤다. 그러자 커다란 박쥐같이 생긴 게 하늘을 날고 있는 게 보였다. 하지만 박쥐는 아니었다. 박쥐라고 보기에는 기이할 정도로 긴 목과 꼬리를 가지고 있었다.

"저, 저게 뭡니까?"

"와이번(Wivern)이라 불리는 몬스터다. 야생 와이번이 저렇게 하늘을 날고 있다고 하면 난리도 아니지. 저놈들은 다 자란 황소도 채가서 잡아먹을 정도로 엄청난 몬스터니까. 하지만 와이번을 길들이는 데 성공하기만 하면, 저렇게 유용하게 써먹을 수 있게 되는 거지."

"우와, 그럼 저게 길들인 와이번이라는 건가요?"

"그래, 군(軍)에서는 와이번을 길들여서 정찰용으로 아주 유용하게 써먹고 있지."

"그럼 와이번이 오크처럼 사람의 말을 알아듣고, 할 수도 있다는 말씀입니까?"

올란도는 잠시 라이가 하는 말의 의미를 이해하지 못했다. 하지만 곧이어 그 말뜻을 이해한 그는 도저히 참기 힘들다는 듯 배를 잡고 웃음을 터뜨렸다.

"으하하핫! 세상에 이렇게 무식한 놈이 있을 줄은 내 꿈에서도 상상해 본 적이 없거늘. 너 광대 해도 먹고 사는 데 아무런 지장이 없겠다. 으하하핫."

마치 비웃는 듯한 올란도의 웃음에 기분이 상한 라이가 황급히 질문을 던졌다.

"아니, 정찰용으로 쓴다기에 드린 말씀이었는데, 그렇게 비웃으시다니요. 그럼 말도 못하는 와이번이 어떻게 적의 동태를 살펴보고 돌아와서, 설명을 해줄 수 있단 말씀이십니까?"

"너 저렇게 작게 보이니까, 와이번이 혹시 참새 새끼만큼 작다고 착각하고 있는 거 아니냐? 방금 전에도 말했지만, 저놈들은 다 자란 황소도 잡아가는 몬스터란 말이다. 저게 생각보다 엄청나게 커. 등에 안장을 놓고 사람이 탈 수 있을 정도로 말이야."

"아……."

라이는 그제서야 고개를 끄덕일 수 있었다. 어떻게 와이번 위에 사람이 탈 수도 있다는 것을 생각하지 못했을까? 원래 라이의 성격은 꽤나 단순하고 즉흥적인 구석이 많았다.

하지만 노예로 잡히고 난 후, 그의 성격은 점차 변해가기 시작했다. 주위 환경을 최대한 파악하려 노력했고, 그런 자신의 속내를 쉽게 드러내지 않는 식으로 말이다. 그래야만 살아남을 수 있다는 걸 깨달았기 때문에.

"이제 알겠냐?"

"예."

"저렇게 와이번을 부리는 기사들을, 우리는 용기사(龍騎士)라고 부른단다. 적으로 만났을 때는 꽤나 까다로운 상대지. 왜냐하면 속도가 워낙 빨라서 활로 쏘아 잡는다는 게 쉬운 게 아니거든. 더군다나 상대방은 하늘 위쪽에 위치해 있으니, 어지간한 활로는 저 위까지 화살을 날리지도 못한다는 게 가장 큰 문제지."

올란도는 그 후로도 거리를 지나치는 예쁘게 생긴 여자만 눈에 보이면 쳐다보느라 정신이 없었다. 아니, 빤히 쳐다보는 것만으로 만족하지 못하고, 몇몇 여자들에게는 윙크를 날리기도 했다. 또 어떤 때는 낯부끄럽게도 손바닥에 뽀뽀를 해서는 여자 쪽으로 손을 뻗기도 했고.

"흥!"

물론 그런 수작에 차갑게 돌아서는 여자들. 그런 여자들의 싸늘한 대응에 라이의 얼굴이 다 화끈거릴 지경이었지만, 올란도는 전혀 상관하지 않았다.

"꿀꺽! 시간만 좀 있었어도……."

군침을 꿀꺽 삼킨 그는 라이에게 시선을 돌리며 말했다.

"역시 미녀들은 도도한 맛이 있어야 해. 그래야 정복욕이 더욱 불타오르거든. 안 그래?"

"그, 그렇죠."

"올라가기 어려운 산을 정복했을 때 그 쾌감이 배가 되듯, 그건 여자도 마찬가지라 할 수 있지. 도도한 미녀야말로 정복할 만한 가치와 재미가 있는 유일한 대상이라고나 할까."

'하아, 세상 참 편하게 사는 사람이군.'

올란도라는 사람은 라이의 시각에서 봤을 때, 종잡을 수 없는 성격의 인물이었다. 어떤 때는 산전수전 다 겪은 사람처럼 보이

절망의 사막 273

다, 또 어떤 때는 완전 방탕아가 따로 없을 만큼 호색한 모습을 보여주기도 했다.

분명한 건 라이가 그런 분위기에 점차 휘둘리고 있었다는 사실이었다. 왜냐하면 식당에서 자신의 처지가 노예라는 걸 다시금 곱씹었던 라이가 어느 샌가 올란도를 편하게 대하고 있었던 것이다. 물론 자신은 모르고 있었지만.

성문을 벗어나자마자 보인 것은 끝도 없이 펼쳐진 모래땅이었다. 올란도는 말에서 내리며 말했다.

"너도 내려라."

올란도는 모래를 한 움큼 쥐어서 라이에게 보여주며 말을 이었다.

"이게 바로 모래라는 거다."

라이는 모래라는 것을 한 움큼 쥐어봤다. 그러자 곧이어 하얀 알갱이들이 그의 손가락 사이로 부드럽게 흘러내렸다.

"신기하냐?"

"예."

"이렇게 부드럽기 때문에 가느다란 말의 발굽은 푹푹 빠지게 되지. 말에 부담을 주지 않으려면 특별한 일이 없는 한 걸어가는 게 최고야. 그래도 짐을 실을 수 있다는 것만 해도 그게 어디냐."

"그런데 왜 이렇게 덥죠? 엄청나게 더워요."

"당연하지. 마법진의 경계 밖으로 나왔으니까."

올란도는 알카사스의 도시들은 모두 다 마법진에 의해 보호

된다는 것을 설명해 줬다. 거기에는 적의 공격에 대한 방어도 포함되지만, 사막의 열기를 식혀주는 따위의 사소한 부분도 포함되어 있었다. 그렇기에 성내의 날씨는 사막이라는 것을 믿기 힘들 정도로 온화했던 것이다.

뜨거운 열기가 아지랑이처럼 피어오르는 열사의 사막.

"이게 진정한 사막의 기후라고 할 수 있지."

올란도는 투구를 벗어 말 등에 맸다. 그런 다음 짐꾸러미를 뒤져 넓적하면서도 아주 긴 천 두 장을 꺼냈다. 그 중 한 장을 라이에게 건넨 다음, 자신이 가지고 있는 한 장을 머리에 휘휘 감으며 설명했다.

"천을 이렇게 머리에 둘둘 말아 햇볕을 막으면 한결 시원하지. 그리고 이 부분을 이렇게 올리면 모래먼지가 입이나 콧속으로 들어오는 것을 막을 수도 있고 말이야."

과연 그렇게 머리에 천을 감으니, 한결 견딜 만했다.

라이는 주위를 둘러봤다. 성벽 밖으로 보이는 것은 모두 다 황량한 사막뿐. 드문드문 식물 덩어리들이 자라 있는 게 보이기는 했지만, 키가 너무 작아서 햇볕을 막는 데는 전혀 도움이 되지 않았다.

이렇게 황량한 땅도 있다니. 자신이 살던 북부보다도 훨씬 더 지독했다. 라이의 고향의 설원도 눈으로 덮인 끝도 없이 광활한 곳이었지만, 한여름에는 눈이 녹으며 수많은 생물들이 번성했다. 하지만 이곳은 겨울이 되어 날이 서늘해진다고 해도, 전혀 사정이 나아질 것처럼 보이지 않았다.

'젠장. 이렇게 되면 도망은 어떻게 치지? 방법이 없잖아.'

라이가 인상을 팍 찡그리고 있을 때, 올란도는 말을 끌고는 성큼성큼 앞장서서 걸어갔다. 라이는 그 뒤를 졸졸 따라가며 물었다.

"성 밖에는 사람이 안 사나요?"

"너 같으면 이런 곳에서 살 수 있을 것 같냐?"

"아뇨."

"그럼 뻔한 걸 왜 물어봐? 사람은 물이 없으면 살 수 없는 존재지. 그런데 사막은 너도 보다시피 물이라고는 전혀 없는 곳이고."

이런저런 얘기를 나누며 두 사람은 계속 걸었다. 한참을 걷다 보니 목이 타는 듯 말라오기 시작했다. 이곳까지 오는 동안 올란도가 편하게 대해줬지만, 물을 달라고 하기도 뭣해서 머뭇거리고 있을 때 올란도가 갑자기 멈춰섰다. 올란도는 주머니 속에서 뭔가를 꺼내 입 안에 집어넣더니, 그 중 하나를 라이에게도 건네줬다.

"이걸 먹어라."

하얗고 작은 덩어리, 덩어리를 혀로 살짝 핥아본 라이가 인상을 찡그렸다.

"이건 소금이 아닙니까?"

"그래, 소금이지. 사막에서 염분을 제대로 섭취하지 않으면, 탈진해 죽는 수가 있어. 그러니 쓸데없는 소리 하지 말고, 그냥 먹어."

"예."

라이가 소금을 먹는 걸 보던 올란도는 말 등에서 물통을 벗겨 벌컥벌컥 들이켰다. 그런 다음 물통을 라이에게 건네줬다.

"너도 마셔라."

안 그래도 목이 마른 데다가, 적은 양이라고는 하지만 소금까지 먹고 나니 타는 듯한 갈증에 목구멍이 쓰리고 아플 지경이었다.

"감사합니다."

'큭!'

물통을 입에 대고 마시려는 순간, 라이는 하마터면 뿜어버릴 뻔했다. 물맛이 이상했던 것이다. 하지만 그러지 못했다. 왜냐하면 물맛이 이상하든 말든 마셔야 할 만큼 갈증이 심했으니까.

"표정이 왜 그래?"

"물맛이 이상해요."

"술을 탄 물은 처음 마셔보냐?"

"아니, 물에 왜 술을 섞어서 마신다는 말씀이십니까?"

"그래야 물의 신선함이 더 오래가니까. 더군다나 사막의 밤 추위를 견디는 데는 술만 한 것도 없지."

"추위요?"

라이는 도무지 이해할 수 없었다.

계란을 깨서 바닥에 떨구면 곧바로 익어버릴 만큼 뜨거운 햇빛이 내리쬐는 사막에서, 웬 추위?

"크크, 밤이 되면 내 말을 이해할 수 있을 게다. 지금은 온 천지가 지글지글 끓는 것처럼 뜨겁지? 하지만 저 해가 떨어지고 나면, 그때부터는 얼어죽지 않기 위해 발버둥 쳐야 하거든."

절망의 사막

물을 마신 뒤 얼마 지나지 않았는데도 술기운이 올라오기 시작했다. 그러자 몸이 더욱 달아올랐고, 타는 듯한 갈증은 더욱 심해져만 갔다.

"혹시 술을 타지 않은 물은 없습니까?"

올란도는 당치도 않다는 듯 대꾸했다.

"물에 술을 섞어 마시는 건 상식이야. 물은 금방 상해버리지만, 술을 섞은 물은 절대로 상하지 않지."

말을 하던 올란도는 물통을 입에 처박고 몇 모금 더 마셨다.

"크~, 좋다. 술을 너무 많이 탔나? 입에 쩍쩍 붙는군."

입가에 묻은 물기를 소맷자락으로 쓱 닦은 올란도는 물통을 말 등에 매며 라이에게 물었다.

"너, 혹시 여자하고 자본 적 있냐?"

올란도가 야릇한 표정으로 묻는 것에 비해, 라이는 대수롭지 않다는 듯 대꾸했다.

"잔 거야 꽤 되죠."

물론이다. 이곳까지 끌려오는 동안 여자노예들과 섞여서 갇혀 있던 경우도 많았으니, 수많은 여자들과 헤아릴 수 없을 만큼 많은 밤을 함께 보낸 셈이다.

라이의 대답에 올란도는 전혀 뜻밖이었다는 듯 깜짝 놀란 표정을 지으며 호들갑을 떤다.

"오호! 어리게 봤더니, 그게 아니었잖아. 이 녀석, 나와 같은 취향을 가진 놈이었군. 이거, 가는 길이 지루하지 않겠는데?"

자신이 올란도와 같은 취향을 가졌다는 말에 라이는 내심 욕설을 퍼부었다. 자신의 어디가 저런 변태 중년과 같은 취향을 가진 사람으로 보인단 말인가.

"크크, 어차피 성에 도착하려면 꽤 걸릴 테니 잘 됐군. 네놈의 경험담이나 좀 얘기해 봐라. 아, 그리고 넌 어떤 스타일의 여자를 좋아하지? 늘씬한 애? 아니면 유방이 큰?"

노골적인 올란도의 질문에 라이는 얼굴을 붉혀야 했다.

"무, 무슨 경험담이요?"

여자노예들과 한 방에 갇혀 있었던 적은 많았지만, 구속구에 온몸이 꽁꽁 묶인 채로 뭘 할 수 있단 말인가. 더군다나 그때는 죽을지도 모른다는 두려움에 아무 생각도 못했는데 말이다.

하긴 그리고 보면 야릇한 장면을 몇 번 보기는 했었다. 두려움에 질린 여자노예들이 참지 못하고 그냥 소변을 보는 바람에, 지린내 때문에 이맛살을 찌푸린 적은 있었다.

그러자 인상이 살짝 일그러지는 올란도.

"여자랑 많이 잤다며?"

"여기까지 끌려오기 전에 여러 여자노예들과 함께 비좁은 작은 방에서 같이 먹고 잤죠. 물론 쇠사슬에 묶인 채로요."

"이런, 내 얘기는 그런 게 아니라 좀 더 원초적인 걸 말했던 거라구."

올란도는 말을 하면서 한쪽 손의 손가락으로 원을 만든 뒤, 다른 손의 손가락으로 그 원 안을 쑥쑥 쑤시는 시늉을 했다.

"이런 거 말이야."

"그게 뭔데요?"

라이의 어리둥절해 하는 표정에 올란도는 기가 막힌다는 듯 한숨을 푹 내쉬었다.

"이런 젠장, 어쩐지 보기보다 경험이 많다 했지. 알고 보니 이거 순 맹탕 아냐."

그제서야 라이는 올란도가 말하는 경험이라는 말의 뜻을 눈치 챌 수 있었다. 라이는 쓴웃음을 지었다. 라이는 지금 가만히 앉아만 있어도 피가 끓어오르는 새파랗게 젊은 나이다. 당연히 여자에 대한 호기심이 없지는 않았다. 하지만 지금까지 살아남기 위해 발버둥을 치다 보니, 여자에 대한 호기심을 가질 마음의 여유가 전혀 없었던 것이다.

"에이, 이러면 재미없는데. 너 그러면 여자애를 사랑해 본 적은 있냐?"

"아뇨."

"쯧쯧, 정말 재미없는 인생을 살고 있었구먼. 지금부터 내가 여자에 대해 가르쳐 줄 테니 열심히 배워두도록 하여라."

"저, 그런 거보다, 이런 사막에서 물이 떨어지면 어떻게 되죠?"

"그야 당연히 잘 말려진 육포가 되는 거지. 그런 사소한 것들은 신경 끄고, 내 얘기나 들어 봐."

사막은 라이로서는 접해본 적이 전혀 없는 미지의 땅이었다. 탈출하는 데 있어서 사막이 그의 가장 큰 걸림돌이 될 것이라는 것은 뻔한 사실.

그렇기에 라이는 올란도에게 사막을 횡단하는 데 도움이 될 만한 것이 뭐 없을까 물어봤지만, 올란도는 그저 여자 얘기만 할

뿐이다. 그런데 올란도의 말솜씨가 워낙 좋다 보니, 라이는 그가 하는 여자 얘기에 푹 빠져들지 않을 수 없었다.

도란도란 얘기를 나누며 걷다 보니, 어느덧 해가 지기 시작했다.

광활하게 펼쳐진 새하얀 모래 사막 위로 해가 지며 온 세상이 붉게 물들자 정말이지 멋진 장관이었다. 하지만 라이는 그런 장관을 즐길 마음의 여유가 없었다. 해는 지고 있는데, 올란도는 걸음을 멈출 생각도 하지 않고 계속 걷기만 했기 때문이다.

"이제 곧 어두워질 텐데, 야영은 안 합니까?"

"햇빛이 쨍쨍 내리쬘 때 사막을 걸어봤으니 알 게 아니냐. 뜨거운 햇빛을 받으면서 걸을 만하더냐?"

라이는 단호하게 고개를 가로저으며 대답했다.

"아뇨."

"그렇기에 사막에서는 밤에 걷는다. 그리고 낮에 쉬지."

그 말은 밤새도록 걷겠다는 뜻이었다.

해가 지고 나자 주위는 언제 그렇게 찜통이었냐는 듯 선선한 바람이 불어오기 시작했다. 올란도는 말 등에서 두꺼운 외투를 한 벌 꺼내어 라이에게 건네주며 말했다.

"입어라. 낮에는 뜨겁지만, 밤에는 엄청나게 추워지는 게 사막의 특징이니까."

과연 밤이 되자 주위가 꽁꽁 얼어붙는 것 같았다.

"으, 추워."

북방의 꽤 추운 지방에서 살았던 라이조차, 온몸을 벌벌 떨만큼 매서운 추위였다. 올란도는 물통을 꺼내 몇 모금 마신 다음, 라이에게 건네줬다.

"자, 한 모금 마셔. 몸이 좀 풀릴 테니까."

과연 낮에 마셨을 때와는 느낌이 전혀 달랐다. 술기운이 몸속으로 퍼져나가자 추위로 잔뜩 굳었던 몸이 훈훈해져 오기 시작했다. 술이 들어가자 올란도의 얘기는 더욱 노골적으로 바뀌었다.

"내가 임무를 맡아 테라토 지방에 갔을 땐데 말이야. 그곳의 식당 주인 아줌마가 놀랍게도 굉장한 미인이더라구. 아주 색기가 좔좔 흐르더란 말이지. 그런 미인을 내가 가만히 놔뒀을 거 같냐? 당연히 수작을 걸었지. 꼴에 미인이랍시고 얼마나 튕겨 대는지. 하지만 내가 포기할 거 같냐? 매일 찾아갔지. 내가 그 여자를 어떻게 꼬셨는가 하면 말이지……."

라이는 올란도의 말을 듣는 척하며 밤하늘의 별자리를 슬쩍 살펴보았다. 어릴 때부터 아버지에게 기사 수업을 받았던 라이였기에 별자리를 보는 방법쯤은 이미 익히고 있었다. 하지만 사막에서 본 별자리는 고향에서 보았던 것과는 완전히 달랐다.

라이는 내심 한숨을 푹 내쉬었다. 이래서야 어떻게 탈출을 한다손 치더라도 이곳 사막을 벗어날 방법이 없는 것이다. 라이는 한참 자신의 얘기에 흠뻑 빠져 열심히 떠들고 있는 올란도를 쳐다보았다. 썩 믿음은 가지 않지만 한동안 이 사람 옆에서 정보를 좀 더 얻는 게 좋지 않을까 하는 생각이 들었기 때문이다.

"크크, 내가 누구냐. 사람들이 나를 발정난…, 아, 아니 그게 아니라……. 결국 여자가 살포시 마음을 열더라 이거지. 그럴 때는 뜸들이면 안 돼. 죽 쒀서 개 주는 꼴이 될 수 있거든. 그날 밤 바로 쳐들어갔지. 가보니까 고 앙큼한 것이 이미 문을 살짝 열어놨더라 이거야. 흐흐흐, 참 기가 막혔었는데."

라이는 다시 한 번 속으로 한숨을 내쉬었다. 여자 꼬신 얘기만 벌써 몇 시간째인지……. 이런 호색한에 허풍쟁이 같은 올란도에게 뭘 배울 게 있을까 하는 생각이 들었던 것이다. 하지만 라이는 몰랐다. 그런 라이의 내심을 마치 읽고 있기라도 한 것처럼 올란도가 자신을 살짝 훔쳐보며 빙그레 웃고 있었다는 것을 말이다.

이렇게 낮에는 햇볕을 피해 차양막을 친 뒤 쉬고, 밤에는 줄창 걷는 나날이 시작되었다. 처음에는 열심히 여자 얘기를 떠들어대던 올란도가 언제부터인가 말이 없어졌다. 그만큼 지쳤다는 말이었다. 그건 라이 역시 마찬가지였다. 급속도로 체력이 바닥나기 시작한 것이다. 아무리 차양막을 친다 해도 잠을 자기 힘들 만큼 사막 위는 뜨거웠고, 밤이 되면 덜덜 떨려오는 매서운 추위에 진저리를 쳐야 했다.

가장 큰 문제는 준비해온 물이 부족하다는 점이었다.

사막을 걷기 시작한 지 5일 정도 되었을까? 라이는 물을 벌컥벌컥 들이키고 있는 올란도의 눈치를 살피고 있었다. 저 물통의 물이 떨어지면, 수중에 물 한 방울 남지 않게 된다는 걸 라이 역시 잘 알기 때문이다.

"언제쯤 용병단에 도착할 수 있을까요?"

조심스런 라이의 질문에 올란도는 퉁명스레 대꾸했다.
"빌어먹을, 그건 나도 잘 몰라. 방향을 잘못 잡았거든. 이러다 재수 없으면 미이라처럼 바짝 말라 뒈져버릴 수 있단 말이다."
온통 모래만이 존재하는 사막에서는 다른 지역처럼 지형을 보고 방향을 잡는 게 아니라, 밤하늘에 떠 있는 별자리를 보고 방향을 잡는다. 그렇다 보니 자신들의 현 위치를 알 수 없다는 게 가장 큰 문제였다. 쉽게 말해 방향이 정확해도 언제 목적지에 도착할 수 있을지 계산이 되지 않는다는 뜻이었다.
올란도는 연신 투덜거리며 먹다 남은 물통의 물을 몽땅 다 말에게 먹였다. 비싼 말이 갈증에 쓰러지면 안 된다면서 말이다. 올란도는 빈 물통을 말 등에 매며 난감하다는 듯 중얼거렸다.
"젠장, 가지고 온 물이 벌써 다 떨어져 버리다니. 물통을 두세 개 정도 더 준비하는 거였는데……."
라이는 내심 한숨을 길게 내쉴 수밖에 없었다. 사막이 언제 끝이 날지 알 수도 없는 상황이다. 더군다나 물도 다 떨어져 가는데, 아껴서 마실 생각을 하지 않고 그걸 몽땅 다 말에게 처먹이고는 저따위 헛소리를 주절거리다니. 하지만 라이는 몰랐다. 지금 올란도가 일부러 자신을 극한 상황으로까지 몰고 가고 있다는 사실을 말이다.
그 말을 끝으로 언제나처럼 올란도가 말을 끌고 앞장서서 걸어갔다. 그 뒤를 따라가고 있는 라이. 처음 올란도에게 팔렸을 때 생각하고 있었던 기습하기에 적절한 상황이었다. 더군다나 지금은 달이 두 개 떠 있어 시야까지 훤하게 확보되어 있었다.

올란도의 뒤통수가 빤히 보인다.

'저기만 정확히 가격할 수 있다면……'

라이는 주머니 속에 숨겨두고 있었던 짱돌을 슬쩍 어루만졌다. 올란도의 머리를 보호하고 있는 것은 하얀 천 한 겹. 짱돌로 뒤통수를 후려갈기기만 해도 충분히 죽일 수 있는 여건이다.

좀 더 지켜보며 정보를 모은 뒤 탈출을 하겠다던 라이의 마음이 바뀌게 된 것은, 이렇게 허무하게 죽을 바에는 차라리 죽이 되든 밥이 되든 탈출을 시도해 보는 게 좋을 것 같다는 생각이 들어서였다.

하지만 라이는 짱돌을 주물럭거리기만 했지, 실행에 옮기지는 못했다. 그 이유는 지금까지 마치 옆집 형처럼 친근하게 대해줬던 올란도를 죽인다는 게 마음에 걸렸고, 또 하나의 이유는 왠지 모르겠지만 그래서는 안 된다는 듯한 불길한 예감 때문이었다.

한참을 고심하던 라이는 주머니 안에서 손을 뺐다. 올란도를 죽이고 탈출하겠다는 생각을 버린 것이다. 하지만 탈출을 아예 포기한 것은 아니었다. 지금이 아닌 다른 기회를 엿보겠다는 것뿐이었으니까.

두꺼운 외투를 입었지만, 몸이 계속 떨려오는 것을 견딜 수가 없었다. 그만큼 사막의 밤은 추웠다. 그래도 계속 걷다 보니 몸속에서 열기가 생겨 그럭저럭 견딜 만은 했다.

그날도 두 사람은 여명이 밝아올 때까지 줄곧 걸었다. 하지만 올란도는 날이 밝아오는데도 불구하고 발길을 멈출 생각을 하지 않았다. 라이는 뒤에서 헉헉거리면서 따라갈 뿐, 날이 밝아 오는데 왜 멈추지 않느냐고 따지지 않았다. 이미 물이 떨어졌기에 하루라도 빨리 목적지에 도착하지 않으면 죽는다는 걸 뻔히 알기 때문이다.

해가 떠오르자 찌는 듯한 더위가 다시 시작되었다. 더군다나 시간이 지날수록 사막은 점점 더 뜨거워졌다. 라이는 입 안이 바짝 말랐다. 타는 듯한 갈증에 죽을 지경이었지만, 앞쪽에서 걸어가고 있는 올란도는 전혀 지친 기색이 없었다.

라이는 점차 정신이 몽롱해지기 시작하는 것을 느꼈다. 하지만 라이는 악착같이 걸음을 옮겼다. 올란도의 뒤를 따라가기 위해 젖 먹던 힘까지 다 짜냈다. 여기서 걸음을 멈추면 그것이 곧 자신의 죽음이라는 것을 잘 알기 때문이다.

대체 얼마나 많은 모래 언덕을 넘었는지 헤아릴 수도 없었다. 라이는 그저 몽유병 환자처럼 비틀거리며 올란도의 뒤를 따를 뿐이다. 그러다 어느 순간 그는 쓰러져 버렸다. 바닥까지 드러난 체력과 갈증으로 기절해 버린 것이다.

『〈묵향〉 30권에 계속』